Jürgen Seibold

Weißes Teufelskraut

PIPER

Jürgen Seibold

WEISSES TEUFELSKRAUT

Die Apothekerin ermittelt

PIPER

Mehr über unsere Autoren und Bücher:
www.piper.de

Wenn Ihnen dieser Kriminalroman gefallen hat, schreiben Sie uns unter Nennung des Titels »Weißes Teufelskraut« an *empfehlungen@piper.de*, und wir empfehlen Ihnen gerne vergleichbare Bücher.

Von Jürgen Seibold liegen im Piper Verlag vor:

Kinder

Allgäu-Krimis:
Band 1: Rosskur
Band 2: Gnadenhof
Band 3: Landpartie
Band 4: Pferdefuß
Band 5: Schandfleck
Band 6: Spritztour
Band 7: Volltreffer

Die Apothekerin ermittelt:
Band 1: Schwarzer Nachtschatten
Band 2: Rote Belladonna
Band 3: Weißes Teufelskraut

Lesen auf eigene Gefahr:
Band 1: Schneewittchen und die sieben Särge
Band 2: Sein oder Totsein

Unser Versprechen für mehr Nachhaltigkeit
• Klimaneutrales Produkt
• FSC®-zertifiziertes Papier
• Hergestellt in Europa

FSC
www.fsc.org
MIX
Papier aus verantwortungsvollen Quellen
FSC® C083411

Originalausgabe
ISBN 978-3-492-31764-1
November 2021

Redaktion: Annika Krummacher
Satz: Eberl & Koesel Studio GmbH, Krugzell
Gesetzt aus der Adobe Garamond
Druck und Bindung: CPI books GmbH, Leck
Printed in the EU

Was für ein Tod! In der eigenen Wohnung vergiftet zu werden, und der Mörder schaut seelenruhig zu, bis einem der Atem vergeht. Noch benommen von der Narkose hatte er sich nicht wehren können, als ihm die Nase zugehalten und so lange Whisky in den Mund geschüttet wurde, bis er schlucken musste, um nicht zu ersticken. Der Alkohol hatte widerwärtig geschmeckt, und er hatte schon bald erkannt, welcher Giftstoff darin aufgelöst worden war.

Ganz langsam würde sich die Lähmung, die er schon in den Beinen spürte, in seinem Körper ausbreiten, würde höher und höher steigen, und ganz am Ende würde er aufhören zu atmen. Er würde verlöschen wie das Licht einer heruntergebrannten Kerze. Wobei dieses Bild schöner war als das Ende, das ihn erwartete.

Dabei hatte er noch immer nicht verstanden, warum er sterben musste. Der Mann vor ihm ließ ihn nicht aus den Augen. Er hatte ihm viel erzählt, aber nichts davon erklärte, warum er ihn vergiftete und warum er sich an seinem elenden Sterben weidete.

Irgendwann hatte sein Mörder noch gesagt, dass es etwas Besonderes sei, zu sterben wie der berühmte Philosoph Sokrates. Und dass es doch geradezu eine Verbeugung vor ihm, seinem Opfer, sei, dass er für den Schierlingsbecher Whisky genommen habe, den er doch lieber möge als den Wein, in dem Sokrates das Gift aufgelöst hatte.

Es war schlimm, auf diese Weise zu sterben, aber in manchen Momenten fand er es fast noch schlimmer, nicht in Ruhe gehen zu dürfen, sondern sich obendrein das unerträgliche Gerede seines Mörders anhören zu müssen.

Jetzt immerhin hielt dieser den Mund und sah ihn noch aufmerksamer an. Beugte sich zu ihm und schaute ihm tief in die Augen. War es jetzt so weit? Sein Atem ging nur noch flach, Angst flackerte empor, große Angst. Er riss den Mund auf, brachte jedoch keinen Schrei mehr zustande.

I

Es herrschte Erkältungswetter, draußen fiel Nieselregen, die Temperaturen lagen knapp über dem Gefrierpunkt, und ein kalter Wind strich durch Münchens Straßen. Jedes Mal, wenn neue Kundschaft die Dachstein-Apotheke im Stadtteil Laim betrat, ließ die Glastür einen Schwall feuchtkalter Luft herein. Maja Ursinus hatte an diesem Dienstag Ende Januar zahlreiche Triefnasen, gerötete Augen und heisere Kehlen vor sich, und zum Glück hatten sich inzwischen sogar die Rücksichtslosesten angewöhnt, in die Armbeuge zu husten oder zu niesen. Sie nahm Rezepte in Empfang, gab Arzneien aus und beantwortete Fragen zu passenden Hausmitteln. Auch die Kollegin neben ihr arbeitete schnell und effizient, und genau wie Maja fand sie zwischendurch immer noch Zeit für ein Lächeln und ein nettes Wort.

Christiane Adamek, die Inhaberin der Apotheke, kam nach vorn und winkte Maja mit dem Mobilteil des Telefons. Maja verabschiedete noch rasch ihre Kundin, dann ließ sie sich das Telefon geben, eilte in den Aufenthaltsraum, nahm den Hörer ans Ohr und meldete sich. Sie wusste zwar noch nicht, wer am anderen Ende auf sie wartete, aber vielleicht hatte es mit ihrem Bruder Michael zu tun, um den sie sich gerade große Sorgen machte.

»Mein Name ist Rappsteyn«, sagte eine sonore Männerstimme.

»Worum geht's, bitte?«

»Ich bin Anwalt und rufe im Auftrag eines Mandanten an. Es geht um ein bevorstehendes Verfahren am Landgericht Mannheim.«

Als der Name der Stadt fiel, horchte Maja auf, denn in der Nähe von Mannheim hatte ihr Bruder vor etwa einem Jahr eine neue Anstellung gefunden. Über die unverhoffte zweite Chance für einen Pharmazeuten, der im Studium erst geglänzt, sich dann aber vor allem um den Verkauf und Verbrauch selbst hergestellter Betäubungsmittel gekümmert hatte, war Michael ganz aus dem Häuschen gewesen. Er hatte zu diesem Zeitpunkt schon probiert, von den Drogen wegzukommen, doch das Jobangebot war der Anschub gewesen, den er brauchte. Er schaffte den Entzug recht schnell und arbeitete seither in der Apotheke der Fastenklinik Birkner, einer privaten Einrichtung, die vor zehn, fünfzehn Jahren zu einer Institution des Heilfastens geworden war.

Damals hatte Hans Birkner Fernsehsendungen moderiert, in denen Patienten mit Übergewicht, Diabetes und Bluthochdruck durch eine von ihm entwickelte Fastenkur von ihren gesundheitlichen Problemen befreit werden konnten. Das Medienecho war so groß, dass Birkner die

Gunst der Stunde nutzte und eine pleitegegangene Privatklinik kaufte und renovierte. Seither sah man Birkner zwar nicht mehr regelmäßig im Fernsehen, aber er schaltete Anzeigen in allen gängigen Frauenzeitschriften, in denen er seine Fastenklinik bewarb. Maja erinnerte sich an einen dünnen, fröhlich lächelnden Mann von fünfzig Jahren mit klaren Augen hinter der randlosen Brille und einer hohen Stirn, über der das blonde Resthaar schon schütter wurde.

»Frau Ursinus?«, kam es vom anderen Ende der Leitung.

»Entschuldigen Sie bitte, ich war kurz in Gedanken. Ich erwarte tatsächlich einen Anruf aus Mannheim, aber nicht gerade von einem Anwalt.« Dann erschrak sie. »Ihr … Ihr Mandant ist nicht mein Bruder Michael, oder?«

»Michael Ursinus? Ich habe zwar vor Kurzem mit ihm gesprochen, aber nein: Der Mann, den ich vertrete, ist Hans Birkner. Er ist des Mordes angeklagt, und ich wollte Sie um ein Gutachten bitten.«

Von draußen war Stimmengemurmel zu hören, und Christiane Adamek, die Maja am Tresen vertrat, streckte den Kopf zur Tür herein. Mit einer Geste gab Maja ihrer Chefin zu verstehen, dass sie gleich in den Verkaufsraum zurückkommen werde.

»Können wir das vielleicht heute Abend besprechen? Ich muss jetzt wieder nach vorn, hier ist gerade ziemlich viel los. Erkältungswetter …«

»Natürlich, natürlich, entschuldigen Sie bitte, dass ich

Sie während der Arbeit störe. Wann kann ich Sie denn erreichen?«

»Um sieben. Nein, lieber erst ab halb acht. Ginge das?«

»Aber sicher doch. Ich bin ja froh, dass Sie sich überhaupt Zeit für mich nehmen. Möchten Sie mir Ihre Handynummer geben?«

Maja nannte sie ihm, und während er sich verabschiedete, fiel ihr ein, was sie den Anwalt unbedingt noch hatte fragen wollen.

»Können Sie mir sagen, was mit Michael ist? Ich erreiche ihn seit …«

Sie verstummte. Der Anwalt hatte aufgelegt. Einen Moment lang erwog sie, die Rückruftaste zu drücken, dann beschloss sie, dass ihre Frage noch bis heute Abend warten konnte. Bis zum Ladenschluss hatte sie auch keine ruhige Minute mehr, um auch nur einen Gedanken an Michael und den Mannheimer Anwalt zu fassen.

Die Justizvollzugsanstalt Mannheim lag still in der fortschreitenden Dämmerung. Das Licht der Straßenlaternen spiegelte sich in den Pfützen vor dem Torgebäude, das sich mit seinen Türmen trotzig gegen das widrige Wetter zu stemmen schien, und die nassen Mauersteine in ihren Braunschattierungen wirkten am Abend noch abweisender als tagsüber.

Hans Birkner lag auf seinem Bett und starrte an die Decke. Er sah den Sterbenden vor sich, erinnerte sich an die verzweifelten Stunden nach dem Tod des Mannes und die vergebliche Suche nach einem Ausweg.

Sein Anwalt war ein Ass, aber Birkner hatte kaum Hoffnung, dass das reichen würde, um ihm und seinem Fahrer Maxim, den ein anderer Anwalt aus Rappsteyns Kanzlei vertrat, eine Haftstrafe zu ersparen. Zu erdrückend wirkte das, was die Polizei an Indizien zusammengetragen hatte. Und in Verbindung mit dem Gutachten des Heidelberger Professors würde ihn niemand vom Vorwurf des Mordes freisprechen. Birkner war nicht einmal sicher, ob Rappsteyn noch an seine Unschuld glaubte. Die Gespräche mit ihm waren zuletzt eigenartig gewesen. Auch von dem zweiten Gutachten, das sein Anwalt erstellen lassen wollte, versprach er sich nicht viel. Wie sollte jemand etwas anderes herausfinden als Professor Fogl? Galt der nicht als der führende Experte auf seinem Gebiet?

Birkner lachte freudlos in sich hinein. Ausgerechnet Fogl hatte das Gutachten verfasst, einer von der alten Garde, von denen, die ihn als Pharmazeuten nie für voll genommen hatten und ihm den wirtschaftlichen Erfolg mit seiner Variante des Heilfastens nicht gönnten. Aber er hatte sich mit dem Gegenwind arrangiert, der ihm als Pharmazeut ins Gesicht blies, und einen neuen Weg eingeschlagen. Mittlerweile erinnerte er sich nur noch selten daran, wie abschätzig die lieben Kollegen über ihn gedacht und gesprochen hatten.

Auch auf seine jetzige Situation hatte er sich erstaunlich schnell eingestellt. In den Nächten tat er zwar manchmal kein Auge zu, weil ihm die Wände zu eng beieinanderstanden, weil durch das Fenster zu wenig Licht in den Raum fiel, weil er durch jedes Geräusch aufgeschreckt wurde, das im Gang vor seiner Zellentür ungewohnt laut widerhallte. Aber er ließ sich durch den monotonen Tagesablauf treiben, selbst an das Essen hatte er sich gewöhnt. Die Gefängnismitarbeiter behandelten ihn korrekt, einige sogar freundlich.

Den im Tagesplan vollmundig »Spaziergang« genannten Rundgang über den Gefängnishof hatte er in den ersten Tagen noch als bedrückend empfunden, inzwischen sog er die Luft draußen begierig ein und störte sich auch nicht an Regen oder Schnee. Sein Fahrer Maxim Frank, der ebenfalls hier untergebracht war, kam vermutlich noch besser als er mit der U-Haft zurecht. Er hatte schon mehrmals hier eingesessen, und seine geradezu furchterregende Statur bewahrte ihn davor, dass andere Häftlinge Streit mit ihm suchten.

Maxim war ein guter Kerl, treu, loyal bis zur Selbstaufgabe. Aber seine Prognosen standen schlecht wegen seiner Vorstrafen, die auf die ihm vorgeworfene Tat passten wie die Faust aufs Auge. Birkner hätte ihm gern Mut gemacht, aber sie wurden voneinander ferngehalten.

Von einem Wärter hatte er erfahren, dass sich Maxim freiwillig für die Arbeit in der Gefängnisschlosserei gemeldet hatte. Birkner fand das gut. Es war zwar lange her, dass sein Fahrer seine Lehre abgeschlossen und einige Jahre im erlernten Beruf gearbeitet hatte, aber alles konnte er nicht vergessen haben, und er würde zupacken, sich körperlich verausgaben können. Das half ihm sicher dabei, seine Aggressionen im Griff zu behalten.

Was aber sollte Birkner gegen seine eigene innere Unruhe in den Nächten hinter Gittern unternehmen, gegen dieses Gefühl des Eingesperrtseins, das ja leider nicht nur ein Gefühl war? Kurz hatte er erwogen, sich für den Küchendienst zu melden, und er hatte halb gespannt, halb amüsiert darüber nachgedacht, ob das wohl jemandem gestattet wurde, dem die Staatsanwaltschaft Giftmord vorwarf. Doch weder hatte er Talent fürs Kochen, noch hatte er Lust, sich in dieser Einrichtung an irgendetwas zu binden, sich für irgendetwas zu engagieren, bevor er dazu gezwungen sein würde.

Und so hatte er sich für stilles Ausharren entschieden.

Die Wohnung war klein, aber praktisch geschnitten. Neben einem Bad und einem Schlafzimmer gab es ein geräumiges Wohnzimmer, in dem eine Küchenecke mit einer Theke abgetrennt war. Durch die bodentiefen Fenster und die Terrassentür blickte man in den Park, der die Klinik und die Wohngebäude umschloss. Diese Glasfront sorgte dafür, dass die Wohnung sehr hell war. Das machte sich sogar jetzt im Januar bemerkbar, wenn die Sonne früh unterging, weil dann die Laternen draußen im Park die Räume in ein sanftes gelbliches Licht tauchten.

Die meisten Apartments hatten denselben Grundriss, allerdings verfügten die Wohnungen in den oberen Geschossen über einen Balkon statt einer Terrasse. Jedes Wohngebäude bot außerdem zwei größere Wohnungen, die zusätzlich mit einem Kinderzimmer ausgestattet waren, sowie eine großzügige Penthouse-Wohnung, die für die Führungskräfte der Klinik reserviert war.

Von dort oben konnte man bis zu dem Haus schauen, in dem Dr. Birkner lebte. Michael Ursinus war die Sicht auf Birkners Heim durch einen der sanften Hügel versperrt, die das weitläufige Gelände der Fastenklinik prägten. Auch von seinem Labor aus, das im Untergeschoss der Klinik eingerichtet war, konnte er das Gebäude nicht sehen. Aber er war schon dort gewesen, an einem der Abende, an denen der Chef seine Mitarbeiter zu kleinen Feiern versammelte. Und auch den Blick aus einer der Penthouse-Wohnungen hatte er schon genießen dürfen: Dr. Florian Holsten, der als Chefarzt der Klinik fungierte und Birkner im Tagesgeschäft den Rücken freihielt, lud regelmäßig Gruppen von Mitarbeitern zu sich ins Penthouse von Gebäude vier ein, um der Stimmung in den Teams nachzuspüren, wie er es ausdrückte.

Michael hatte es gut getroffen mit seinem Job. Überwiegend nette Kollegen, interessante Aufgaben, und außer der Betriebswohnung bekam er dafür auch noch ein anständiges Gehalt. Natürlich hatten Holsten und die kaufmännische Leiterin Mariana Rombach für alle Beschäftigten nur beruhigende Worte, wenn es um die Zukunft des Unternehmens ging. Aber für den Fall, dass Birkner als Mörder verurteilt wurde, sah Michael schwarz für die Fastenklinik. Und wer würde ihm dann Arbeit geben? Wer außer Birkner würde über seine Drogensucht hinwegsehen, die er erst vor einem Jahr überwunden hatte?

Er lächelte traurig. Sein Blick streifte die kleine Plastikdose auf seinem Couchtisch, dann schob er sie etwas von sich weg. Noch ging es ohne. Stattdessen schenkte er sich großzügig Whisky nach und hielt das Glas in die Höhe. Es war kein besonders hochwertiger Whisky, aber immerhin beruhigte ihn der Alkohol ein wenig. Durch die golden schimmernde Flüssigkeit hindurch wirkte das Licht der Laternen draußen im Park wie gedämpft. Einen Moment war es ihm, als schiebe sich ein Schatten zwischen den Whisky und die Laterne, die seiner Terrasse am nächsten stand. Doch als er das Glas zur Seite nahm, war draußen niemand zu sehen.

Michael lehnte sich zurück, prostete dem leeren Zimmer zu und ließ einen großen Schluck durch seine Kehle rinnen.

Der Nieselregen hatte inzwischen aufgehört, und Maja ging auf einem Umweg nach Hause. Ihre Wohnung lag keine zweihundert Meter von der Apotheke entfernt, was für den Weg zur Arbeit zwar praktisch war, nach Feierabend aber nicht ausreichte, um den Kopf freizubekommen. Und so streifte sie noch eine Weile durch kleine Grünanlagen und leidlich ruhige Nebenstraßen, bevor sie das Haus betrat, in dem sie schon während des Studiums gelebt hatte. Im ersten Stock befand sich die WG, deren Hauptmieterin sie war. Unterwegs hatte sie eine Textnachricht von ihrem Freund Markus Brodtbeck erhalten, der in der Wohnung gegenüber lebte. Er würde noch eine Zeit lang im Kommissariat bleiben müssen und erst gegen halb neun heimkommen. Sie hatten inzwischen natürlich den Schlüssel für die Wohnung des jeweils anderen, aber Maja fühlte sich ohne Markus in dessen Räumen nicht wohl, also beschloss sie, auch diesmal in der WG auf ihn zu warten.

Im Wohnzimmer saßen ihre Mitbewohner beisammen und schöpften Suppe in ihre Teller. Es roch seltsam, und alle bedienten sich eher sparsam und nahmen dafür viel Brot. Daniel trug noch die Schürze, was alles erklärte. Er war ein begeisterter, aber lausiger Koch, und die anderen brachten es nicht immer übers Herz, ihm zu sagen, wie sehr ihm seine Gerichte missrieten.

»Setz dich, Maja«, sagte er und deutete strahlend auf den dampfenden Kochtopf. »Es ist noch genügend da, ich hol dir schnell einen Teller.«

In diesem Moment klingelte ihr Handy, und Maja war sehr dankbar für diese Möglichkeit, Daniels Einladung zu entkommen. Sie hielt das Telefon in die Höhe, machte eine entschuldigende Miene und verschwand in ihrem Zimmer.

»Rappsteyn hier«, meldete sich der Anwalt, nachdem sie es ein paarmal hatte klingeln lassen. »Rufe ich ungelegen an?«

»Nein, gar nicht.«

»Ich hatte schon erwähnt, dass ich Hans Birkner vertrete und dass er des Mordes angeklagt ist.«

»Mein Bruder arbeitet für Ihren Mandanten.«

»Ich weiß.«

»Und ich erreiche ihn seit einiger Zeit nicht mehr. Hat das womöglich mit Ihrem Fall zu tun? Und können Sie mir sagen, ob es Michael gut geht?«

»Ich habe vorgestern mit ihm gesprochen, aber er hat nichts mit der Anklage gegen meinen Mandanten zu tun. Zumindest habe ich bisher keine Hinweise in diese Richtung bekommen. Wie es ihm im Moment geht … ich fürchte, die Geschichte um Herrn Birkner hat ihn sehr mitgenommen.«

»Ich dachte, er hat nichts mit der Mordanklage zu tun?«

»Das nicht, aber … wie soll ich es sagen? Ihr Bruder und die anderen Beschäftigten der Fastenklinik machen sich Sorgen um ihre Arbeitsplätze. Wenn Herr Birkner verurteilt wird und ins Gefängnis muss, ist die Zukunft der Klinik ungewiss, um es vorsichtig auszudrücken. Und selbst wenn er freigesprochen wird: Diese Anklage ist ganz sicher nicht die Form von Öffentlichkeit, die einer solchen Einrichtung zuträglich ist.«

»Das kann ich mir vorstellen. Sie sagten, dass das alles meinen Bruder sehr mitgenommen hat. Was genau wollten Sie damit andeuten?«

»Ich kenne Ihren Bruder nicht näher, aber als ich mit ihm gesprochen habe, machte er auf mich einen sehr verzweifelten Eindruck. Und ich könnte mir vorstellen, dass ihn die Angst um seinen Arbeitsplatz … aus der Bahn werfen könnte.«

Maja wusste nur zu gut, wie Michael in den vergangenen Jahren mit Belastungen umgegangen war. Sie versank in Gedanken, bis Rappsteyn sie wieder in die Gegenwart zurückholte.

»Ich hatte erwähnt, dass ich Sie gern mit einem Gutachten beauftragen würde.«

»Im Zusammenhang mit der Mordanklage?«

»Ja. Der Mann, der zu Tode gekommen ist, starb an einem Wirkstoff, der aus Schierling gewonnen wird.«

»Aus welcher Art?«

»Geflecktem Schierling.«

»Oh, das ist kein schöner Tod«, entfuhr es Maja. »Das Coniin verursacht Lähmungen, die sich allmählich von den Füßen nach oben ausbreiten. Man stirbt am Ende durch Atemlähmung, und der Tod tritt bei vollem Bewusstsein ein.«

»So habe ich es auch verstanden. Sokrates soll sich mit einem Schierlingsbecher selbst hingerichtet und während seines Sterbens bis zum Schluss mit seinen Schülern gesprochen haben.«

»Na ja, da sollten Sie die Schilderung von Platon nicht allzu wörtlich nehmen. Er wollte das Sterben seines Lehrers sicher möglichst ästhetisch beschreiben, da hätten verzerrte Gesichtszüge und einige unappetitliche Begleiterscheinungen das positive Bild nur gestört. Ich hätte an Sokrates' Stelle lieber Wasserschierling genommen. Das Cicutoxin, das darin am stärksten wirkt, sorgt wenigstens dafür, dass der Sterbende während der schlimmsten Krämpfe und ganz am Ende das Bewusstsein verliert.«

»Freut mich zu hören, dass ich die Richtige angerufen habe«, bemerkte der Anwalt.

»Ich vermute, dass Sie sich gründlich über mich informiert haben und deshalb wissen, dass ich über pflanzliche Wirkstoffe promoviert habe.«

»Natürlich. Und auch wenn ich an Ihrer Arbeit nicht

alles verstanden habe, scheinen Sie sehr gut über die Wirkung der Stoffe Bescheid zu wissen, auch über die Zeiträume, in denen sich diese Wirkung entfaltet. Und genau darauf würde ich Sie bitten, in Ihrem Gutachten das hauptsächliche Augenmerk zu richten. Gesetzt den Fall, Sie würden den Auftrag annehmen. Hätten Sie denn überhaupt Zeit?«

»In den vergangenen Monaten hätte ich, was das betrifft, sofort zugesagt. Aber ich habe morgen ein wichtiges Gespräch, und wenn das positiv verläuft, könnte es sein, dass mich mein Beruf in der nächsten Zeit zu sehr in Anspruch nimmt.«

»Wollen Sie wieder in die Forschung zurück?« Maja stutzte, und lachend fügte der Anwalt hinzu: »Die Apotheke, in der Sie arbeiten, hätte Sie in den vergangenen Monaten nicht gehindert, den Auftrag anzunehmen – das haben Sie gerade selbst gesagt. Bleibt meines Erachtens nur der Wechsel in eine Forschungsabteilung, vielleicht ja sogar wieder an der LMU, wo Sie früher schon geforscht hatten.«

Rappsteyns Annahmen irritierten sie, aber er hatte recht: Wer ihren Werdegang recherchiert hatte, musste diese Schlussfolgerung ziehen. Tatsächlich hatte sie morgen einen Bewerbungstermin an der Münchner Ludwig-Maximilians-Universität, an der sie früher geforscht hatte und wo nun die Leitung einer neuen Forschungsgruppe zu besetzen war.

»Gut geraten, Herr Rappsteyn. Vermutlich gibt es vor Gericht leichtere Gegner als Sie. Herr Birkner wird froh sein, Sie als Anwalt zu haben.«

»Danke für die Blumen, Frau Ursinus. Aber ich kann vor Gericht argumentieren und plädieren, wie ich will: Wenn es die Indizien, die Zeugenaussagen und die Gutachten nicht hergeben, stehe auch ich auf verlorenem Posten.«

»Was müsste mein Gutachten denn hergeben?«

»Das kann ich Ihnen natürlich schlecht vorschreiben. Ich würde nur gern zu einem ganz bestimmten Punkt eine zweite Meinung einholen – denn genau in diesem Punkt kommt das Gutachten eines anderen Sachverständigen aus Sicht meines Mandanten leider zu einem sehr ungünstigen Ergebnis.«

»Ach, es gibt schon ein Gutachten?«

»Ja, von Professor Hubert Fogl aus Heidelberg.«

»Den kenne ich natürlich. Hinter mir im Regal steht ein Lehrbuch von ihm, ein Standardwerk in meinem Fach. Ich habe einige seiner Vorlesungen besucht, als er mal Gastdozent an der LMU war. Fogl ist eine Koryphäe in der Pharmazie, und gerade zu pflanzlichen Wirkstoffen hat er viel geforscht. Nur …«

»Nur?«

»Nun, manche meiner Kollegen berauschen sich mit den Jahren an ihrer Arbeit und gehen neue Projekte nicht mehr hinreichend offen an.«

»Wie meinen Sie das?«

»Sie als Anwalt kennen die Gesetze und müssen Ihre Argumentationen manchmal an Gesetzesänderungen oder neue Auslegungen durch die Gerichte anpassen – aber letztendlich leben Sie von der Gewissheit, Ihr Fachgebiet durchdrungen zu haben. Und je klarer Sie Ihren Standpunkt vertreten, je unerschütterlicher Sie auftreten und je selbstbewusster Sie sich für Ihre Mandanten einsetzen, umso besser.«

»So könnte man es ausdrücken. Ist das in Ihrem Bereich wirklich so viel anders?«

»Wissenschaftliches Arbeiten heißt vor allem, Zweifel zuzulassen, einmal gefasste Meinungen immer wieder zu überprüfen und Ergebnisse auch mal über Bord zu werfen, wenn sie sich als falsch erweisen. In der Wissenschaft sollte es kein Problem sein, sich zu irren, weil niemals irgendjemand alles über ein Fachgebiet weiß. Vieles bleibt im Fluss, und viele Überzeugungen, die jahrzehntelang als richtig galten, können sich durch neue Erkenntnisse als falsch herausstellen. Dafür muss man offen bleiben, und daran kann einen ein allzu ungetrübtes Selbstbewusstsein hindern.«

»Wenn Sie Ihr Gespräch morgen ähnlich engagiert führen, sollte Ihnen die gewünschte Stelle sicher sein. Ich drücke Ihnen die Daumen, auch wenn es für mich eher schlecht wäre. Ich hatte mir viel von Ihrer Expertise versprochen.«

»Welcher Punkt an Fogls Gutachten bereitet Ihnen denn so großen Kummer?«

»Es ist genau so, wie Sie eben sagten: Er hat in einem Punkt keine Zweifel, während zum Beispiel der Bericht der Rechtsmedizin auch andere Schlüsse zulassen würde.«

»Sie hatten vorhin erwähnt, dass es um den Zeitraum geht, in dem Stoffe wirken. Inwiefern ist das wichtig für Ihren Mandanten?«

Rappsteyn lachte leise. »Sollte es Ihre Zeit zulassen, hätte ich Sie jetzt am Haken, stimmt's?«

»Stimmt«, gab sie zu und hatte fast das Gefühl, der Anwalt konnte am anderen Ende hören, wie sie grinste.

»Darf ich Ihnen etwas vorschlagen?«, fragte er.

»Kommt drauf an.«

»Ich könnte Ihnen Fogls Gutachten mailen, dazu den Bericht der Rechtsmedizin und einige Unterlagen, aus denen die Begründung für die Mordanklage gegen meinen Mandanten hervorgeht. Sie schauen sich das Material an, wenn Sie mögen und Zeit dafür finden – und vielleicht reicht es Ihnen ja, mir eine unverbindliche Einschätzung zu geben, ob es noch andere Schlussfolgerungen gäbe als die von Professor Fogl. Ich kann Ihnen dafür natürlich eine Aufwandsentschädigung anbieten.«

»Wenn ich nicht die Zeit für ein richtiges Gutachten finde, werde ich Ihnen auch nichts berechnen.«

»Herr Birkner ist vermögend genug, um Ihnen …«

»Das glaube ich gern, aber ohne Gutachten schreibe ich keine Rechnung. Aber ich schau mir das Material gern an und maile Ihnen eine kurze Einschätzung, das sollte kein Problem sein. Das Thema interessiert mich sehr.«

»Das freut mich.«

»Aber ich habe trotzdem etwas, das Sie im Gegenzug für mich tun können.«

»Und das wäre?«

»Sie suchen meinen Bruder auf und sprechen mit ihm. Vielleicht bringen Sie ihn dazu, dass er mich anruft oder zumindest meine Anrufe annimmt – oder Sie berichten mir, wie es ihm geht.«

»Ich bin kein Arzt oder Apotheker, aber das kann ich natürlich gern machen. Sobald ich ihn gesprochen habe, gebe ich Ihnen Bescheid. Wann ist denn Ihr Termin morgen?«

»Um zehn Uhr. Aber für Infos zu Michael bin ich immer erreichbar.«

»Wenn ich Ihre Einschätzung zum zeitlichen Ablauf des Abends, für den mein Mandant des Mordes beschuldigt wird, irgendwann in den nächsten fünf, sechs Tagen bekommen könnte, wäre es optimal.«

»Das ist kein Problem. Ich habe mir schon etwas Zeit freigeschaufelt, denn ich wollte ohnehin in den nächsten Tagen mal zu Michael fahren. Vor allem, wenn ich ihn weiterhin nicht ans Telefon bekomme. Ich mache mir wirklich Sorgen um meinen Bruder.«

Es hatte Jahre gegeben, in denen Michael teuren Whisky getrunken hatte. Sein Vater hatte eine Schwäche für exquisite Tropfen, und wann immer er während des Pharmaziestudiums nach Hause gekommen war, durfte er sich aus seinen Beständen bedienen. Wie die familieneigene Apotheke in Füssen, das erste Haus am Platz, sollte irgendwann auch die Whiskysammlung auf ihn übergehen. Doch als seinem Vater klar wurde, dass sein Erstgeborener auf keinen Fall seine Nachfolge antreten wollte, wies er ihm die Tür.

Als guter Student und begabter Pharmazeut hatte sich

Michael keine Sorgen um seine berufliche Zukunft gemacht. Er war überzeugt gewesen, dass er leicht eine angemessene Stelle finden und an einer Universität oder in der Forschungsabteilung eines Pharmaunternehmens Karriere machen würde. Doch es stellte sich heraus, dass die Kontakte seines Vaters weit reichten. Ein ums andere Mal wurde er abgelehnt, oft genug von dessen alten Studienfreunden, und nicht selten wurde ihm unter der Hand der dringende Rat gegeben, sich mit dem Senior auszusöhnen und sein Angebot anzunehmen.

Michael Ursinus war stolz genug gewesen, das auszuschlagen. In anderer Hinsicht reichte sein Stolz allerdings nicht so weit. Er stellte Drogen her, hielt sich mit deren Verkauf über Wasser und konsumierte das Zeug auch selbst. Seine Eltern zeigten ihm die kalte Schulter, wenn er sich in einem schwachen Moment dazu aufraffte, sie um Geld zu bitten. Nur seine Schwester hielt die ganze Zeit über den Kontakt zu ihm, griff ihm manchmal unter die Arme und unternahm Versuche, ihn aus seiner Lethargie zu reißen, leider ohne Erfolg.

Bis ihn eines Tages Ines anrief. Seine Handynummer aus Studienzeiten galt nicht mehr, aber sie hatte Maja ausfindig gemacht, und seine Schwester stellte den Kontakt gern her. Vor allem, als sie den Grund von Ines' Anruf erfuhr. Michaels Kommilitonin hatte sich um eine Stelle in der Apotheke einer Fastenklinik in der Nähe von Mannheim beworben, doch sie wurde trotz bester Referenzen und trotz ihres tadellosen Lebenslaufs abgelehnt.

»Genau genommen bin ich sogar *wegen* meines Lebenslaufs abgelehnt worden«, hatte Ines ihm am Telefon erzählt. »Der Leiter der Klinik hat sich ausführlich mit mir unterhalten, aber es stand wohl schon vor meinem Eintreffen fest, dass ich die Stelle nicht bekomme.«

»Warum das denn?«

»Er erklärte mir, dass fachlich nichts gegen mich sprechen würde, dass er in seiner Einrichtung aber am liebsten Menschen einstellen möchte, die auf dem freien Arbeitsmarkt nur noch schlechte Chancen haben – weil sie zum Beispiel eine Gefängnisstrafe verbüßt oder in der Vergangenheit Probleme mit Drogen gehabt hätten. Erst hielt ich ihn deswegen für einen Spinner, aber er erzählte so beseelt von seinem Team und davon, wie sich alle geradezu für die Fastenklinik zerreißen würden, dass ich ihm seine Begründung schließlich abgekauft habe. Und ... wie soll ich sagen ... von Maja weiß ich, dass du nach wie vor Drogenprobleme hast.«

Sie legte eine kurze Pause ein, aber er nahm ihre Bemerkung schweigend hin.

»Magst du dich nicht mal in dieser Klinik bewerben? Die suchen noch immer einen Apotheker, und wenn du den Hintern hochbekommst und es schaffst, die Finger von dem Zeug zu lassen, können die dort keinen Besseren bekommen als dich.«

»Ich weiß nicht recht ...«

»Und du hättest ja auch die passende Vorgeschichte zu bieten«, fügte Ines hinzu und lachte leise.

Michael lachte ebenfalls und ließ sich die Kontaktdaten geben.

Das lag nun etwa ein Jahr zurück. Er hatte sich beworben, hatte es irgendwie geschafft, Hans Birkner zu vermitteln, dass er in Kürze wieder auf dem Damm sein und seine Sucht in den Griff bekommen würde. Ein paar Wochen war es ihm elend ergangen, aber Birkner ließ ihm die nötige Zeit, und seit er seinen Dienst angetreten und seine Wohnung auf dem Klinikgelände bezogen hatte, erledigte Michael seine Arbeit zu Birkners Zufriedenheit. Er gab keinen Anlass zur Klage, er blieb clean, und erst die Mordanklage gegen seinen Chef hatte ihn aus der Bahn geworfen.

Genau genommen war er schon einen Tag vor Birkners Verhaftung etwas verunsichert gewesen. Eines Abends im November war sein Chef nach Dienstschluss bei ihm aufgekreuzt, mit zwei Flaschen Whisky, um sich »bei einem Gläschen Scotch« mit ihm über pflanzliche Wirkstoffe auszutauschen. Anfangs hatte Michael nur genippt und sich gefragt, warum sein Vorgesetzter ihm Alkohol mitbrachte, wo er doch wusste, dass er früher Probleme mit allen Arten von Drogen gehabt hatte. Auch Birkners Fragen hatten ihn immer argwöhnischer gemacht, und er hatte den Eindruck gewonnen, als wolle ihn der Chef über seine eigenen Erfahrungen mit selbst hergestellten Drogen aushorchen. Deshalb hatte er immer zögerlicher geantwortet. Das fiel Birkner irgendwann auf, und er versicherte Michael, dass sich das Geheimnis über sein Vorleben bei ihm in guten Händen befinde – er drückte das allerdings etwas eigenartig aus, als ob er seinen Angestellten noch einmal daran erinnern wollte, wie sehr er ihm durch sein Stillschweigen verpflichtet sei. Dann hatte er ihnen beiden großzügig nachgeschenkt und das Gespräch allmählich auf pflanzliche Gifte gelenkt. Erst war Michael erleichtert gewesen, weil es wohl doch nicht um Rauschmittel ging, doch die Fragen seines Chefs wurden immer konkreter.

Irgendwann setzten Michaels Erinnerungen an diesen Abend aus. Am nächsten Morgen war er mit einem ordentlichen Brummschädel erwacht und hatte festgestellt, dass er offenbar einen Filmriss hatte. Später an diesem Tag war ihm wieder eingefallen, dass Birkner ihn am Vorabend nach der Wirkweise von Coniin gefragt hatte. Als er auf dem Heimweg von der Apotheke, in der er auch samstags gern bis in den späten Nachmittag arbeitete, auf ein paar Kollegen von der Fastenklinik traf, erfuhr er, dass Birkner soeben verhaftet worden sei – und dass ihn die Polizei mit dem Mord an einem Mannheimer Geschäftsmann in Verbindung brachte, der an einer Art Schierlingsbecher gestorben war.

Michael hatte sich auf die Terrasse seiner Wohnung gesetzt und im Internet nach einer entsprechenden Meldung gesucht. Auf der Website der Regionalzeitung hatte er einen kurzen Artikel mit der Information gefunden, dass der Geschäftsmann nach Angaben der Polizei am Donnerstag vergiftet worden sei. Doch warum war Birkner dann am Freitagabend zu ihm gekommen? Und weshalb hatte er ihn mit dem Verweis auf seine frühere Drogensucht zur Verschwiegenheit gezwungen? Michael erinnerte sich nicht mehr daran, was sie zum Thema

Coniin besprochen hatten, was er gefragt worden war und was er geantwortet hatte. Er hatte sich bis weit in die Nacht hinein den Kopf zerbrochen, aber es wollte ihm nicht mehr einfallen. Und weil die zweite Flasche, die Birkner ihm mitgebracht hatte, noch nicht leer gewesen war, hatte er sich mit dem restlichen Whisky auch am nächsten Abend abgeschossen, erst aus Ärger über sein löchriges Gedächtnis, später aus Sorge um seinen Arbeitsplatz.

Das alles war nun schon zwei Monate her. Michael nahm einen kräftigen Schluck von dem billigen Whisky, der ihm half, die bedrückenden Gefühle zu dämpfen. In der Flasche waren nur noch zwei, drei Fingerbreit der golden schimmernden Flüssigkeit, die er mit einer fahrigen Bewegung ins Glas goss. Auf einmal war es ihm, als habe er vom Flur her ein Geräusch gehört. Umständlich drehte er sich in seinem Sessel herum, aber im Flur war es dunkel und still. Die Tür zum Schlafzimmer stand einen Spalt offen, aber er konnte sich nicht mehr daran erinnern, ob sie vorhin geschlossen gewesen war.

Er setzte sich wieder bequemer hin, kickte die leere Flasche mit dem linken Fuß weg und legte seine Beine auf den Tisch. Mit dem Glas in den Händen ließ er den Kopf auf die Lehne sinken und atmete tief und ruhig.

Einen Moment lang dachte er darüber nach, ob die Schlafzimmertür vorhin offen oder geschlossen gewesen war, dann gab er auf. Es war ihm schlichtweg entfallen. Doch das störte ihn nicht weiter.

Das Telefonat mit dem Anwalt beschäftigte Maja noch eine Weile. Sie checkte ihre Nachrichten, doch Markus hatte sich noch immer nicht gemeldet. Also war noch Zeit für einen Kaffee, vielleicht auch für einen kleinen Snack. Im Wohnzimmer saßen die anderen noch zusammen, sie hatten den Topf und die Suppenteller in die Küche getragen und waren mittlerweile zu Wein und Kuchen übergegangen.

»Wir haben noch Suppe übrig«, sagte Daniel. »Nimm dir ruhig, steht alles in der Küche.«

Der unangenehme Geruch, der im Raum hing, und die großen Kuchenstücke auf den Tellern der anderen zeigten ihr, dass Daniels Suppe nicht sonderlich gelungen war.

»Ach, schade, gerade habe ich mit Markus verabredet, dass wir nachher zusammen kochen«, behauptete sie.

Die anderen grinsten, wurden aber schnell wieder ernst, als sich Daniel zu ihnen umdrehte. Maja verschwand in der Küche und zog die Tür hinter sich zu. In der Suppe schwamm allerlei Unansehnliches. Sie legte den Deckel auf den Topf und riss das Fenster auf, dann machte sie sich einen Kaffee. Bald breitete sich der Duft der frisch gemahlenen Kaffeebohnen in der Küche aus. Sie füllte einen Becher mit Kaffee, setzte sich an den Küchentisch, gab Zucker in ihre Tasse, rührte langsam um.

Professor Fogl hatte ein Gutachten erstellt, und ein Anwalt bat sie, die Arbeit dieser Koryphäe zu überprüfen und gegebenenfalls zu kritisieren. Das schmeichelte ihr, und sie hatte auch gar kein schlechtes Gewissen, wenn sie sich vorstellte, wie die kleine Maja Ursinus dem großen

Fogl Nachlässigkeiten oder gar Fehler nachwies. Eigentlich war sie nicht auf Ruhm und Ehre aus, die Forschung an der LMU hatte ihr einfach Freude bereitet. Aber dass sie die Stelle verloren hatte, nagte nach wie vor an ihr. Sie wusste, dass ihr Vater seine Finger im Spiel gehabt hatte, der sie unbedingt zur künftigen Inhaberin der Familienapotheke in Füssen machen wollte. Manfred Ursinus hatte ebenfalls Pharmazie an der LMU studiert, und Professor Zeisinger, der letztendlich ihre Entlassung betrieben hatte, war ein alter Studienfreund. Sie hatte noch nicht viel fachliche Kritik einstecken müssen, ihre Noten waren stets außergewöhnlich und ihre Forschung größtenteils erfolgreich gewesen – umso mehr schmerzte dieser eine Knick in ihrer Karriere.

Natürlich konnte sie sich damit trösten, dass ihr Vater am Ende nicht seinen Willen bekommen hatte. Bevor sie in Füssen den elterlichen Betrieb übernahm, arbeitete sie lieber in der kleinen Apotheke in Laim, auch wenn sie dort ziemlich unterfordert war. Doch als sie von der neuen Forschungsgruppe erfahren hatte, in der mit pflanzlichen Wirkstoffen gearbeitet werden sollte, war sie sofort elektrisiert gewesen. Für morgen war nun das erste Bewerbungsgespräch angesetzt. Sie hatte nicht herausgefunden, wem sie gegenübersitzen würde, aber sie musste sich fachlich vor niemandem verstecken, und die meisten früheren Kollegen an der LMU hatten eine gute Meinung von ihr.

Ihr Handy summte, eine Textnachricht von Markus erschien auf dem Display.

»Hast du schon gegessen?«, schrieb er. »Andernfalls würde ich auf dem Heimweg noch kurz was beim Italiener holen.«

Mit einem breiten Grinsen tippte sie die Antwort.

»Lass uns lieber zusammen kochen, sonst muss ich Daniels Suppe essen!«

»Pasta?«

»Pasta!!!«

Eine Dreiviertelstunde später war er zu Hause und rief sie an. Er hatte Pilze, Parmesan und Spaghetti gekauft, und sie zauberten gemeinsam zu einem ersten Glas Rotwein ein einfaches, aber leckeres Abendessen, ließen es sich zum zweiten Glas schmecken, und zum Espresso erzählte sie ihm von den Anrufen des Anwalts. Markus hörte sich alles in Ruhe an, bevor er seine Hand auf ihre legte.

»Michael wird das schon hinkriegen«, sagte er beruhigend. »Er ist von den Drogen losgekommen, und selbst wenn er jetzt für kurze Zeit einen Rückfall erleiden sollte: Er wird es auch ein zweites Mal schaffen. Dein Bruder ist ein Kämpfer.«

»Aber nur, wenn er einen Sinn darin sieht, zu kämpfen. Jahrelang hat er in diesem Loch im Gewerbegebiet gehaust, und ich hatte schon die Hoffnung aufgegeben, dass er sich noch einmal berappeln könnte.«

»Dann hat er diese Chance in der Fastenklinik erhalten – und ich staune heute noch, wie schnell er dafür auf die Füße gekommen ist. Das schafft nicht jeder, Maja.«

»Ich weiß, und ich bin auch sehr stolz auf meinen Bruder. Aber genau der Job, der ihm damals die Kraft gegeben hat, ist jetzt in Gefahr. Oder zumindest muss Michael das befürchten.«

»Jetzt wart mal ab, was dir der Anwalt morgen berichtet. Du glaubst ihm doch, dass er nach Michael sieht?«

»Ja. Damit wird sich Rappsteyn dafür revanchieren, dass ich mir die Unterlagen ansehe.«

»Hat er sie dir denn schon geschickt?«

Maja zuckte mit den Schultern.

»Eigentlich wollte ich mir meine Mails erst morgen früh wieder anschauen und lieber einen ruhigen Abend mit dir verbringen.«

»Eigentlich?«

»Na ja, Michael geht mir halt nicht aus dem Kopf …«

Markus erhob sich, stellte sich hinter Maja und legte ihr die Hände auf die Schultern.

»Wollen wir doch mal sehen, ob ich dich nicht doch auf andere Gedanken bringen kann.«

Hans Birkner wusste nicht, wodurch er aufgewacht war, aber als er im Dunkeln die Augen öffnete und wenige Zentimeter neben sich die kühle Wand der Zelle spürte, schnürte es ihm für einen Moment die Luft ab. Er musste sich zwingen, tief ein- und auszuatmen. Sein Puls raste, und er rollte sich herum, schwang die Beine über die Bettkante, setzte sich auf und massierte seine Schläfen.

Allmählich wurde das Pochen des Blutes wieder leiser, und zwischen den Pulsschlägen nahm er andere Geräusche wahr. Irgendwo hallten die Schritte eines Wärters wider, aus einer Zelle war metallisches Klopfen zu hören, zwei-, dreimal, und irgendjemand warf sich auf seiner Pritsche stöhnend hin und her. Die Laute waren ihm inzwischen halbwegs vertraut, aber noch immer konnte er nicht einschätzen, wie weit entfernt von seiner Zelle die Geräuschquellen waren. Stöhnte der Häftling nebenan, oder brachen sich die Laute kreuz und quer durch die Etagen und Flure, bevor sie ihn erreichten?

Seine Augen gewöhnten sich langsam an das schwache Licht, das von draußen in seine Zelle drang. Die Konturen der Möbel waren zu erkennen, die gegenüberliegende Wand dagegen blieb im Ungefähren – aber das Gefühl, er brauche nur seinen Arm auszustrecken, um die Wand mit den Fingerspitzen zu berühren, machte ihm sofort wieder das Atmen schwerer.

Er versuchte sich abzulenken, und fast gelang es ihm, sich in Gedanken nach Hause zu versetzen, in sein großräumiges Schlafzimmer, wo er nachts gern mit einem Glas Wein am Fenster stand und auf die Lichter von Heidelberg schaute, die in der Ferne blinkten. Würde er dort jemals wieder stehen? Würde sein Lebenswerk ohne ihn Bestand haben? Würden seine leitenden Angestellten, der Chefarzt, die kaufmännische Leiterin, bis zu seiner Rückkehr warten, auch wenn bis dahin Jahre vergingen, oder würden sie sich vor allem um ihr eigenes Fortkommen kümmern? Und was würde dann mit seiner Klinik geschehen?

Der Gedanke, das alles zu verlieren, schmerzte ihn und riss ihn für kurze Zeit aus der Lethargie, die ihn nach seiner Verhaftung allmählich befallen hatte. Aber was sollte sein Anwalt noch ausrichten in dieser vertrackten Lage? Birkner kannte sich selbst ein wenig in der Materie aus, und obwohl pflanzliche Gifte nicht sein Spezialgebiet gewesen waren, war er als promovierter Pharmazeut in dieser Hinsicht natürlich auch kein Laie. Außerdem hatte er sich mit Michael Ursinus besprochen, der nicht nur als Apotheker für ihn arbeitete, sondern sich mit pflanzlichen Wirkstoffen eingehend beschäftigt hatte, mit manchen mehr, als seiner Gesundheit und seiner Karriere zuträglich gewesen war. Aber die Meinung eines ehemaligen Drogensüchtigen und die Behauptung eines angeblichen Mörders konnten nun mal wenig ausrichten gegen das Gutachten einer Koryphäe wie Professor Dr. Hubert Fogl.

Erneut massierte Birkner sich die Schläfen und schloss probeweise die Lider. Als vor seinem geistigen Auge nur dunkle Farbflecken auftauchten, aber keine Bilder von dem Sterbenden oder von seinem panischen Mitarbeiter Maxim Frank, ließ er sich vorsichtig zurück auf sein Bett sinken, zog die Decke bis zu den Schultern und wartete darauf, dass er noch einmal einschlummerte.

Das gelbliche Licht der Laternen draußen im Park der Fastenklinik erhellte die Wohnung genug, dass der Mann sich in der Wohnung auch ohne Hilfsmittel zurechtfand. Ganz vorsichtig setzte er einen Fuß vor den anderen, lautlos und angespannt.

Als er ins Wohnzimmer schlich, stellte sich heraus, dass alle Vorsichtsmaßnahmen überflüssig gewesen waren. Der

Bewohner saß in einem Sessel und schnarchte, auf dem Boden unter ihm lag ein leeres Glas. Eine ebenfalls geleerte Flasche war ein Stück weiter weggerollt, neben den auf dem Tisch gelagerten Füßen stand eine kleine Plastikdose ohne Etikett.

Der Eindringling trug an beiden Händen Einmalhandschuhe. Er lüftete den Deckel – die Dose war etwa zur Hälfte mit kleinen Kapseln gefüllt – und schloss ihn wieder. Dann zog er ein Fläschchen aus der Tasche, hielt es direkt unter die schlaffe Rechte des Schlafenden und drückte vorsichtig dessen Fingerkuppen gegen die Glasfläche. Anschließend ließ er das mitgebrachte Fläschchen und die Dose in einem kleinen Plastikbeutel verschwinden.

Der Schlafende regte sich, röchelte leise und legte den Kopf mit einem kaum hörbaren Seufzen zur Seite. Der nächtliche Besucher steckte den Beutel schnell in die Tasche und arbeitete sich rückwärts langsam in den Flur hinaus. Im Schlafzimmer deponierte er das Fläschchen in einer Schublade unter einigen Papieren, in der Küche verstaute er die Plastikdose ganz hinten in einem Schrankfach. Kurz darauf zog er die Wohnungstür ganz leise hinter sich ins Schloss.

2

Es war eine kurze Nacht für Maja. Markus und sie waren spät eingeschlafen, und weil er im Kommissariat noch in Ruhe über einigen Details des aktuellen Falles brüten wollte, bevor die Kollegen eintrafen, stellte er den Wecker auf halb sechs. Markus nahm sich immerhin noch die Zeit, mit ihr zu frühstücken, aber dann flitzte er die Treppe hinunter, und Maja ging in ihre Wohnung, um zu duschen. Von ihren Mitbewohnern war um diese Uhrzeit natürlich noch nichts zu sehen, und sie schlich auf Zehenspitzen vom Bad in ihr Zimmer, um niemanden zu wecken.

Neugierig checkte sie ihre Mails. Das Material zu dem Mannheimer Mordfall war eingegangen, Rappsteyn hatte ihr einige Dateien zusammengestellt, die sie aber nur flüchtig sichtete. Sie würde sich nach ihrem Bewerbungsgespräch darum kümmern. Nebenbei registrierte sie, dass der Anwalt mit vollem Namen Veit Rappsteyn hieß und offenbar Mitinhaber einer Kanzlei namens Rappsteyn/Moeller in Schwetzingen war.

Sie machte Kaffee und setzte sich mit einem Becher an den Küchentisch, während sie noch einmal die Unterlagen zu der ausgeschriebenen Stelle an der Uni durchblätterte. Das Forschungsthema der Arbeitsgruppe, die sie leiten wollte, fiel genau in ihren Fachbereich, allein schon ihre Doktorarbeit wies sie dafür als besonders qualifiziert aus. Also sollte nachher im Gespräch eigentlich nichts schiefgehen, ihre Chancen auf den Posten waren gut.

Nachdem sie sich in Gedanken alle möglichen Antworten auch auf unkonventionelle Fragen zurechtgelegt hatte, stand sie eine Zeit lang vor dem Kleiderschrank und wählte und verwarf verschiedene Outfits. Am Ende hatte sie sich für schwarze Jeans, eine hellblaue Bluse und einen locker fallenden schwarzen Blazer entschieden. Sie kam mit dem Auto gut durch den morgendlichen Verkehr, und als sie den Unicampus am Klinikum Großhadern erreichte, war sie fast eine halbe Stunde zu früh dran.

Sie suchte die Nummer des Raums heraus, in dem sie sich einfinden sollte. Auf den Fluren herrschte reges Treiben, und nachdem sie zehn Minuten wartend in der Nähe des Aufzugs totgeschlagen hatte, ging sie das letzte Stück den Gang entlang. Neben der Tür wartete sie bis eine Minute vor zehn, dann klopfte sie.

»Herein«, ertönte drinnen eine Männerstimme.

Sie zog die Tür auf, betrat den Raum – und sah, wer sie erwartete. Professor Roland Zeisinger war früher gelegentlich in Füssen zu Gast gewesen. Er hatte mit ihrem Vater studiert, und die beiden waren Freunde geblieben. Und er hatte – davon war Maja nach wie vor überzeugt – seine

Finger im Spiel gehabt, als sie vor einigen Jahren ihre Stelle an der LMU verloren hatte. Zeisinger saß allein hinter einem Tisch, links und rechts von ihm waren Stühle frei, aber als sie ihn nach einem kurzen Blick auf die leeren Plätze fragend ansah, schüttelte er nur den Kopf und wies ihr gönnerhaft den einzelnen Stuhl auf der anderen Seite des Tisches zu.

»Nehmen Sie bitte Platz, Frau Ursinus«, begann er, ohne ihr einen Handschlag anzubieten, »Sie müssen nicht auf meine Kollegen warten. Ich kenne Sie ja schon eine ganze Weile, und wie Sie wissen, bin ich auch Ihrem Vater seit Jahren verbunden. Die Kollegen werden sich also ganz auf meine Einschätzung verlassen und sich meiner Entscheidung anschließen, soweit sie Sie betrifft.«

Maja legte ihre Mappe mit Lebenslauf und Zeugnissen vor sich ab, ließ sie aber geschlossen. Zeisinger beobachtete es mit einem Lächeln, das ein wenig mitleidig wirkte.

»Dann erzählen Sie mal, wie Sie auf die Idee gekommen sind, sich für diese anspruchsvolle Stelle zu bewerben.«

Er lehnte sich etwas zurück und verschränkte die Arme. Maja fühlte Wut in sich aufsteigen, aber sie wollte ihrem Gegenüber nicht die Genugtuung gönnen, vor diesem unerwartet schwierigen Gespräch zu kneifen. Also schluckte sie ihren Ärger hinunter, räusperte sich und begann zu erklären, warum sie sich bewarb, was sie an dem Projekt spannend fand und warum sie sich für besonders geeignet hielt. Immerhin: Zeisinger hörte sich alles an, unterbrach sie nicht, und als sie fertig war und auch noch zwei, drei

Fragen von ihm beantwortet hatte – souverän, wie sie selbst fand –, setzte er sich gerade hin, legte die Hände auf die Tischplatte und sah ihr in die Augen. Sie hielt seinem Blick stand, und schließlich nickte er.

»Möchten Sie sich noch meine Unterlagen ansehen?«, schlug Maja vor und schob die Mappe ein kleines Stück zu ihm hin.

»Das wird nicht nötig sein«, versetzte er, ohne ihre Unterlagen zu beachten. »Ich fürchte, ich muss Ihnen absagen. Wir werden die Stelle anderweitig vergeben.«

Maja zog die Mappe wieder zu sich heran und schaute einen Moment auf den Tisch, um zu überspielen, dass ihr Blick flackerte. Im nächsten Moment hatte sie sich wieder im Griff, aber ein saurer Geschmack stieg in ihrer Kehle auf.

»Und warum, wenn ich fragen darf?«, brachte sie so ruhig wie möglich hervor.

»Sie waren ja schon einmal hier beschäftigt, und ich war froh, als diese … nun ja … Episode vorüber war. Ich war damals um eine Einschätzung Ihrer fachlichen Qualitäten gebeten worden, und trotz meiner jahrzehntelangen Freundschaft mit Ihrem Vater konnte ich leider keine positive Empfehlung abgeben.«

Maja musste sich beherrschen. Ihre linke Hand presste sie auf die Mappe, die Finger der rechten verkrampften sich um ihren Oberschenkel.

»Wissen Sie, Frau Ursinus, wir pflegen hier an der LMU einen hohen wissenschaftlichen Standard, und dem sind Sie meines Erachtens fachlich nicht gewachsen. Wie Sie wissen, wünscht sich Ihr Vater nichts sehnlicher, als dass Sie in den elterlichen Betrieb eintreten und ihn irgendwann übernehmen. Ich habe noch nie verstanden, warum er sich so sehr darauf versteift. Sicher, Manfred ist auf die Tradition bedacht, hält die Familienbande hoch und so weiter. Aber ich habe ihm mehr als einmal gesagt, dass er eigentlich froh sein sollte, dass Sie mit der Anstellung in dieser …« Er machte eine abschätzige Handbewegung. »… in dieser kleinen Apotheke in Laim zufrieden sind. Dort sollten Sie keinen allzu großen Schaden anrichten können.«

Nun musste Maja doch kurz nach Luft schnappen, und Zeisinger registrierte ihre Reaktion mit einem zufriedenen Grinsen.

»Außerdem habe ich mitbekommen, dass Sie sich in Ihrer Freizeit gern mit Kriminalfällen beschäftigen. Tun Sie das doch weiterhin, vielleicht wird Ihr Ehrgeiz ja durch solche Abwege etwas besänftigt, und pharmazeutische Laien wie die Herrschaften von der Polizei wissen Ihre Beiträge wohl eher zu schätzen als die Fachwelt.«

Er erhob sich, und der Blick, mit dem er sie streifte, suchte nach Anzeichen für ihre totale Niederlage. Doch Maja hatte den Rücken durchgedrückt, sah ihn fest an und stand nun ebenfalls auf, ruhig, beherrscht, den Kopf erhoben. Sie griff nach ihrer Mappe, brachte ein Lächeln zustande, beugte sich über den Tisch und streckte ihm die rechte Hand hin. Im Reflex griff er zu, überrascht von ihrer Reaktion.

»Grüßen Sie bitte Ihre beiden Kollegen«, sagte Maja

und nickte zu den beiden leeren Stühlen neben Zeisinger. »Natürlich nur, falls Sie ihnen überhaupt erzählen, dass ich mich auf diese Stelle beworben habe. Vielleicht wollen Sie ja lieber nicht erklären müssen, aus welchen Gründen Sie mich abgelehnt haben. In diesem Fall grüßen Sie stattdessen meinen Vater, mit dem Sie sich ja sicher im Vorfeld abgestimmt haben.«

Sie nickte ihm noch einmal zu, wandte sich ab und ging kerzengerade zur Tür, die sie leise hinter sich schloss. Kein Türenschlagen, kein wütendes Davonstampfen. Stattdessen gemessene Schritte bis zum Fahrstuhl, die hoffentlich überspielten, dass ihr das Herz bis zum Hals schlug. Als die Lifttüren hinter ihr zuglitten, ließ sie sich mit dem Rücken gegen die Wand des Aufzugs sinken. Was erlaubte sich dieses arrogante Arschloch? Warum musste ausgerechnet dieser Kerl zwischen ihr und der Leitung der Forschungsgruppe stehen? Hatte sie ihre Wut geschickt genug übertüncht? Und hatte sie Zeisinger durch ihren Abschied wenigstens ein bisschen aus seinem perfiden Konzept gebracht?

Vom Zimmer, in dem sie gerade gedemütigt worden war, konnte man den Weg sehen, auf dem sie nun zurück zu ihrem Wagen ging. Maja riss sich weiter zusammen, denn sie wollte vor den Augen dieses Widerlings ganz sicher nicht ihren Gefühlen freien Lauf lassen. Und so startete sie rasch ihr Auto und fuhr davon.

Erst nach zwei, drei Kilometern bog sie in eine Seitenstraße ab, suchte sich einen Parkplatz, stoppte den Motor, sank vornüber aufs Lenkrad und begann zu weinen.

Die Verhandlung war kurzfristig verschoben worden, und statt zum Gericht fuhr Veit Rappsteyn deshalb in den Südosten von Mannheim. Dort, durch ein Waldstück von der A 6 abgeschirmt, erstreckte sich die Fastenklinik Birkner auf einem länglichen Grundstück zwischen Bäumen und Bahnlinie, das schon der Vorbesitzer mit Hügeln, kleinen Wäldchen, künstlichen Wasserläufen und einem Teich sehr hübsch angelegt hatte. Die Gebäude lagen auf Mannheimer Gebiet, von hier aus blickte man aber bis hinüber nach Heidelberg. Auch der Vorbesitzer hatte das Areal als Klinik genutzt, doch sein Geschäftsmodell einer Reha-Einrichtung für wohlhabende Patienten der Heidelberger Uniklinik und der städtischen Klinik in Mannheim ging nicht auf. Die reichen Herrschaften kurten lieber im Schwarzwald, am Bodensee oder an der Ostsee, wenn es sie nicht gleich ins Ausland zog. Als die Rehaklinik pleite war und zum Verkauf stand, suchte Hans Birkner gerade nach einem geeigneten Standort für seine Fastenklinik. Der Preis stimmte, es waren kaum Umbauten notwendig, und sogar die Wohngebäude für ihn selbst und seine Mitarbeiter gab es schon.

Rappsteyn fuhr mit seiner Limousine langsam bis zur Schranke und ließ das Seitenfenster herunter. Der Mann im Pförtnerhäuschen erkannte ihn, tippte zum Gruß an seine Schirmmütze und öffnete die Schranke. Seit der Anklage gegen Birkner war er so oft hier auf dem Gelände gewesen, dass er an der Pforte schon gar nicht mehr gefragt wurde, wann er mit wem einen Termin hatte. Er ließ das Hauptgebäude der Klinik und die Einfahrt zur Tiefgarage rechts liegen und fuhr weiter, bis vor ihm zwischen den künstlich angelegten Hügeln die vier großen Wohngebäude in Sicht kamen. Die nächste Abzweigung führte rechts zu Hans Birkners Villa, die von hier aus noch nicht zu sehen war. Heute lenkte Rappsteyn den Wagen allerdings weiter geradeaus zur Tiefgarage des Wohngebäudes, in dem Michael Ursinus lebte.

Die Häuser waren nicht besonders gesichert, auch der Aufzug konnte von jedem benutzt werden, der die Pforte einmal passiert hatte, nur für die Fahrt hinauf zu den Penthouse-Apartments brauchte man einen Schlüssel. Das für die Patienten zugängliche Areal war mit einem Zaun abgeriegelt, der versteckt in Büschen und Hecken oder hinter efeubewachsenen Mauern verlief. Die Patienten hatten auch so ausreichend Bewegungsfreiheit, dass niemand sich eingesperrt fühlen musste.

Rappsteyn drückte den Klingelknopf neben dem Namensschild von Michael Ursinus. Der Klingelton war deutlich durch die geschlossene Tür zu hören, sonst regte sich nichts. Der Anwalt wartete, läutete erneut und legte schließlich das Ohr an die Tür. Aus der Wohnung drang kein Geräusch. Er lauschte noch einen Moment lang, dann verließ er das Gebäude durch den Haupteingang und folgte dem schmalen Pfad, der um das Haus herumführte. Dort überquerte er die Terrasse und warf einen Blick durch die großen Fenster. Das Sonnenlicht spiegelte sich in den Scheiben, also trat er näher und hielt die Hände rechts und links neben das Gesicht, um etwas Schatten zu schaffen. Das Wohnzimmer wirkte verlassen, doch dann sah er die leblose Gestalt auf dem Sessel liegen, eine leere Wodkaflasche und ein leeres Glas lagen auf dem Fußboden. Der Anwalt hielt die Luft an und kniff die Augen zusammen, aber aus seiner Position konnte er nicht erkennen, ob Ursinus atmete.

Er schlug mehrmals mit der flachen Hand gegen die Scheibe, aber der Mann im Sessel regte sich nicht. Erst als er fester gegen das Glas klopfte, schien Leben in den anderen zu kommen. Michael Ursinus blinzelte ins Morgenlicht, setzte sich ein wenig auf und starrte ungläubig auf die Gestalt, die auf seiner Terrasse stand und durchs Fenster hereinschaute.

Maja ließ das Handy ein paarmal klingeln, bevor sie den Kopf zur Seite drehte, um zu sehen, wer sie zu erreichen versuchte. Als sie Rappsteyns Namen auf dem Display las, griff sie schnell nach dem Smartphone und nahm das Gespräch gerade noch rechtzeitig entgegen, bevor die Mailbox ansprang.

»Hallo, Frau Ursinus. Ich hoffe, ich platze nicht in Ihren Termin.«

»Alles gut, ich bin auf dem Heimweg. Konnten Sie schon nach Michael sehen?«

»Ja, mein Gerichtstermin wurde kurzfristig verschoben, deshalb habe ich meinen Besuch bei Ihrem Bruder vorgezogen. Ich sitze gerade neben ihm in seinem Wohnzimmer.«

Maja atmete auf. Das klang weniger bedrohlich, als sie befürchtet hatte.

»Ich habe ihm einen starken Kaffee gemacht, nun geht's ihm wieder halbwegs.«

»Was war denn mit ihm?«

Rappsteyn schilderte, wie er ihren Bruder vorgefunden und wie viel Mühe er gehabt hatte, ihn zu wecken.

»Kann ich bitte mit ihm sprechen?«

Der Anwalt gab das Handy weiter.

»Hallo, Maja.«

Michaels Stimme klang schrecklich. Brüchig, schwach, undeutlich.

»Pulver oder Schnaps?«, fragte Maja und versuchte, ihre Sorge mit Strenge zu überspielen.

»Whisky.«

»Sonst nichts?«

»Nein, ehrlich nicht.«

»Du weißt schon, dass es mich verrückt macht, wenn ich dich eine Weile nicht erreichen kann, oder?«

»Tut mir leid. Der Anwalt hat mir auch schon gesagt, dass du dir Sorgen um mich machst. Musst du aber nicht. Mir geht es eigentlich ganz gut.«

»So gut, dass du dich mit Whisky abschießt ...«

»Du hast von Herrn Rappsteyn ja schon gehört, was hier los ist.«

»Üble Geschichte. Und jetzt machst du dir Gedanken, was aus deinem Job wird?«

»Würdest du doch auch, oder?«

»Vermutlich. Aber selbst wenn dein Chef verurteilt werden sollte, geht deswegen noch nicht zwingend die Fastenklinik den Bach runter.«

»Na ja ... Birkner ist nun mal das Aushängeschild der Einrichtung.«

»Du musst erst mal abwarten, was wird.«

»Muss ich wohl.«

Es entstand eine kurze Pause. Sie hörte ihn schwer atmen und dann schlürfend einen Schluck Kaffee trinken.

»Gibst du mir mal Herrn Rappsteyn?«

Der Anwalt übernahm. »Warten Sie bitte einen Moment, ich geh kurz auf die Terrasse.«

Schritte waren zu hören, eine Tür wurde geöffnet und wieder zugedrückt, dann fuhr Rappsteyn fort.

»Jetzt können wir freier reden. Ihrem Bruder geht es im Moment nicht gut, weil er einen ordentlichen Kater hat. Aber ich würde meine Hand nicht dafür ins Feuer legen, dass er nicht gleich heute die nächste Flasche Wodka aufmacht oder zu Schlimmerem greift.«

»Ich auch nicht.«

»Soll ich klären, ob er kurzfristig Urlaub bekommt? Vielleicht wäre es ganz gut, wenn er für ein, zwei Wochen bei Ihnen sein könnte. Dann müsste er in dieser für ihn schwierigen Situation nicht alles mit sich allein ausmachen.«

»Das wird nicht nötig sein. Ich wollte ja ohnehin nach Mannheim fahren und nach ihm sehen.«

»Wann würden Sie eintreffen?«

»Ich muss noch ein paar Dinge regeln, dann fahre ich los. Allerspätestens morgen früh.«

Rappsteyn zögerte.

»Das klingt, als sei Ihr Gespräch vorhin nicht gut gelaufen«, sagte er schließlich.

»Sagen wir es so: Ich kann das Gutachten für Sie schreiben.«

»Das tut mir für Sie wegen der Stelle leid, auf die Sie gehofft hatten. Ich für meinen Teil bin mit der neuen Situation natürlich sehr zufrieden.«

Rappsteyns Stimme klang sympathisch, und sie musste wegen seiner Ausdrucksweise kurz lächeln.

»Ich könnte mir vorstellen«, fuhr er fort, »dass Sie die Absage erst noch verdauen müssen. Was halten Sie denn davon, wenn ich Ihren Bruder für heute Nacht in einem Hotel unterbringe, bis Sie morgen herkommen? Ich glaube, es ist besser, wenn niemand von den anderen Mitarbeitern erfährt, dass er gerade nicht auf dem Damm ist. Alkoholprobleme sind hier nur dann gern gesehen, wenn man sie überwunden hat.«

»Das wäre vielleicht wirklich das Beste. Aber ich kann meinem Bruder auch von hier aus ein Zimmer buchen.«

»Das wäre ja noch schöner! Darum kümmere ich mich, und bezahlt wird das Zimmer von meinem Klienten. Wenn Sie mögen, stelle ich auch Ihnen ein Hotelzimmer zur Verfügung.«

»Nein, ich komme für die paar Nächte gut in der Wohnung meines Bruders unter. Er kann dann ja auch wieder dort wohnen. Schließlich behalte ich ihn im Auge.«

»Und was ist mit dem Urlaub?«

»So, wie Sie ihn mir beschrieben haben, kann er heute sicher nicht arbeiten. Wenn Sie es also möglich machen könnten, dass er zwei Tage freibekommt, wäre es gut.«

»Kein Problem, wird gemacht.«

»Danke, und falls noch etwas sein sollte, bevor ich morgen eintreffe, geben Sie mir bitte kurz Bescheid. Ich bin jederzeit erreichbar.«

»Natürlich, und gleich nachher gebe ich Ihnen durch, in welchem Hotel ich Ihren Bruder untergebracht habe.«

An einem Fenster in der obersten Etage der Klinik stand ein Mann in weißem Kittel. Von dort hatte er den Anwalt beobachtet, der durch die Terrassentür die Wohnung von Michael Ursinus betreten hatte. Nun begab er sich zu seinem Versteck, von dem aus er beobachten konnte, wer das Wohngebäude betrat oder verließ, in dem Ursinus wohnte. Er hätte sich noch besser verbergen können, wenn er seinen weißen Kittel irgendwo deponiert hätte, aber so wirkte er unverdächtiger für den Fall, dass er gesehen wurde. In den Häusern im Norden des Klinikgeländes wohnten die meisten Angestellten der Fastenklinik, auch er selbst hatte eine Wohnung hier. Sollte ihn also jemand hier stehen sehen, würde das in seiner Arbeitskleidung unverdächtiger wirken, so als hätte er nur eine kurze Pause eingelegt, um sich etwas zu essen zu holen, und wäre jetzt auf dem Rückweg zu seinem Arbeitsplatz.

Der Anwalt war nun schon eine Weile aus seinem Blickfeld verschwunden, doch der Mann im Arztkittel harrte geduldig aus. Wenn Rappsteyn das Gebäude auf normalem Weg verließ, musste er wieder hier vorbeikommen. Nur wenn er sich davonschlich, konnte er ungesehen das Grundstück verlassen – aber welchen Grund sollte er dafür haben? Und warum sollte er seinen Wagen zurücklassen?

In diesem Moment rollte die Limousine des Anwalts langsam aus der Tiefgarage. Obwohl die Seitenfenster getönt waren, erkannte der Mann die hagere Silhouette von Michael Ursinus, der auf dem Beifahrersitz hockte.

Welche Verbindung zwischen Rappsteyn und diesem Ex-Junkie mochte es geben? Hatte Ursinus doch bemerkt, dass er in der Nacht ungebetenen Besuch gehabt hatte? Holte er sich anwaltlichen Beistand? Aber konnte er sich einen teuren Juristen wie Rappsteyn überhaupt leisten – oder versprach sich der Anwalt nicht eher Hilfe von Ursinus für die Verteidigung seines Mandanten Birkner? Was unweigerlich zu der Frage führte: Was konnte Ursinus wissen, das Birkner womöglich entlastete?

Ein böses Grinsen huschte über das Gesicht des Mannes in seinem Versteck. Vielleicht würde die Idee, Ursinus etwas unterzuschieben, noch viel mehr bewirken als erhofft. Er sah noch eine Weile nachdenklich in die Richtung, in der die Limousine davongefahren war, strich schließlich seinen weißen Kittel glatt und machte sich auf den Weg zurück in die Klinik.

Markus Brodtbeck stand eine Nachtschicht bevor. Er hatte seinen Kollegen Hilfe angeboten, die einen Verdächtigen im aktuellen Mordfall rund um die Uhr beschatteten, und sie hatten dankend angenommen. Also würde er gegen sieben seinen Posten beziehen und dort die ganze Nacht ausharren. Deshalb nahm er den Nachmittag frei und wollte sich ein paar Stunden hinlegen, davor war Zeit für eine Mittagspause mit Maja.

Sie hatte nach dem Bewerbungsgespräch und dem Telefonat mit Rappsteyn und ihrem Bruder einen längeren Spaziergang unternommen und auf dem Heimweg für das Treffen mit Markus chinesisches Essen mitgebracht. Das ließen sie sich schmecken, während sie ihm von ihrem Vormittag erzählte. Markus hörte aufmerksam zu, nickte ab und an oder fragte nach, und als Maja ihre Geschichte beendet hatte, wirkte er sehr nachdenklich.

»Und du willst dich wirklich schon wieder in einen Mordfall einmischen?«, fragte er nach einer Weile.

»Was heißt einmischen?«, protestierte sie. »Ich wurde um ein Gutachten gebeten.«

»Obwohl es schon ein Gutachten gibt.«

»Das ich mir mal genauer ansehen soll. Und dem ich widersprechen werde, wenn es die Schwachstellen aufweist, die Rappsteyn unterstellt.«

Markus lehnte sich zurück und musterte seine Freundin.

»Bist du sicher, dass du dieses Gutachten nur aus fachlichem Interesse anfertigen willst?«

»Warum denn sonst?«

»Schau, Maja ... Ich will dir nicht zu nahe treten, aber ...«

»Aber?«

»Dieser blöde Professor hat dich heute früh so arrogant abblitzen lassen, er hat deine Qualifikationen, ja, deine gesamte Fähigkeit zu wissenschaftlichem Arbeiten angezweifelt.«

»Der Idiot wollte mir eins auswischen, weil er ein alter

Spezl meines Vaters ist. Er konnte ihm damit einen Gefallen tun – und er wusste, dass er mich mit diesem Verhalten am ehesten verletzen kann.«

»Eben.«

»Was meinst du damit?«

»Er hat dich ins Mark getroffen mit seinen unverschämten Behauptungen. Und ich könnte mir vorstellen, dass du dieses Gutachten auch schreiben willst, um allen zu beweisen, dass du besser bist als dieser Heidelberger Professor, diese Koryphäe.«

Maja presste die Lippen zu einem schmalen Strich zusammen.

»Ich liege nicht ganz falsch, oder?«

Sie zuckte mit den Schultern.

»Denk doch noch einmal nach, ob du diesen Auftrag wirklich annehmen willst. Bitte! Ich habe einfach Angst, dass du dich da in was verrennst.«

»Ich hab schon zugesagt.«

»Dieser Anwalt würde dir in dieser Situation, in der du dich vor allem um deinen Bruder kümmern musst, keinen Strick draus drehen, wenn du dich noch einmal umentscheidest. Außerdem wäre ihm ja auch schon geholfen, wenn du ihm deine Meinung über das bestehende Gutachten skizzierst, ohne dass du gleich selbst eines erstellst.«

»Ich lasse Rappsteyn nicht hängen. Und nach Mannheim muss ich sowieso, um mich um Michael zu kümmern, wie du selbst gerade gesagt hast. Dann kann ich mich vor Ort doch gleich ein bisschen umschauen und umhören.«

Sie lächelte ihn an, und Markus verdrehte die Augen.

»Oje, es ist also noch schlimmer, als ich befürchtet habe: Für dich ist es mit einem Gegengutachten gar nicht getan! Du willst auch gleich noch zu dem Mordfall recherchieren!«

»Das würde ich nie machen«, versetzte sie grinsend, gab ihm einen Kuss und ließ zwei Tassen Kaffee aus Markus' Espressomaschine. Sie tranken schweigend, und als Markus nicht aufhörte, sie besorgt zu mustern, legte sie ihre Hand auf seine.

»Jetzt mach nicht so ein Gesicht! Ich pass schon auf mich auf, und im Mittelpunkt steht wirklich das Gutachten! Wenn ich der Heidelberger Koryphäe Fehler nachweisen möchte, muss ich sehr genau arbeiten, das wird kein Zuckerschlecken.«

»Dann lass es doch einfach bleiben ...«

»Natürlich lasse ich es *nicht* bleiben, Markus! Ich mache das jetzt, ich fahre nach Mannheim, und in ein, zwei Wochen bin ich wieder da, habe dem Anwalt geholfen, habe meinem Bruder geholfen – und mir selbst auch, das gebe ich gern zu.«

Markus seufzte und nahm einen großen Schluck Kaffee.

»Um ehrlich zu sein, hatte ich von Anfang an wenig Hoffnung, dich von deinem Plan abbringen zu können. Auch wenn ich es für eine Schnapsidee halte.«

Sie streichelte seine Hand und lächelte.

»Aber eine Bitte habe ich«, fügte er hinzu. »Ich gebe dir die Adresse und die Handynummer eines befreundeten

Kollegen, den ich vor einigen Jahren auf einer Schulung kennengelernt habe. Er ist Hauptkommissar der Mannheimer Kripo, und er wird dir helfen, wenn du Leute suchst, mit denen du über den Fall reden kannst. Ich rufe ihn nachher an und warne ihn vor.«

»Und ich nehme an, du wirst ihm auch sagen, dass er ein Auge auf mich haben soll«, erwiderte sie.

»So ist es, Frau Dr. Ursinus«, versetzte er augenzwinkernd. »Er soll aufpassen, dass du dich nicht wieder unnötig in Gefahr bringst.«

Sie stand auf, stellte sich neben ihn und fuhr ihm durchs Haar.

»Eigentlich ist es ganz schön«, sagte sie, »dass du dir Sorgen um mich machst.«

»Vor allem ist es anstrengend, Angst um dich zu haben«, versetzte er und stand ebenfalls auf. »Ich mag mir nämlich eine Zeit ohne dich gar nicht mehr vorst…«

Weiter kam er nicht. Sie verschloss seinen Mund mit ihren Lippen.

Das Hotel war vom Schwetzinger Schlosspark nur durch eine Straße getrennt, und die Kanzlei Rappsteyn/Moeller war ein guter Kunde. Hier wurden Gutachter untergebracht, die auf Betreiben der Anwälte an Gerichtsverhandlungen teilnahmen und mehr als nur zwei, drei Stunden Anreise hatten. Auch Zeugen und Mandanten, die in Ruhe auf ihre Aussage vorbereitet wurden und die entweder nicht aus der Gegend waren oder vorübergehend nicht zu Hause wohnen konnten, weil die Polizei ihr Haus oder ihre Wohnung versiegelt hatte. Veit Rappsteyn hatte wegen des Zimmers schon in der Kanzlei angerufen, als er auf dem Klinikgelände aus der Tiefgarage gefahren war, und die Reservierung wurde ihm bestätigt, als er gerade in die Straße einbog, die zum Hotel führte.

Michael Ursinus saß apathisch neben ihm und starrte ins Leere, und nachdem der Anwalt seine Limousine auf dem Parkplatz im Innenhof des Hotels abgestellt hatte, musste er ihn zweimal ansprechen, bevor wieder Bewegung in ihn kam. Umständlich stieg Ursinus aus, streckte sich und sah sich um, als wisse er nicht, wo er sich befinde und wie er hierhergekommen war.

»Geht's?«, fragte Rappsteyn.

»Ja, ja.«

Ursinus sah schlimm aus. Er fuhr sich durch die Haare und atmete ein paarmal tief durch.

»Ich habe Ihnen ein Zimmer zur Straße hinaus gebucht«, sagte der Anwalt. »Das ist zwar etwas lauter als auf dieser Seite, aber Sie haben einen schönen Blick auf den Schlossgarten.«

»Ist recht.«

Rappsteyn ging mit ihm ins Hotel und regelte die Formalitäten am Empfang. Ursinus stand abseits und schaute zu Boden. Die eilig gepackte Tasche mit Kleidern und Waschzeug hatte er zwischen den Füßen abgestellt, die Hände steckten in den Hosentaschen.

»Kommen Sie, Herr Ursinus?«

Wieder schaute der junge Mann ihn an, als müsse er sich erst besinnen, wo er war, dann trottete er hinter ihm her zum Aufzug. Das Zimmer befand sich im ersten Stock, und hätte sein Begleiter nicht so elend und kraftlos gewirkt, hätte Rappsteyn die Treppe genommen. Er öffnete die Zimmertür, übergab Ursinus die Codekarte und ließ ihn als Ersten eintreten. Der junge Mann schlurfte in den Raum, ließ seine Tasche zu Boden gleiten und sank aufs Bett. Die herrliche Aussicht interessierte ihn nicht.

»Kann ich Sie allein lassen?«, fragte Rappsteyn.

»Ja, kein Problem.«

»Wenn Sie Hunger haben, können Sie sich gern was aufs Zimmer kommen lassen. Meine Kanzlei übernimmt alle Kosten.«

»Danke.«

»Ich werde gleich Ihrer Schwester Ihre Zimmernummer und die Durchwahl geben.«

Ursinus zog sein Handy aus der Hose und hielt es hoch.

»Oder so«, sagte der Anwalt. »Aber seien Sie bitte so gut und gehen auch dran, wenn sie anruft. Sie macht sich Sorgen um Sie.«

»Ich weiß.«

»Gut. Sie wird Sie morgen abholen. Sie meinte, dass sie ein paar Tage in Ihrer Wohnung unterkommen kann.«

»Natürlich kann sie das.«

Rappsteyn zückte eine Visitenkarte, kritzelte eine Handynummer darauf und legte die Karte aufs Bett.

»Und bis dahin können Sie natürlich auch mich jederzeit anrufen, wenn Sie etwas brauchen. Meine Kanzlei ist nur ein paar Straßen von hier entfernt, und auch von zu

Hause brauche ich mit dem Wagen nicht lange, um hier zu sein.«

»Schon gut, Sie können mich wirklich allein lassen.«

Michael Ursinus rang sich ein Lächeln ab. Rappsteyn zögerte noch einen Augenblick, dann wandte er sich zum Gehen. Am Empfang telefonierte die junge Mitarbeiterin, mit der er die Anmeldeformalitäten erledigt hatte, und als sie ihn aus dem Treppenhaus treten sah, wirkte sie erschrocken, als habe er sie bei irgendetwas Unanständigem ertappt. Sie lächelte unsicher, nickte ihm zu und legte währenddessen die rechte Hand auf das Mikrofon ihres Telefons. Ihr Gespräch setzte sie erst fort, als er außer Hörweite war.

Hatte das etwas mit ihm oder Ursinus zu tun, oder sah er schon Gespenster? Und würde sich der junge Mann im ersten Stock mit dem Inhalt der Minibar betrinken und morgen in ebenso schlechter Verfassung sein wie heute? Rappsteyn war so in Gedanken versunken, dass ihm erst auf dem Gehsteig vor dem Haupteingang des Hotels einfiel, dass er den Wagen im Innenhof stehen hatte. Er umrundete das Gebäude, folgte der schmalen Durchfahrt und fuhr kurz darauf in seiner Limousine zur Kanzlei.

Sein Partner war nicht da, auch die meisten angestellten Anwälte waren ausgeflogen, und im Sekretariat verstaute Gudrun Wagner gerade Papiere in einer Aktentasche. Sie war seit vielen Jahren seine Assistentin, und in Rechtsfragen fehlte ihr nicht viel zur Volljuristin.

»Ah, Herr Rappsteyn«, rief sie aus, als sie ihn bemerkte. »Gut, dass Sie hier sind. Ich bringe gleich die Unterlagen zu Herrn Birkner und spreche mit ihm durch, was Sie mir aufgetragen haben. In einer Stunde sollte ich wieder da sein. Soll ich ihm noch etwas ausrichten?«

»Nein, im Moment nicht.«

»Auch nicht, dass Sie Herrn Ursinus ins Hotel gebracht haben und dass seine Schwester morgen eintreffen wird?«

»Erst mal nicht. Ich möchte vermeiden, dass er sich zu große Hoffnungen macht. Bisher weiß er nur, dass ich eine zweite Meinung einholen will. Ich werde die erste Einschätzung von Frau Ursinus zu Professor Fogls Gutachten abwarten, bevor ich ihm von ihr erzähle.«

»Okay, dann mach ich mich mal auf den Weg. Wie gesagt: Länger als eine Stunde sollte ich nicht weg sein.«

»Jetzt gehen Sie schon«, versetzte er lachend, weil sie sich für so unersetzlich hielt. »Herr Holm ist ja auch noch da.«

Kevin Holm, zwanzig Jahre jünger als Gudrun Wagner und juristisch längst nicht so versiert, hob die Hand und nickte lächelnd, bevor er sich wieder auf den Brief konzentrierte, den er gerade tippte. Die Assistentin klemmte die Tasche unter den Arm und flitzte aus der Kanzlei. Als Rappsteyn sich auf den Weg in sein Büro machen wollte, hatte er den vagen Eindruck, als werde er von Frau Wagners Kollegen beobachtet.

»War noch was, Herr Holm?«, fragte er deshalb, aber der junge Mann richtete den Blick wieder auf den Bildschirm und murmelte: »Nein, nein, Herr Rappsteyn. Alles gut.«

Rappsteyn ging in sein Büro, drückte die Tür hinter

sich zu und seufzte. Ich sehe wirklich schon Gespenster, dachte er.

Seinen Mannheimer Kollegen wollte Markus am Abend anrufen, wenn ihm die Beschattung dazu Zeit ließ, doch bevor er sich schlafen legte, gab er Maja schon mal die Handynummer von Kriminalhauptkommissar Jens Vollmer. Bevor sie anfing zu packen, machte sie einen ausgedehnten Spaziergang, auf dem sie sich überlegte, was sie mitnehmen musste.

Bei einer Tasse Kaffee in ihrer WG arbeitete sie anschließend die Unterlagen durch, die Rappsteyn ihr geschickt hatte. Die Ergebnisse der Obduktion des Mordopfers und der kriminaltechnischen Untersuchungen am Tatort hatte der Anwalt in einem Bericht zusammengefasst, ebenso den Hergang der Tat selbst, wie sie die Staatsanwaltschaft für erwiesen hielt.

Der Unternehmer Joachim Hirsch, sechsundsechzig und verwitwet, war am 25. November abends tot in seiner Villa aufgefunden worden. Entdeckt wurde die Leiche vom Geschäftsführer von Hirschs Firma, der mit dem Hausherrn zu einer Besprechung verabredet war und der – nachdem ihm niemand öffnete – den Hausschlüssel benutzte, den Hirsch ihm vor einiger Zeit anvertraut hatte. Der Leichnam lag im ersten Stock im ehemaligen Jugendzimmer seiner erwachsenen Tochter, die etwa ein Jahr zuvor Suizid begangen hatte. Neben ihm lagen zwei benutzte Gläser und ein umgestürzter Couchtisch, unter das Bett war ein braunes Medikamentenfläschchen ohne

Etikett gerollt. Die Möbel waren verschoben, teilweise demoliert, als habe jemand in dem Raum gewütet, und außer Anzeichen für Atemnot wies der Leichnam auch noch eine Verletzung im Genick auf. Offenbar war dem Mann mit einem festen Tritt die Halswirbelsäule durchtrennt worden.

Hans Birkner geriet ins Visier der Kriminalpolizei, weil die Putzfrau von Joachim Hirsch, die kurz vor dem Tod ihres Auftraggebers dessen Haus verlassen hatte, eine schwarze, auffällig lackierte Limousine bemerkte, die sich Hirschs Villa näherte. Denselben Wagen – nicht sehr dezent mit Birkners Konterfei und einem Werbeschriftzug für dessen Fastenklinik beklebt – hatte der Geschäftsführer von der Villa wegfahren sehen, bevor er die Leiche entdeckte. Auf dem Apothekenfläschchen wurden Birkners Fingerabdrücke gefunden, dazu wurden von ihm und seinem Fahrer Maxim Frank im Haus und vor allem im Jugendzimmer und an der Leiche DNA-Spuren nachgewiesen.

Beide Männer wurden befragt und kamen, weil die Indizien für ihre Schuld erdrückend schienen, in U-Haft. Die Staatsanwaltschaft ging davon aus, dass Hans Birkner den Unternehmer Hirsch vergiftet und dass sein Fahrer Maxim Frank ihn mit einem gezielten Fußtritt in den Nacken töten wollte oder – falls Hirsch bis dahin noch nicht am Gift gestorben war – tatsächlich getötet hatte. Frank war unter anderem wegen schwerer Körperverletzung vorbestraft. Und zwischen Birkner und Hirsch deckte die Kripo eine tragische Verbindung auf: Hirschs

Tochter Jana hatte sich umgebracht, während sie in Birkners Fastenklinik versucht hatte, Essstörungen in den Griff zu bekommen, unter denen sie seit dem Unfalltod ihrer Mutter zwei Jahre zuvor litt. Hirsch wiederum hatte wiederholt versucht, ein Verfahren gegen Birkners Klinik in Gang zu bringen, weil er ihn für den Suizid seiner Tochter verantwortlich machte: Dessen populäre, aber wissenschaftlich umstrittene Methode des Heilfastens habe der zu Depressionen neigenden jungen Frau zugesetzt, und in einem depressiven Schub habe sie sich schließlich das Leben genommen.

Das pharmazeutische Gutachten, mit dem Professor Dr. Hubert Fogl beauftragt wurde, sollte nun zwei Fragen beantworten, die vor allem mit dem Umfang der Schuld von Maxim Frank zu tun hatten: Wie hatte das verabreichte Coniin im Körper des Opfers bis zu dessen Tod gewirkt, und wie genau ließ sich das Auftreten der Symptome zeitlich eingrenzen? Hatte Frank den geschwächten Birkner mit seinem Fußtritt also getötet – oder hatte er, unbeherrscht, wie er war, einen Toten getreten, aus welchem Grund auch immer?

Mit diesen Fragen hatte sich auch die Rechtsmedizin befasst. Doch der Obduktionsbericht grenzte laut Rappsteyns Zusammenfassung den Zeitraum zwischen Verabreichung des Gifts und Eintreten des Todes nur vage ein. »Der Tod trat vermutlich dreißig bis sechzig Minuten nach Verabreichung des Gifts ein«, stand dort, und es wurde darauf hingewiesen, dass dieser Zeitraum vor allem, aber nicht ausschließlich von der Menge des Wirkstoffs abhing, den der Körper des Opfers aufgenommen hatte.

Die Kriminaltechnik wiederum hatte sich für diese Menge nicht exakt festgelegt. Das Coniin war offenbar als Pulver in vierzigprozentigem Cognac aufgelöst und in das braune, hundert Milliliter fassende Apothekenfläschchen gefüllt worden, das unter das Bett gerollt war. In dem Fläschchen fand sich nur noch ein Bodensatz mit der Lösung, anhand derer ein Speziallabor den Coniinanteil ermittelt hatte. In einem der beiden umgestürzten Gläser, aus dem das Opfer getrunken hatte, konnte die Coniin-Cognac-Lösung ebenfalls nachgewiesen werden. Die Kriminaltechniker vermuteten, dass das Fläschchen ursprünglich randvoll gewesen war, einen endgültigen Beweis dafür fanden sie allerdings nicht. Am ehesten ließ sich die verabreichte Giftmenge durch die Analyse von Joachim Hirschs Blut eingrenzen – deren Ergebnis passte zu einem vollständig gefüllten Coniin-Cognac-Cocktail.

Fogls Gutachten war auf pompösem Briefpapier gedruckt, das rechts oben neben einem kitschigen Familienwappen in Prägedruck auch ausführliche Nennungen von wissenschaftlichen Meriten des Professors aufwies. Weniger eindrucksvoll fand Maja dagegen den Text des Gutachtens. Aus seinem Lehrbuch wusste sie, dass er wenig Wert auf flüssige Formulierungen legte (oder dass ihm das Talent dafür fehlte), aber dieses Gutachten war in einem so verschrobenen, umständlichen Stil verfasst, dass sogar sie manchmal Mühe hatte, den Ausführungen und Schlussfolgerungen zu folgen. Es war kaum anzunehmen, dass Juristen sich in diesem Dickicht ohne fremde Hilfe zurechtfanden – doch genau das war Maja als eine zentrale Anforderung an ein gelungenes Gutachten beigebracht worden. Offenbar galt der Staatsanwaltschaft hier die Reputation des Gutachters mehr als die Verständlichkeit seiner Argumentation.

In seinen Schlussfolgerungen war Professor Fogl dagegen glasklar und zog sein Fazit ohne jeden Zweifel. Er ging von der Menge des Wirkstoffs aus, die Hirschs Körper der Blutanalyse zufolge aufgenommen hatte, stufte einige andere Faktoren, die einen Einfluss auf den Todeszeitpunkt haben konnten, als nachrangig ein und schloss auf eine Dauer von wenig mehr als dreißig Minuten zwischen Verabreichung der Giftlösung und dem Tod des Opfers. Das würde sie genauer untersuchen müssen.

Und noch ein anderer Punkt machte Maja stutzig. Coniin schmeckte scharf und roch streng, nach Mäuseharn, wie es in der Fachliteratur hieß – diese Beschreibung amüsierte sie jedes Mal, wenn sie sie hörte oder las, weil ja hoffentlich die wenigsten wussten, wie der Urin von Mäusen roch. Jedenfalls ließen sich Geruch und Geschmack auch durch eine Lösung in Cognac nicht völlig überdecken. Eine Verwechslung war also auszuschließen. Hätte Birkner seinem Opfer die Coniinlösung in ein Getränk gemischt, wäre das Hirsch sofort aufgefallen. Hatte er ihn mit einer Waffe bedroht, damit Hirsch das Gift selbst zu sich nahm? In den Unterlagen war von einer Waffe nicht die Rede. Oder hatte er seinem Opfer die Coniinlösung gewaltsam eingeflößt? Aber dann hätte die Kriminaltechnik Spuren von verschütteter Lösung auf Hirschs Kleidung oder auf dem Boden finden müssen, was aber den bisher gesichteten Dokumenten zufolge nicht der Fall war.

Aber wie er es auch bewerkstelligt haben mochte: Wenn Birkner seinem Opfer das Coniin verabreicht hatte, musste er zu Beginn der von Fogl und von der Rechtsmedizin unterschiedlich konkret angegebenen Wirkdauer des Gifts schon im Haus gewesen sein. Und falls Birkner und sein Fahrer den Unternehmer vergiftet haben sollten, dann musste es geschehen sein, nachdem die Putzfrau Birkners Wagen hatte heranfahren sehen. Maja notierte sich, dass sie diesen Zeitpunkt noch erfragen musste. Außerdem würde sie in Erfahrung bringen, wann der Geschäftsführer den Leichnam entdeckt hatte – auch diese Uhrzeit fehlte in Rappsteyns Zusammenfassung –, und sie würde sich erkundigen, wann laut den Berechnungen der Rechtsmedizin der Todeszeitpunkt von Hirsch gewesen war.

Dem Gutachten des Professors sollte jedenfalls nicht allzu schwer zu widersprechen sein, und in Gedanken ging Maja schon die Punkte durch, an denen sie für ihre Arbeit ansetzen und Fogls Argumentation aushebeln konnte. Ein Lächeln spielte um ihre Lippen, dann fiel ihr ein, was Markus ihr unterstellte – und sie musste zugeben, dass er damit nicht ganz falschlag.

Aber das würde sie nicht davon abhalten, fachlich fundiert vorzugehen und ihre Kritik sachlich vorzubringen. Natürlich wollte sie mit diesem Gutachten beweisen, dass sie sehr wohl eine ernst zu nehmende Pharmazeutin war – gern der Koryphäe Hubert Fogl, aber auch ihrem Vater und ganz sicher diesem arroganten Zeisinger, der sie heute Vormittag so unverschämt …

Sie versuchte, ihre Gedanken zu stoppen, und biss sich auf die Lippe, bis der Schmerz ihre Wut überlagerte.

Fogl. Zeisinger. Ihr Vater. Dass Zeisinger mit ihrem Vater befreundet war, wusste sie. Was, wenn die beiden auch Hubert Fogl kannten? Vom Alter her konnte es passen.

Maja blätterte noch einmal die Unterlagen zum Mordfall Hirsch durch. Der Mann war Ende November gestorben, für das Gutachten war Fogl wenige Tage später angefragt worden – und er hatte, obwohl sicher gut beschäftigt, nicht nur rasch zugesagt, sondern auch ungewöhnlich schnell geliefert, nach nur dreieinhalb Wochen. Dass eine Koryphäe wie Fogl, der für Gutachten, Kommentare, Vorträge und als Doktorvater gefragt war, sich so schnell Zeit freischaufeln konnte, war eher unüblich – vor allem in der Vorweihnachtszeit.

Vielleicht musste sie auch nachforschen, ob Hubert Fogl ein persönliches Interesse an dem Mordfall Hirsch hatte. Oder an dem Angeklagten, Hans Birkner.

3

Michael Ursinus hatte höllische Kopfschmerzen und einen trockenen Mund. Zweimal hatte er schon heiß und ausdauernd geduscht, ohne dass es ihm für mehr als eine halbe Stunde besser gegangen wäre. Er hatte sich ans offene Fenster gestellt und über die verkehrsreiche Straße zu seinen Füßen zum Schlosspark hinübergeschaut, und gerade jetzt hätte er nur zu gern wenigstens einen Joint gehabt. Er hatte Durst, und die Flasche Mineralwasser, die auf dem kleinen Tischchen stand, hatte er schon fast ausgetrunken. Michael stromerte durch das Zimmer, räumte die Kleider in den Schrank und seine Toilettenartikel ins Bad, er zappte sich durch die Fernsehprogramme und schaute sich schließlich nach der Minibar um. Sie war mit dem Üblichen bestückt, auch Spirituosen, Wein und Bier befanden sich darin. Birkners Anwalt achtete sicher auch auf Kleinigkeiten, und Michael war überzeugt, dass die volle Minibar kein Versehen war. Es tat ihm gut, dass Rappsteyn ihn nicht wie einen unmündigen Säufer behandelte, auch wenn der Anwalt sicherlich inzwischen wusste, dass ein Rausch wie in der vergangenen Nacht in den letzten Wochen eher die Regel als die Ausnahme gewesen war.

Eindringlich stellte er sich den Geschmack von Bier und Wein vor, die entspannende Wirkung eines Whiskys, dann das schale Gefühl, wenn sich der Nachgeschmack mit der Reue mischte, und die Wut auf sich selbst, weil er wieder einmal nicht stark genug gewesen war, wenigstens für eine Weile auf dieses Zeug zu verzichten.

Michael horchte in sich hinein und drückte die Tür der Minibar wieder zu. Sein Hunger war inzwischen stärker als der Durst. Er zog Jacke und Schuhe an und verließ das Hotel. Die junge Empfangsdame sah interessiert zu ihm her, und er lächelte sie an. Reflexhaft erwiderte sie sein Lächeln, aber ihre Augen lächelten nicht mit, sondern fixierten ihn abschätzig. Als er das Foyer halb durchquert hatte und ihr schon den Rücken zukehrte, wandte er sich noch einmal kurz um. Sie beachtete ihn nicht mehr, sondern tippte eine Nummer ein, hob den Telefonhörer ans Ohr und wartete darauf, dass sich am anderen Ende der Leitung jemand meldete.

Michael kannte eine Trattoria in der Nähe des Bahnhofs, nur gut zehn Minuten Fußweg vom Hotel entfernt. Ein Kollege aus der Fastenklinik, der in Schwetzingen wohnte, hatte ihn einmal dorthin eingeladen. Ein schöner Salat und eine saftig belegte Pizza waren genau das, wonach ihm jetzt der Sinn stand.

Das frühe Abendessen schmeckte so lecker wie erhofft, dazu trank er erst ein Glas Wasser, danach ein Bier, und schließlich nahm er noch eine Flasche Rotwein mit ins

Hotel. Der Wirt der Trattoria übergab ihm den Primitivo in einer Papiertüte, trotzdem war Michael froh, dass der Mann am Hotelempfang – offenbar hatte inzwischen die Schicht gewechselt – von zwei Gästen in Beschlag belegt wurde und ihn deshalb nicht beachtete.

Im Zimmer schaltete er den Fernseher an und blieb an einer Krimikomödie hängen, dazu trank er ein Glas Wein, verkorkte die angebrochene Flasche, wusch sich und ging mit dem zufriedenen Gefühl ins Bett, mit dem Trinken aufgehört zu haben, ehe die Flasche leer war.

Es war zugig und nasskalt, aber Alfons Kinner stand die ganze Zeit über unbeweglich im Schatten der Hofeinfahrt und hielt den Blick unverwandt auf die Fenster der Trattoria auf der anderen Straßenseite gerichtet. Den Mann, den er beobachten sollte, bekam er nur dreimal zu Gesicht. Das erste Mal, als er ihm vom Hotel hierher gefolgt war. Das zweite Mal, als Michael Ursinus an den Tresen und damit in Kinners Blickfeld getreten war, um die Frau am Ausschank etwas zu fragen, vermutlich nach dem Weg zur Toilette. Und das dritte Mal, als er das Lokal verlassen und die Jacke wegen der Kälte enger um sich geschlossen hatte. Das war ihm allerdings nicht leichtgefallen, weil er in einer Hand eine Papiertüte trug. Darin befand sich vermutlich die Weinflasche, die der Wirt am Tresen in eine solche Tüte gesteckt und danach wohl an den Tisch von Michael Ursinus gebracht hatte.

Kinner folgte der Zielperson in sicherem Abstand, aber der Verfolgte drehte sich kein einziges Mal um und schien sich keineswegs bedroht oder überwacht zu fühlen. Aus den Informationen, die Kinner über Ursinus erhalten hatte, ging hervor, dass dieser früher allerhand getrunken, geschnupft und eingeworfen hatte und jetzt vielleicht wieder darauf zurückkommen würde, wenn er sich nur genug Sorgen um seine berufliche Zukunft machte. Aber eine Flasche Wein, die er sich mit aufs Hotelzimmer nahm, war nicht gerade die Ration, die man von einem rückfälligen Alkoholiker erwarten würde. Und im Moment ging der junge Mann aufrecht, ohne zu wanken, und vermittelte auch ansonsten nicht den Eindruck, betrunken zu sein. Er betrat das Hotelfoyer und ging auf die Aufzüge zu, kurz darauf wurde das Licht in jenem Zimmer eingeschaltet, dessen Nummer und Lage Kinner vorher telefonisch durchgegeben worden war.

Er lehnte sich an einen Baumstamm auf der gegenüberliegenden Straßenseite, von wo aus er das Fenster gut im Blick behalten konnte. So sorglos, wie sich Ursinus vorhin gegeben hatte, konnte er es riskieren, sich eine Zigarette anzuzünden und die Wartezeit in der Kälte damit etwas angenehmer zu gestalten. Doch erst als das Licht im Zimmer von Ursinus gelöscht wurde, konnte Kinner sicher sein, dass seine Zielperson heute nirgendwo mehr hingehen würde.

Vorsichtshalber wartete er ab, ob Ursinus das Hotel vielleicht doch noch einmal verlassen wollte, aber es kam niemand aus dem Foyer, und seinen Informationen zufolge hatte die Zielperson keinen Wagen auf dem Hotelparkplatz stehen.

Langsam schlenderte Kinner davon und verschwand in der nächsten Querstraße.

Auch in dieser Nacht hatte Maja schlecht geschlafen. Mehrmals war sie erwacht, und fast jedes Mal sah sie als Erstes Michaels Gesicht vor sich, mit schwarzen Augenringen, fahler Haut und so ausgemergelt wie in seinen schlimmsten Zeiten, als er in diesem üblen Loch im Gewerbegebiet gehaust hatte. Gegen halb fünf stand sie auf und setzte sich mit einem Glas Wasser in die Küche. Sie fragte sich, in welchem Zustand ihr Bruder im Moment wohl wirklich war. Hatte er für einen Abend die Kontrolle verloren und war deshalb so verkatert gewesen, als Rappsteyn ihn aufgesucht hatte? Oder war er aus Sorge um seinen Arbeitsplatz völlig abgestürzt und schlitterte nun wieder dem Abgrund entgegen, der ihn schon einmal fast verschlungen hätte?

Kurz vor sechs fühlte sie sich wieder hinreichend müde, um sich noch einmal hinzulegen, und tatsächlich fiel sie zwar auch diesmal in einen unruhigen Schlaf, aber richtig zu sich kam sie erst, als Markus sie gegen acht Uhr mit einem Kuss weckte. Er hatte Kaffee gekocht und Semmeln geholt und stellte ein Frühstückstablett auf den kleinen Tisch in ihrem Zimmer.

»Das ist ja lieb«, sagte sie. »Hast du die Nachtschicht gut überstanden?«

Markus nickte und reichte ihr einen Becher mit dampfend heißem Kaffee. Er sah müde aus.

»Die Tagschicht hat wieder übernommen«, sagte er.

»Und die ganze Nacht hindurch ist nichts passiert, was uns weiterhelfen würde. Wenigstens habe ich meinen Mannheimer Kollegen gestern Abend noch erreicht. Seine Handynummer hast du ja schon, ruf ihn am besten gleich an, wenn du heute in Mannheim ankommst. Er ist nicht Teil der Soko, die den Mord an diesem Unternehmer untersucht, aber er kann dir den Kontakt zu allen herstellen, die damit befasst sind. Na ja … zu allen, die mit dir reden wollen und das auch dürfen.«

Maja hob eine Augenbraue.

»Die Mannheimer Kripo *muss* dir nicht helfen, weißt du?«, erklärte er. »Das wird anders sein als hier in München, wo ich für dich ab und zu den kleinen Dienstweg bemühen kann. Und du solltest Jens Vollmers guten Willen in dieser Hinsicht auch nicht überstrapazieren: Wir kennen uns, wir mögen uns, aber wir sind allenfalls gute Bekannte. Er wird dir also nur dort helfen, wo er sich damit keinen Ärger einhandelt.«

»Kein Problem, und danke für den Kontakt. Ich hoffe aber, dass mir auch der Anwalt des Angeklagten Gesprächspartner und Informationen beschaffen wird.«

Markus grinste sie an, und sie fügte lachend hinzu: »Natürlich nur Informationen, die ich im Zusammenhang mit meinem Gutachten brauche. Alles andere an diesem Fall interessiert mich ja nicht die Bohne …«

»Natürlich nicht!«

Lachend aßen und tranken sie, dann verabschiedete sich Markus, um in seiner Wohnung noch ein paar Stunden Schlaf zu bekommen. Maja packte ein, was noch einzupacken war, und wenig später war sie auf dem Weg nach Mannheim.

Sie kam trotz dichten Verkehrs gut durch, und als sie Rappsteyn über die Freisprecheinrichtung anrief, um sich anzukündigen, zeigte das Navi noch knapp dreißig Minuten verbleibende Fahrtzeit an. Der Anwalt war gerade auf dem Rückweg von einem Mandanten und bot an, sich mit ihr gleich in dem Hotel zu treffen, in dem er ihren Bruder untergebracht hatte.

Obwohl ungemütliches Winterwetter herrschte, erwartete er sie neben seiner Limousine auf dem Parkplatz im Innenhof des Hotels. Er wirkte besorgt, weil er den Vormittag über mehrmals vergeblich versucht hatte, Michael Ursinus zu erreichen. Auch Maja wählte seine Handynummer, ebenfalls ohne Erfolg. Doch als sie am Empfang nach ihm fragten – und insgeheim schon befürchteten, Majas Bruder erneut völlig verkatert und übernächtigt vorzufinden –, teilte ihnen die junge Frau hinter der Theke mit, dass der Gast vor knapp einer Stunde das Haus verlassen habe, nachdem er sich bei ihr nach den schönsten Stellen im Schlossgarten erkundigt habe.

»Lassen Sie uns doch auch einen kleinen Spaziergang machen«, schlug Rappsteyn vor. »Selbst wenn wir ihn verpassen sollten, lohnt sich ein Blick in den Park. Ich kann Ihnen unterwegs mehr über den Fall erzählen.«

Er warf einen kurzen Seitenblick zu der jungen Empfangsdame, die sehr beschäftigt tat, sie vielleicht aber doch insgeheim belauschte.

»Darüber spricht es sich leichter im Gehen und im

Freien«, gab er vor. Er sah im Moment keine Notwendigkeit, Maja Ursinus durch einen Hinweis auf die möglicherweise neugierige Hotelangestellte zu beunruhigen, zumal er sich das vielleicht auch nur einbildete.

Die Runde durch den Park war wirklich schön. Die Büsche und Bäume milderten den kalten Wind, der gelegentlich in Böen auffrischte, und Rappsteyn machte Maja wie ein versierter Fremdenführer auf einige Besonderheiten der Anlage aufmerksam.

»Die Staatsanwaltschaft sieht das Motiv meines Mandanten darin, dass Joachim Hirsch ihm lästig oder eventuell sogar gefährlich wurde, dass er sein berufliches Wohlergehen bedrohte. Hirsch hatte aus Wut und Trauer über den Suizid seiner Tochter mehrmals versucht, die Polizei zu Ermittlungen gegen Herrn Birkner zu bewegen. Das ist ihm nicht gelungen. Außerdem hat er immer wieder darauf hingewiesen, dass sich seine Tochter umgebracht hat, während sie sich zum Heilfasten in der Klinik meines Mandanten aufhielt. Er sah darin den Grund für die Depression seiner Tochter, die sie schließlich in den Tod getrieben habe, konnte aber auch mit diesen Vorwürfen nicht durchdringen.«

»Aber hätte dann nicht eher Hirsch ein Motiv gehabt, Herrn Birkner umzubringen, als umgekehrt?«

»Das finde ich auch, aber die Staatsanwaltschaft geht offenbar davon aus, dass Herr Hirsch etwas über meinen Mandanten herausgefunden hatte, mit dem er ihn erpressen wollte.«

»Um was zu erreichen?«

Rappsteyn zuckte mit den Schultern.

»Vielleicht wollte er Geld von Herrn Birkner«, spekulierte er, »vielleicht wollte er ihm damit drohen, seine Erkenntnisse an die Presse zu geben und so die Fastenklinik in Verruf und meinen Mandanten um seinen wirtschaftlichen Erfolg zu bringen.«

»Gesetzt den Fall, die Staatsanwaltschaft liegt da richtig: Was könnte Hirsch denn Gefährliches über Herrn Birkner herausgefunden haben?«

»Ich habe keine Ahnung. Aber schlechte Presse wäre durchaus heikel für meinen Mandanten. Er ist sehr populär, seine Fastenklinik kann sich vor Buchungen kaum retten – doch er polarisiert eben auch, und immer wieder gibt es Stimmen aus der Wissenschaft, die ihm Scharlatanerie vorwerfen und seine Methoden für gefährlich halten. Da wäre es fatal, wenn in Magazinen oder im Fernsehen über einen Suizid berichtet würde, der mindestens in zeitlichem Zusammenhang mit einer Kur in der Birkner-Klinik steht.«

Im großen Besprechungsraum der Fastenklinik Birkner waren schon zehn Minuten vor Beginn der Versammlung alle Sitzplätze belegt, und als Chefarzt Dr. Florian Holsten zum Stehpult schritt, drängten sich die Mitarbeiter bis hinaus auf den Flur. Holsten verantwortete den medizinischen und therapeutischen Bereich, die kaufmännische Leitung hatte Mariana Rombach inne, die in der ersten Reihe saß und sich Notizen machte, weil sie als zweite Rednerin an der Reihe war. Dass sich beide während einer

Versammlung vor den Beschäftigten zu Wort meldeten, war eher selten – und den meisten schwante nichts Gutes, wenn sie sich die Neuigkeiten ausmalten, die ihnen mitgeteilt werden sollten.

Holsten war knapp zwei Meter groß und schlank, ein sportlicher Mann von zweiundvierzig Jahren mit ersten grauen Strähnen im fast schulterlangen schwarzen Haar. Hans Birkner hatte ihn gleich zur Eröffnung der Fastenklinik als seinen Stellvertreter eingestellt, und bald war Birkner zwar noch das Aushängeschild des Unternehmens und vor allem das Gesicht der Werbekampagnen, aber mit dem Tagesgeschäft hatte er nichts mehr zu tun. Und so konnte die Einrichtung bisher relativ reibungslos weitergeführt werden, obwohl Birkner seit Dezember in Untersuchungshaft saß. Doch allen Anwesenden war klar, dass die Zukunft der Fastenklinik im Fall einer Verurteilung des Gründers nicht rosig aussah. Und so blickte auch Holsten erst einmal ernst in die Runde, bevor er seine Ansprache begann.

»Liebe Mitarbeiterinnen, liebe Mitarbeiter, mittlerweile sind zwei Monate vergangen, seit Herr Birkner verhaftet wurde. Seitdem müssen wir es aushalten, dass der Gründer dieser Klinik, der Erfinder der heilsamen Fastenkur, mit der wir hier tagtäglich unseren Kunden helfen, hinter Gittern sitzt und einem ungewissen Schicksal entgegensieht. Der große Hans Birkner – ich kann mir nicht helfen, ich muss es so pathetisch ausdrücken – ist der Dreh- und Angelpunkt dieser wunderbaren Einrichtung. Er ist ihr Zündfunke und der Motor ihrer Entwicklung. Und er ist für uns alle, die wir sein Team bilden dürfen, stets Antrieb und Vorbild im täglichen Dienst an unseren Kunden.«

Holsten registrierte zufrieden das Nicken hier und dort. Die Fastenklinik Birkner war kein Betrieb wie jeder andere, und die Mitarbeiter hatten gute Gründe, dem Namensgeber mehr Respekt zu zollen und mehr Dankbarkeit zu zeigen, als das sonst für Vorgesetzte üblich war. Und so ließ sich Holsten in seiner Rede noch eine Zeit lang von dieser Stimmung tragen. Der Chefarzt war beliebt im Haus, er bemühte sich, für alle seine Untergebenen jederzeit ein offenes Ohr zu haben, er war freundlich im Umgang mit den Patienten, und sein guter Ruf als Mediziner rundete das positive Bild ab, das die anderen von ihm hatten.

»Wie Sie wissen, soll Hans Birkner des Mordes angeklagt werden. Die Verhandlung wird bald beginnen, die Staatsanwaltschaft hat sich auf unseren Chef eingeschossen, geradezu blindwütig, wie ich finde.«

Nun war doch Gemurmel zu hören, aber die finsteren Blicke, die Holsten auffing, galten nicht ihm, sondern denen, die Birkner und sein Lebenswerk bedrohten – und alle damit verbundenen Arbeitsplätze.

»Auch sein Fahrer, Maxim Frank, steht unter Anklage. Seine Vorstrafen sind natürlich ein Fest für die Staatsanwaltschaft – dabei haben wir alle Maxim ganz anders kennenlernen dürfen: als einen guten, fleißigen, loyalen und jederzeit freundlichen Kollegen.«

Tatsächlich hatte sich Maxim Frank, dessen impulsive Art ihm einst etliche Vorstrafen eingebracht hatte, gegenüber keinem im Raum je aggressiv oder anmaßend verhalten. Maxim war ein exzellenter Fahrer, aber zudem auch eine Art Bodyguard für den Chef. Selbst in dieser Funktion hatte er nie zupacken müssen, denn allein sein Äußeres riet potenziellen Kontrahenten dringend davon ab, sich mit ihm anzulegen.

»Und während Herr Birkner und Maxim auf ihren Prozess warten, müssen wir alle hier noch mehr zusammenstehen als ohnehin schon und müssen die Fastenklinik im Sinne ihres Gründers betreiben.«

Holsten wappnete sich innerlich für die schwierige Wendung, die er seiner Rede nun geben musste, und lächelte wehmütig in die Runde, um seine wachsende Anspannung zu überspielen. Ein wehmütiges Lächeln, das hoffentlich allen verdeutlichte, wie sehr er selbst am meisten unter dem litt, was er nun den anderen schmackhaft oder wenigstens als alternativlos verständlich machen musste.

»Und diese Pflicht wird uns nicht genommen, wenn Herr Birkner tatsächlich zu einer längeren Gefängnisstrafe verurteilt werden sollte. Jeder von uns hat auf die eine oder andere Art Grund, unserem Chef dankbar zu sein. Einige von Ihnen haben Chancen bekommen, mit denen sie nicht mehr gerechnet hatten. Auch ich weiß es zu schätzen, wie viel Vertrauen Herr Birkner von Anfang an in mich gesetzt hat, und ich versuche es mit jedem Tag, den ich mich für die Fastenklinik und ihre Kunden einsetze, zu rechtfertigen. Und doch wäre es vermessen, zu glauben, wir könnten diese wunderbare Einrichtung auch über einen längeren Zeitraum auf dem richtigen Kurs halten, auf dem Kurs, den ihr Gründer für sie vorgesehen hat, ohne dass er uns dafür Kompass und ruhender Pol zugleich ist, der Orientierungspunkt, an dem wir uns ausrichten können.«

Holsten ließ sich in Ansprachen gelegentlich zu schrägen Vergleichen und zu gewagten Bildern hinreißen, aber er hatte die Erfahrung gemacht, dass ihm die Belegschaft der Klinik das nicht übel nahm, solange er alles hinreichend inbrünstig vortrug. Und auch diesmal funktionierte es: Die Leute hingen an seinen Lippen, nickten, murmelten beifällig. Nur zwei, drei Anwesende in den hinteren Reihen schauten ihn zweifelnd an, abwartend, worauf er hinauswollte.

»Ich sehe mit großer Sorge einer Zeit entgegen, in der uns Herr Birkner nicht als Ratgeber zur Verfügung steht, in der wir ohne jenen großen Mann, der die Seele dieser Einrichtung darstellt, Kurs halten und Neues so entwickeln müssen, dass wir seinen ursprünglichen Ideen, seinen Idealen und seinen Absichten gerecht werden.«

Eine junge Frau, die vorhin nur zweifelnd dreingeschaut hatte, wirkte nun geradezu wütend, doch als Holstens Blick in ihre Richtung wanderte, senkte sie schnell den Kopf und starrte finster auf die Schulter des vor ihr stehenden Kollegen. Holsten behielt sie kurz im Visier, bevor er sich wieder auf die anderen konzentrierte und seiner Stimme einen hoffnungsvolleren Ton verlieh.

»Natürlich kann ich nicht glauben, dass Herr Birkner wirklich etwas mit dem Tod dieses Unternehmers zu tun hat. Das ist sicher auch für Sie alle unvorstellbar. Und doch kann es sein, dass das Gericht ihn – und den armen Maxim – zu einer langjährigen Haftstrafe verurteilt. Und dass wir nach dem Urteil ohne den Mann zurechtkommen müssen, der uns stets als Inspiration und Richtschnur diente. Da dürfen wir nicht blauäugig sein, liebe Mitarbeiterinnen und Mitarbeiter! Das Fortführen und Weiterentwickeln unserer Einrichtung ohne Herrn Birkners Beistand – das wird eine schwere Zeit. Eine Zeit, die wir nicht ohne Hilfe durchstehen werden.«

Er machte eine Pause und ließ seinen Blick durch die Reihen vor sich streifen. Inzwischen hatte auch die junge Frau ganz hinten den Kopf wieder erhoben, und sie sah ihn fragend an. Glitzerten ihre Augen? Schimmerte nur Zweifel oder womöglich sogar Ablehnung durch den bitteren Zug um ihren Mund? Holsten wurde nicht schlau aus ihrer Miene und wandte sich wieder den anderen zu.

»Und deshalb bin ich froh und – auch mit Blick auf Sie, auf Ihr überdurchschnittliches Engagement und auf die Sicherheit Ihrer Arbeitsplätze – sehr erleichtert, Ihnen heute diese Neuigkeit überbringen zu können: Sollte das Schlimmste eintreten, sollte Herr Birkner zu einer Haftstrafe verurteilt werden, wird uns ein erfahrenes Unternehmen zur Seite stehen, das sich seit Jahren international im Bereich von Gesundheit, Wellness und Heilfasten engagiert.«

An den Gesichtern vor sich konnte er ablesen, dass sein Publikum überrascht war, aber offenbar größtenteils positiv.

»Ich muss Sie natürlich bitten, allen Außenstehenden gegenüber Stillschweigen darüber zu bewahren, aber Sie als Mitarbeiterinnen und Mitarbeiter dieser wunderbaren Einrichtung möchte ich nicht länger im Unklaren lassen. Für den Fall, dass unsere größte Befürchtung wahr werden sollte, hat die sintox AG Interesse an einer Beteiligung an der Fastenklinik Birkner gezeigt.«

Einige schienen den Namen des Unternehmens zu kennen, anderen stand ein großes Fragezeichen im Gesicht.

»Die sintox AG wurde vor dreizehn Jahren von Jens Brisenest gegründet, um in zukunftsträchtige Unternehmen der Gesundheitsbranche zu investieren. Herr Brisenest ist bis heute Vorstandsvorsitzender der AG, und wenn Sie sich das Portfolio seiner Investments anschauen, erkennen Sie: Eine finanzielle Beteiligung der sintox ist für unsere Fastenklinik gewissermaßen der Ritterschlag.«

Er setzte ein Lächeln auf, das Zuversicht verströmen sollte, dann fiel ihm der Fehler auf, den er gerade gemacht hatte, und er korrigierte sich schnell.

»Eine Beteiligung von sintox *wäre* der Ritterschlag. Und die Rettung für unsere Einrichtung – im schlimmsten aller Fälle, von dem wir natürlich nach wie vor hoffen, dass er nicht eintritt.«

Holsten richtete sich auf, schaute in die Runde und nickte dann Mariana Rombach zu.

»Frau Rombach wird Ihnen nun grob skizzieren, wie wir die Änderungen in der Fastenklinik Birkner so gering wie möglich halten können – denn, wie Sie sich vorstellen können: Ganz ohne Veränderungen wird es auch mithilfe eines Unternehmens wie der sintox AG nicht gehen. Aber ich weiß, dass ich mich voll und ganz auf Sie verlassen kann, auf Ihr Engagement, auf Ihr Entgegenkommen, auf Ihr Verständnis.«

Er lächelte erneut und deutete eine knappe Verbeugung an.

»Vielen Dank Ihnen allen«, sagte er noch, dann gab er das Rednerpult frei.

Mariana Rombach begann ihre Ausführungen, die weit nüchterner waren als Holstens. Sie kam mit ihrer zielstrebigen, oft etwas spröden Art auch nicht so gut an in der Belegschaft, aber das schien sie nicht zu stören. Kühl und strukturiert trug sie vor, in welchen Bereichen gegebenenfalls »einige wenige« Stellen gestrichen werden müssten und welche Kriterien diejenigen Mitarbeiter erfüllen sollten, die von solchen Kündigungen verschont bleiben würden.

Holsten hörte zu und war insgeheim beeindruckt, wie geschickt sie alle Kröten verpackte, die die Belegschaft nach einem Einstieg von sintox würde schlucken müssen. Dann beugte er sich zu seiner persönlichen Assistentin hinüber.

»Frau Ulmer soll nachher mal in mein Büro kommen. Ich muss mit ihr reden.«

Die Assistentin nickte beflissen, und Holsten legte sich schon zurecht, wie er von der jungen Frau erfahren konnte, warum sie vorhin seine Hymne auf Hans Birkner so wütend aufgenommen hatte.

Es war schön im Schwetzinger Schlossgarten, auch wenn ab und zu der Wind die Richtung wechselte und ihnen ins Gesicht fuhr. Maja schob die Hände noch etwas tiefer in die Taschen.

»Ich habe mich noch nicht mit dem Thema Heilfasten befasst«, gab sie zu, »aber ich weiß, dass Fastenkuren tatsächlich Depressionen auslösen oder verstärken können. Und Herr Hirsch sah darin einen klaren Zusammenhang mit dem Suizid seiner Tochter.«

»Das ginge mir sicher nicht anders, wenn sich *meine* Tochter umgebracht hätte. Aber die junge Frau war wohl ohnehin labil, vor allem der Unfalltod der Mutter hat ihr zugesetzt.«

»Wie ist die Mutter denn gestorben? Die Familie Hirsch musste ja offenbar mehrere Schicksalsschläge in schneller Folge einstecken.«

»Über viele Jahre ging es der Familie ganz wunderbar. Joachim Hirsch machte Karriere als Ingenieur, und kaum hatte er sich mit einem eigenen Büro selbstständig gemacht, konnte er mehrere Patente anmelden. Er hatte irgendetwas entwickelt, womit Zusatzgeräte schneller, leichter und zugleich sicherer an landwirtschaftliche Fahrzeuge angekoppelt werden konnten. Seine Firma wuchs schnell, zum Ingenieurbüro kam eine Produktionshalle für Prototypen und Kleinserien, und es war natürlich auch ein kluger Schachzug, die Firma in unmittelbarer Nähe des großen Landmaschinenkonzerns in Mannheim anzusiedeln.«

»Und der Unfalltod seiner Frau?«

»Dazu komme ich gleich. Geld hatte die Familie Hirsch auch vorher schon, unter anderem erbte Joachim Hirsch einige Mietshäuser an der Rennershofstraße, dort gehörte ihm fast ein ganzer Wohnblock. Früher lebten er und seine Frau selbst dort, aber sie träumte von einer Villa im Grünen, und die baute das Ehepaar schließlich auf einem Grundstück direkt am Stollenwörthweiher, etwa zwei Kilometer südlich von der alten Wohnung. Damals gab es um die Villa herum vor allem Schrebergärten. Heute reicht eine Neubausiedlung bis an die Grundstücksgrenze der Hirschs.«

Rappsteyn fing Majas ungeduldigen Blick auf und lächelte.

»Der Unfall, der Angelika Hirsch das Leben kostete, ereignete sich vor etwas mehr als drei Jahren. Es war November, es war kalt und dunkel, aber weder die Verkehrs- noch die Witterungsverhältnisse waren irgendwie schwierig. Die Fahrbahn war weder nass noch verschmutzt, und die Temperaturen lagen deutlich über dem Gefrierpunkt. Frau Hirsch hatte keinen Alkohol getrunken, und sie war nicht zu schnell gefahren, also traf die Schuld an dem Zusammenstoß offenbar eindeutig den Fahrer oder die Fahrerin eines Wagens, der Frau Hirsch die Vorfahrt nahm, ihr Fahrzeug über die Straße und gegen einen Baum am Gehweg schleuderte und die linke Seite ihres Autos so stark eindrückte, dass Frau Hirsch noch am Unfallort starb. Und das, obwohl sie ein Coupé fuhr, das als ausgesprochen sicher gilt.«

»Ihrer Formulierung nach zu urteilen hat der Verursacher Unfallflucht begangen.«

»Er oder sie – ja. Es wurden Lackspuren sichergestellt, aber die Suche nach einem in Silbermetallic lackierten Wagen mit passenden Beschädigungen verlief im Sand. Die Polizei vermutete beim Unfallgegner Alkohol am Steuer oder technische Probleme, jedenfalls gab es keine Bremsspuren auf der Fahrbahn.«

»Das muss ja ein ziemlich stabiler Wagen gewesen sein, der Frau Hirschs Coupé am Baum zu Klump zerdrückte und danach noch fahrbereit genug für eine Unfallflucht war ...«

»Die Polizei ging von einem Geländewagen aus, denn am Wrack von Frau Hirschs Fahrzeug wurden Spuren gefunden, die zu einem dieser Kuhfänger aus rostfreiem Stahl passen.«

Maja sah ihn fragend an.

»Sie wissen schon, diese Gestänge, die vor dem Kühlergrill angebracht werden. Früher dienten sie zum Schutz gegen Beschädigungen durch Wildunfälle oder eben durch Zusammenstöße mit Kühen.«

»Und an Geländewagen, die es nie ins Gelände schaffen, sollen sie die Optik aufmotzen«, kommentierte Maja grinsend.

»Genau«, versetzte Rappsteyn lachend. »Vermutlich bekommt man beim Kauf von besonders teuren Modellen gleich eine Dose Sprühschlamm dazu.« Dann wurde er wieder ernst. »Für Joachim Hirsch muss der Tod seiner Frau ein schwerer Schlag gewesen sein, aber noch mehr getroffen hat es offenbar seine Tochter Jana. Sie entwickelte Essstörungen – oder vorhandene Störungen verstärkten sich oder brachen wieder aus, das geht aus den Unterlagen, die ich einsehen konnte, nicht hervor. Jedenfalls litt die junge Frau – damals zweiundzwanzig Jahre alt und Studentin der Wirtschaftsinformatik an der Uni Mannheim – sehr unter dem Verlust der Mutter. Ende Oktober brachte sie ihren Vater dazu, ihr einen mehrwöchigen Aufenthalt in der Fastenklinik Birkner zu finanzieren.«

»Wie teuer muss man sich so etwas vorstellen?«

»Je nachdem, welches Paket Sie buchen, kann ein vierwöchiger Aufenthalt durchaus dreißigtausend Euro kosten. Wenn Anwendungen, Therapien und Beratungen hinzukommen, die teilweise extra kosten, kann es auch deutlich mehr werden. Für seine Tochter hatte Herr Hirsch allerdings ein eher kleines Zimmer mit Balkon nach Süden hinaus gebucht. Zusammen mit den Anwendungen dürfte sich der Preis dafür auf zwölf-, dreizehntausend Euro belaufen haben – nichts, was einen wohlhabenden Unternehmer wie Herrn Hirsch übermäßig belastete. Und anfangs war er wohl vor allem froh, dass seine Tochter sich überhaupt ihren Störungen stellen und sie überwinden wollte.«

»Wie kam es zu ihrem Selbstmord?«

»Ich habe mich mit Mitarbeitern der Fastenklinik unterhalten. Außerdem gibt es Aussagen von Herrn Hirsch im Zusammenhang mit den Anzeigen, die er gegen Dr. Birkner erstattet hat. Zu Beginn ihres Aufenthalts scheint sich Jana Hirsch wohlgefühlt zu haben, das Heilfasten tat ihr anscheinend gut, und die ersten Erfolge hoben ihre Stimmung. Nach eineinhalb Wochen begann sich ihr

Vater allerdings Sorgen zu machen. In einem Telefonat mit ihm hatte Jana wohl durchblicken lassen, dass sie neuerdings mit Depressionen zu kämpfen habe – in der Fastenklinik sei das aber als vorübergehende Nebenwirkung des Heilfastens eingeschätzt worden. Das jedenfalls behauptete Hirsch später der Polizei gegenüber, von Herrn Birkners Mitarbeitern habe ich das nicht bestätigt bekommen.«

»Überrascht Sie das?«

»Nein, natürlich nicht. Ich vertraue meinem Mandanten und agiere ganz in seinem Sinne, aber ich bin nicht so naiv, dass Zeugen, die er mir benennt, schlecht über ihn oder die Abläufe in seinem Betrieb reden würden. Zumal das Verhältnis der meisten Mitarbeiter zu ihrem Chef ein ganz besonderes ist.«

»Schätzen Sie Hirschs Behauptung als glaubwürdiger ein oder die Aussagen von Birkners Mitarbeitern?«

»Schwer zu sagen, aber als Anwalt glaube ich natürlich eher die Version meines Mandanten und seiner Angestellten. Nach allem, was wir wissen, hat Jana Hirsch an einem frühen Abend im November das Gelände der Fastenklinik verlassen und sich vor einen Güterzug geworfen. Der Lokführer leitete sofort eine Vollbremsung ein, aber was von Jana Hirsch übrig war, konnte nur noch über einen DNA-Abgleich zugeordnet werden.«

»Klingt furchtbar.«

»Und das ist leider noch nicht alles. Jana Hirsch warf sich an einem 21. November vor den Zug – am zweiten Jahrestag des tödlichen Unfalls ihrer Mutter.«

Maja versank in Schweigen, und Rappsteyn ging stumm neben ihr her, um ihre Gedanken nicht zu stören.

»Sie erwähnten vorher das ganz besondere Verhältnis, das die Mitarbeiter von Herrn Birkner zu ihrem Chef haben. Wie haben Sie das gemeint?«

»Fast alle Mitarbeiter der Fastenklinik haben eine Vorgeschichte, mit der sie in anderen Unternehmen wohl keinen Fuß in die Tür bekommen hätten. Herr Birkner hat das mir gegenüber damit begründet, dass er solchen Leuten eine zweite Chance geben will. Dass er Mitarbeiter mit einem Knick in der Lebensgeschichte, die aber fachlich hinreichend qualifiziert sind, damit wieder auf die Beine helfen will. Natürlich wird er auch davon ausgehen, dass solche Mitarbeiter loyaler zu ihm stehen und vielleicht auch mal eine Durststrecke – etwa eine schwierige geschäftliche Phase – ausdauernder mit ihm zusammen aushalten werden als Angestellte, die jederzeit auch anderswo problemlos eine neue Anstellung finden würden. Ich habe Herrn Birkner als guten Geschäftsmann kennengelernt, der seine Interessen zu wahren versteht – aber er ist zugleich auch ein Menschenfreund, oder genauer: ein Freund von Menschen, die eine zweite Chance brauchen, wie er sie ihnen bieten kann. Das hat vermutlich mit seiner eigenen Vergangenheit zu tun.«

Maja horchte auf.

»Seine eigene Vergangenheit? Wollen Sie damit sagen, dass die Fastenklinik auch für ihn so eine Art zweite Chance ist?«

Rappsteyn zuckte mit den Schultern.

»Und was war seine erste?«

»Als promovierter Pharmazeut arbeitete er zunächst in der Forschung, aber er kam wohl zu Ergebnissen, die seine Kollegen nicht goutierten. Schließlich hat er der Forschung den Rücken gekehrt und sich darangemacht, seine Form des Heilfastens populär und einträglich zu machen.«

»Wovon seine alten Kollegen natürlich noch viel weniger hielten.«

»So ist es, aber zunächst sollten wir uns wohl Ihrem Bruder widmen …«

Er nickte zu dem Mann hinüber, der zwischen den Säulen eines kleinen Tempels auf einer Mauer saß, die Beine baumeln ließ und dem Wasser zusah, wie es zu seinen Füßen über mehrere Kaskaden in ein Becken schwappte.

Annika Rühle klopfte an die Tür ihres Chefs, und als kurz darauf ein gedämpftes »Herein!« erklang, trat sie ein, gefolgt von Leonie Ulmer. Florian Holsten erhob sich, kam den beiden Frauen um seinen Schreibtisch herum entgegen, bedankte sich mit einem Nicken bei seiner Assistentin und wies Leonie Ulmer einen Stuhl in seiner Besprechungsecke zu.

»Kaffee?«, fragte er die junge Frau.

»Ich … äh … ja, gern.«

»Milch? Zucker?«, erkundigte sich Annika Rühle lächelnd.

»Nein, danke, nur Kaffee, bitte.«

Sobald sich die Tür hinter der Assistentin geschlossen hatte, musterte Holsten seine Besucherin, und als er bemerkte, dass Leonie Ulmer daraufhin unruhig wurde und sich etwas aufrechter hinsetzte, lächelte er. Wenn er so leicht die Oberhand gewann, konnte er sich freundlicher und weniger streng geben.

»Frau Ulmer«, sagte er deshalb, »Sie müssen sich keine Sorgen machen. Dieses Gespräch hat nichts mit dem zu tun, was Frau Rombach heute während der Versammlung angekündigt hat. Ich habe auch keinen Anlass zur Kritik an Ihrer Arbeit. Im Gegenteil bekomme ich von Ihren Kolleginnen nur positive Rückmeldungen, was Sie betrifft. Und auch in den Fragebögen, die unsere Kunden zum Ende ihres Aufenthalts ausfüllen, ist niemals etwas an Ihrer Arbeit oder Ihrem Auftreten bemängelt worden. Ganz im Gegenteil, Sie werden überdurchschnittlich oft gelobt.«

Er zwinkerte ihr zu, weil er hoffte, so die Atmosphäre noch ein wenig aufzulockern.

»Vor allem unsere männlichen Gäste vergessen selten, ein Lob für Sie in den ergänzenden Bemerkungen des Fragebogens einzutragen.«

Ein Schatten legte sich auf ihr schönes Gesicht, und Holsten hob beschwichtigend die Hände. Er war zu vertraulich geworden.

»Um Himmels willen, Frau Ulmer, ich wollte damit weder etwas andeuten noch …«

Sie wich seinem Blick aus, er unterbrach sich, räusperte sich und trug eine angemessen zerknirschte Miene zur Schau.

»Tut mir leid, Frau Ulmer, das war übergriffig. Und ich

fürchte, dass ich es mit meinem unbedachten Satz noch schlimmer gemacht habe.«

Leonie Ulmer war nun noch nervöser als zuvor, was Holsten sich nicht recht erklären konnte. Sie war ausnehmend attraktiv, konnte aber auch schlagfertig sein, wenn ihr ein Gast schöne Augen machte. Dann reagierte sie freundlich, aber bestimmt, und Holsten hatte gestaunt, wie sie es schaffte, alle Avancen abzuwehren – und zugleich dafür zu sorgen, dass der Gast trotz der notwendigen Zurückweisung sein Gesicht wahren konnte. Natürlich achtete er in seiner Rolle als Chefarzt darauf, im Umgang mit seinen weiblichen Untergebenen stets korrekt aufzutreten und keine anzüglichen Bemerkungen zu machen. Das begründete zum Teil seinen guten Ruf im weiblichen Teil der Belegschaft. Aber auch wenn er diesmal beidfüßig ins Fettnäpfchen gesprungen war – das allein konnte nicht der Grund dafür sein, dass Leonie Ulmer geradezu außer Fassung geraten war.

Die Tür schwang auf, und die Assistentin stellte ein Tablett mit zwei Tassen Kaffee, zwei Gläsern, einer Wasserflasche und einer Gebäckschale auf den Tisch. Die etwas angespannte Stimmung fiel ihr offenbar gleich auf, doch als sie Holsten einen schnellen fragenden Blick zuwarf, schüttelte der nur fast unmerklich den Kopf. Dass er und seine Assistentin sich mit Gesten und Gesichtsausdrücken, die anderen im Raum nicht auffielen, verständigen konnten, hatte schon manche Besprechung gerettet.

Als Annika Rühle den Raum wieder verlassen hatte,

schenkte Holsten seinem Gast und sich Wasser ein, nahm seine Tasse zur Hand und trank einen Schluck. Seine Besucherin zögerte einen Moment, hob dann aber ebenfalls die Tasse an ihre Lippen. Ihre Hand zitterte leicht, und als sie die Tasse zurückstellte, setzte sie sie ein wenig zu hart auf die Tischplatte.

»Ich hoffe, Sie nehmen meine Entschuldigung an, Frau Ulmer«, wiederholte Holsten. »Mit meiner flapsigen Bemerkung wollte ich die Atmosphäre auflockern, das ist mir offenbar gründlich misslungen.«

»Schon … schon gut, Herr Dr. Holsten.«

»Danke, Frau Ulmer.«

Er griff nach der Gebäckschale und hielt sie ihr hin. Sie reagierte irritiert, und Holsten befürchtete schon, den nächsten Fauxpas begangen zu haben, auch wenn er keine Ahnung hatte, worin dieser diesmal bestanden haben könnte. Nach kurzem Zögern nahm sie einen Keks, bedankte sich mit einem freundlichen Nicken und aß ihn betont langsam. Holsten schob sich ebenfalls einen in den Mund, spülte mit Kaffee nach und sah die junge Frau eine Weile an, bevor er fortfuhr.

»Lassen Sie mich zu dem Grund kommen, warum ich Sie zu mir gebeten habe. Als ich vorhin meine Ansprache gehalten habe, fiel mir auf, dass Sie … wie soll ich es ausdrücken? Sie wirkten irgendwie … aufgebracht, auch aufgewühlt. Darf ich Sie fragen, ob das mit irgendetwas von dem zu tun hatte, was ich gesagt habe?«

Hinter der glatten Stirn der jungen Frau arbeitete es, aber noch schien sie nicht bereit, ihm zu antworten.

»Was mich etwas verwirrt hat, war der Zeitpunkt Ihrer Reaktion. Ich kann verstehen, wenn man Bedenken hat, was die Zukunft unserer Einrichtung angeht, wenn man sich Sorgen um den Arbeitsplatz macht oder … was weiß ich … vielleicht anders als ich ein Investment einer Firma wie sintox nicht als die bestmögliche Strategie einschätzt. Das alles könnte ich verstehen, und wir beide kennen natürlich unseren jeweiligen Platz im Unternehmen gut genug, um zu wissen, wer letztendlich die Entscheidung über solche Dinge trifft. Aber wenn ich mich nicht täusche, haben Sie nicht auf meinen strategischen Ausblick so abweisend reagiert – mein Eindruck war, dass Ihnen nicht zusagt, wie ich Herrn Dr. Birkner und seine wichtige Rolle für unsere Einrichtung beschrieben habe.«

Leonie Ulmer wich seinem Blick aus, trank einen Schluck Kaffee und hielt auch danach die Augen gesenkt.

»Entschuldigen Sie bitte, wenn ich Sie deshalb ganz direkt frage: Haben oder hatten Sie ein Problem mit Herrn Birkner?«

Sie hob den Blick, als wolle sie in seinen Augen erkennen, wie der Chefarzt auf ihre Antwort reagieren würde. Er seufzte.

»Ihrer Miene nach zu urteilen, liege ich richtig mit meiner Vermutung«, sagte er. »Um welche Art von Problem handelt es sich?«

Leonie Ulmer zögerte, machte Anstalten, etwas zu sagen, und presste ihre Lippen dann doch nur fest aufeinander.

»Bitte reden Sie mit mir. Ich kann Ihnen nur helfen,

wenn ich weiß, wobei Sie Hilfe brauchen. Und ich verspreche Ihnen: Was immer Sie mir in diesem Gespräch unter vier Augen anvertrauen, bleibt unter uns.«

Noch schwieg sie. Es schien sich eher um ein privates als um ein berufliches Problem zu handeln, also konnte Holsten ein zusätzliches Angebot machen.

»Und ich verspreche Ihnen noch etwas: Ich werde auf Ihre vertrauliche Mitteilung hin keine Maßnahmen ergreifen, bevor ich sie mit Ihnen abgesprochen habe.«

Die junge Frau rang mit sich. Holsten lehnte sich zurück und sah sie weiter unverwandt an.

»Ich ...«, setzte sie schließlich an, musste sich aber räuspern, weil ihre Stimme belegt geklungen hatte. »Ich habe bisher noch mit niemandem darüber gesprochen. Und ich bin mir nicht sicher, ob das, was mir zu schaffen macht, wirklich hierhergehört.«

»Alles, was Ihnen zu schaffen macht, gehört hierher. Wir sind stets um ein gutes Arbeitsklima bemüht, und dazu gehört natürlich auch, ein offenes Ohr für alles zu haben, was Sie umtreibt, was Ihnen zusetzt, was Ihnen Sorgen macht. Und in Ihrem Fall habe ich obendrein das Gefühl, dass es durchaus mit unserer Einrichtung zu tun hat, direkt oder indirekt.«

Ein letztes Zögern.

»Bitte, Frau Ulmer, vertrauen Sie mir«, beschwor Holsten sie.

Und nun, endlich, überwand sie ihre Zurückhaltung.

»Wie geht's dir heute?«

Maja hatte ihren Bruder erst aus der Entfernung gemustert, bevor sie mit Rappsteyn zu ihm gegangen war. Er wurde auf sie aufmerksam und kam ihnen entgegen. Er sah müde aus, das schon, aber vergangene Nacht hatte er offenbar besser und länger geschlafen als in der Nacht zuvor, und vor allem hatte er am Abend erkennbar weniger getrunken.

»Alles gut. Schön, dass du da bist«, sagte er und versuchte ein Lächeln. Maja machte einen Schritt nach vorn und umarmte ihm, bevor er zurückweichen konnte. Nach kurzem Zögern erwiderte er die Umarmung.

»Ich war gestern in einer Trattoria essen«, erzählte er, nachdem sie sich voneinander gelöst hatten. »Und wenn ihr wollt, können wir da heute gleich noch einmal zusammen hin.«

»Ich muss leider passen«, entschuldigte sich Rappsteyn. »Ich habe heute noch einige Termine.«

»Spricht etwas dagegen, dass mein Bruder und ich in seinem Apartment auf dem Klinikgelände wohnen?«

»Nicht dass ich wüsste. Aber das Zimmer im Hotel würde ich noch ein paar Tage reserviert lassen. Man weiß ja nie.«

Maja sah ihn fragend an, doch er wich ihrem Blick aus.

»Soll ich Sie zurück zu Ihrer Wohnung fahren, Herr Ursinus?«, bot Rappsteyn an.

»Das kann ich machen«, versetzte Maja. »Am besten gehen wir jetzt zurück ins Hotel. Dann können Sie Ihre

Termine wahrnehmen, und mein Bruder und ich machen uns auf den Weg zum Klinikgelände.«

»Wir sollten unterwegs noch eine Kleinigkeit essen«, meinte Michael. »Ich habe nichts zu Hause, und meine Kochkünste sind leider nicht besser geworden.«

»Dann lass uns einkaufen, ich koche für uns.«

Unterwegs richtete es Maja so ein, dass sie neben dem Anwalt ging, während ihr Bruder ihnen ein paar Schritte voraus war.

»Sie wissen doch etwas und sagen es mir nicht«, raunte sie ihm zu.

»Von wissen kann keine Rede sein, und ich muss mich entschuldigen: Ich wollte Sie auf keinen Fall auf ein bloßes Bauchgefühl hin beunruhigen. Bitte sehen Sie es mir nach, dass ich mich gerade ungeschickt ausgedrückt habe.«

»Und was sagt Ihr Bauchgefühl?«

»Mir kam es ein-, zweimal so vor, als würde die Empfangsdame im Hotel ganz genau beobachten und vielleicht auch belauschen, was ich mit Ihrem Bruder bespreche. Und kurz nachdem ich gestern für Ihren Bruder eingecheckt habe, rief sie jemanden an, und als ich das mitbekam, wirkte sie irgendwie … erschrocken oder ertappt.« Er zuckte mit den Schultern. »Es kann gut sein, dass ich mir das nur einbilde. Es wird besser sein, wenn Sie nichts darauf geben.«

»Wie oft täuscht Sie Ihr Bauchgefühl?«

Er grinste. »Nicht oft.«

»Und warum sollte jemand meinen Bruder ausspionieren wollen?«

»Das weiß ich nicht. Aber im Hotel ist natürlich bekannt, wer das Zimmer gebucht hat. Meine Kanzlei ist dort Stammkunde. Und dass ich Herrn Birkner vertrete, weiß natürlich auch der eine oder andere.«

»Aber mein Bruder?«

»Schauen Sie, Ihr Bruder hat eine Wohnung auf dem Klinikgelände, und ich bringe ihn hier im Hotel unter, nur wenige Kilometer entfernt. Vielleicht wirkt das auf jemanden verdächtig. Die Mordanklage gegen Herrn Birkner hat in Mannheim und Umgebung ziemlich hohe Wellen geschlagen. Da könnte es doch sein, dass jemand, der ab und zu in der Fastenklinik zu Gast ist, mehr über eine Angelegenheit wissen will, die womöglich auch ihren oder seinen Ruf beschädigen könnte. Oder nehmen Sie die Gegenseite: Verwandte von Herrn Hirsch, ein Neffe und eine Cousine, treten als Nebenkläger auf. Sie werden sicher so viel wie möglich darüber in Erfahrung bringen wollen, was ich unternehme, um meinen Mandanten vor einer Verurteilung zu bewahren.«

Maja sah ihn unverwandt an, aber er redete nicht weiter.

»Glauben Sie, mein Bruder ist in Gefahr?«

»Das glaube ich nicht, und ich kann mir im Moment auch nicht vorstellen, was jemand gegen ihn im Schilde führen sollte. Wenn, dann werde wohl ich beobachtet, nicht Ihr Bruder. Aber es kann ja nicht schaden, wenn Sie trotzdem die Augen offen halten.«

Michael blieb stehen und sah sich nach den beiden um. Maja nickte dem Anwalt zu und schloss zu ihrem Bruder auf. Auf dem Gehsteig vor dem Hotel verabschiedeten sie sich voneinander. Michael betrat mit seiner Schwester das Foyer. Maja nahm die junge Empfangsdame ins Visier, aber die schien sich gerade sehr auf die Unterlagen zu konzentrieren, die vor ihr auf dem Tresen lagen, und als sie zwischendurch für einen Moment Majas Blick auffing, huschte ein geschäftsmäßiges Lächeln über ihr Gesicht, und sie widmete sich wieder ihren Aufgaben.

4

Alfons Kinner schnaubte. Manchmal ging ihm sein Beruf mächtig auf die Nerven, und zu Fuß war er für seinen Geschmack schon mehr unterwegs gewesen, als er in diesem Leben gebraucht hätte. Natürlich, der Schlossgarten war gutes Terrain für eine Observierung: Einerseits war das Gelände übersichtlich, andererseits bot notfalls immer ein Busch oder ein Baum Deckung. Aber mussten die Leute immer kreuz und quer spazieren?

Außerdem wusste er noch immer nicht, wer die Frau war, die den Anwalt auf der Suche nach Michael Ursinus begleitet hatte. Er konnte den dreien nie so nahe kommen, dass er sie hätte belauschen können. Und das batteriebetriebene Richtmikrofon, das ihm eine gute Hilfe gewesen wäre, hatte er nicht dabei.

Ursinus und die Frau schienen vertraut miteinander zu sein, aber seinen Informationen zufolge war er nicht verheiratet. War sie seine Freundin? Warum suchte sie ihn dann nicht einfach in der Wohnung auf dem Klinikgelände auf? Und was hatte sie mit dem Anwalt zu schaffen?

Kinner tippte darauf, dass die Frau die Schwester seiner Zielperson war. Er erinnerte sich, dass er während seiner Recherchen im Vorfeld auf eine jüngere Schwester gestoßen war, Maja Ursinus, ebenfalls studierte Pharmazeutin. Vielleicht fand er irgendwo im Internet ein Foto von ihr, das er mit dem Schnappschuss vergleichen konnte, den er im Park von ihr gemacht hatte.

Doch jetzt war keine Zeit mehr für solche Überlegungen. Das Trio trennte sich. Während der Anwalt im Innenhof des Hotels sein Auto holte und kurz danach in seiner Limousine davonfuhr, gingen die Zielperson und die Frau auf dem Gehweg weiter und unterhielten sich angeregt. Kinner beobachtete die beiden. Michael Ursinus schien auf nichts zu achten und war ganz auf die Frau konzentriert. Sie dagegen wirkte nervös und schaute sich ab und zu wie zufällig um. Das war nichts, was ihn an einer Verfolgung hinderte, aber er würde vorsichtig sein müssen.

Als Leonie Ulmer ihrem Vorgesetzten ihr Herz ausgeschüttet hatte, erst stockend, dann immer flüssiger, als spüre sie während des Redens, wie gut es ihr tat, all das endlich jemandem anvertrauen zu können, wurde es eine Weile still im Raum. Durch die Tür war gedämpft die Stimme von Holstens Assistentin zu hören, die telefonierte und zwischendurch Mitarbeiter davon abhielt, direkt zum Büro des Chefarztes durchzugehen. Holsten schenkte seiner Mitarbeiterin Wasser nach, weil er das Gefühl hatte, irgendetwas tun zu müssen, wenn ihm schon die Worte fehlten. Leonie Ulmer nahm das Wasserglas und sah Holsten über den Rand hinweg dankbar an.

»Und wie lange geht das schon?«, fragte er schließlich.

»Seit ungefähr zweieinhalb Jahren.«

»Sie wurden vor fast vier Jahren eingestellt, richtig?«

Leonie Ulmer nickte.

»Warum haben Sie sich mit Ihrem … mit Ihrem Problem nicht früher an mich gewandt? Oder an Frau Rombach oder eine Ihrer Kolleginnen?«

»Ich hatte Angst, meinen Job zu verlieren. Wie alle anderen auch war ich sehr dankbar, die Stelle hier im Haus als unverhoffte Chance zu erhalten. Das wollte ich nicht gefährden. Ich hoffte, das alles höchstens noch zwei, drei Jahre aushalten zu müssen. Dann hätte er mich vielleicht in Ruhe gelassen – oder ich hätte mich beruflich lange genug bewährt, dass ich mit einem vernünftigen Zeugnis auch anderswo eine neue Stelle bekommen hätte.«

Holsten fragte sich, was diese junge Frau getan haben konnte, wenn sie so sehr auf einen Neubeginn in der Fastenklinik angewiesen war. Das würde er nachher in ihrer Personalakte nachlesen. Er musterte sie. Das ebenmäßige Gesicht, die vollen Lippen … vor ihm saß eine schöne Frau von sechsundzwanzig Jahren, die man mit nichts Verbotenem in Verbindung gebracht hätte. Nur ihr Blick wirkte, als hätten diese Augen schon Dinge gesehen, die den meisten erspart blieben. Ihre Kleidung hatte nichts Aufreizendes, fast konnte man glauben, sie wolle sich darin verstecken, um nur keine begehrlichen Blicke auf sich zu ziehen. Und er konnte sich nicht erinnern, jemals die Haut ihrer Arme oder Beine gesehen zu haben. Stets kam sie in Hosen und mit langärmligen Oberteilen zur Arbeit. Ob sie damit mehr verbergen wollte als Tätowierungen, die ihr peinlich waren?

»Und als ich vorhin mein Loblied auf Herrn Dr. Birkner gesungen habe, kochte in Ihnen die Wut hoch?«

Sie zuckte mit den Schultern.

»Ja, aber ich hätte trotzdem nichts gesagt. Seitdem er im Gefängnis sitzt, habe ich ja meine Ruhe. Und im Gegensatz zu Ihnen glaube ich sehr wohl daran, dass er verurteilt wird. Wenn Ihnen mein Gesichtsausdruck nicht aufgefallen wäre und wenn Sie jetzt nicht so hartnäckig nachgehakt hätten, hätte ich weiterhin geschwiegen.«

Holsten nickte.

»Hilft es Ihnen, wenn ich mich in aller Form für Herrn Birkners Fehlverhalten entschuldige?«

»Es hat mir geholfen, dass ich Ihnen alles erzählen konnte. Und dass Sie mir glauben.« Sie sah ihn prüfend an. »Sie glauben mir doch?«

»Natürlich.«

Leonie Ulmer nickte und lächelte traurig, dann stand sie auf.

»Sie sehen also, dass Sie sich wegen Ihrer missglückten Sätze zu Beginn unseres Gesprächs keine Gedanken machen müssen.«

Er erhob sich ebenfalls.

»Um ehrlich zu sein, wäre es mir lieber, Ihnen wäre das alles erspart geblieben – und niemand wäre Ihnen übergriffiger begegnet als ich vorhin.«

Holsten streckte die Hand aus, und Leonie Ulmer ergriff sie nach kurzem Zögern.

»Und was passiert jetzt?«, fragte sie, als sie sich zum Gehen wandte.

»Erst einmal nichts. Ich muss nachdenken. Und ich hatte es Ihnen ja versprochen: Ich werde deswegen nichts unternehmen, was ich nicht vorher mit Ihnen abgestimmt habe.«

»Danke«, sagte die junge Frau und zog die Tür hinter sich ins Schloss.

Holsten stellte sich ans Fenster und schaute über die sorgfältig gepflegte Parklandschaft. Offenbar war der stets freundliche, verbindliche, korrekte Gründer der Fastenklinik nur eine sorgfältig gepflegte Hülle, eine Fassade, hinter der sich ein Mensch verbarg, der anderen zwar eine zweite Chance gab, deren Abhängigkeit aber auf widerliche Weise ausnutzte.

Hier der berühmte Dr. Birkner, der alleinlebende Fastenguru, der in sich ruhte und seinen Gästen in dieser glänzend ausgestatteten Klinik den Weg in ein besseres Leben wies. Und dort Hans Birkner, der fünfzigjährige geile Bock, der sich an jungen Frauen verging, die sich das aus Angst um ihren Job gefallen ließen.

Wut kochte nun auch in Holsten hoch. Hatte Birkner denn nicht schon genug angerichtet? Reichte es nicht, dass die Fastenklinik durch ihn mit einem Giftmord in Verbindung gebracht wurde? Musste er nun auch noch befürchten, dass Missbrauchsvorwürfe ans Licht kamen, dass diese Einrichtung womöglich nicht mehr als sicherer

Hort für all jene Kundinnen galt, die sich von der Klinik Heilung ihrer Essstörungen versprachen, die auf ein gesünderes Leben hofften – und die, vor allem, diesen Weg in einem geschützten Raum beginnen wollten, in dem sie sich von Fremden umsorgen ließen, denen sie sich mit all ihren Schwächen und Problemen anvertrauten, teilweise auch auslieferten?

Sollten Aussagen wie die von Leonie Ulmer oder auch nur Gerüchte darüber an die Öffentlichkeit dringen, wäre die Fastenklinik Geschichte. Und mit ihr die Karrieren aller, die hier Verantwortung getragen hatten.

Auch die sintox AG würde sich ganz gewiss nicht mit einer Einrichtung belasten wollen, die derart in Verruf geraten war.

Holstens Zähne knirschten, und als er es bemerkte, öffnete er den Mund und machte einige Übungen, um die Kiefer zu lockern.

Was war zu tun?

Birkner saß in U-Haft, seine Verurteilung war recht wahrscheinlich, er würde so schnell niemandem mehr an die Wäsche gehen.

Leonie Ulmer hatte sich ihm anvertraut, bisher nur ihm. Das hatte sie zumindest behauptet. Was, wenn ihr irgendwann dämmerte, dass sie die Leitung der Fastenklinik mit ihrer Geschichte erpressen konnte?

Er musste unbedingt mehr über die Vergangenheit der jungen Frau erfahren. Also griff er nach dem Telefonhörer, tippte die Kurzwahl von Mariana Rombach und bat um die Personalakte von Leonie Ulmer.

»Will ich wissen, warum Sie diese Akte haben möchten?«, fragte sie.

»Vermutlich nicht.«

Als die Akte wenig später auf seinem Schreibtisch lag, hatte Florian Holsten seine Assistentin angewiesen, die Termine der kommenden zwei Stunden zu verschieben und in dieser Zeit keine Besucher einzulassen und keine Anrufe durchzustellen. Er wartete, bis sie das Büro wieder verlassen hatte, dann schlug er die Akte auf und begann zu lesen.

Michael machte einen aufgeräumten Eindruck auf seine Schwester, und sie unterhielten sich wunderbar. Natürlich trieben ihn die Sorgen um seine berufliche Zukunft um, aber er freute sich, nun mit ihr darüber sprechen zu können, und sie hatte die Hoffnung, dass sie mit diesen Gesprächen und durch ihre Anwesenheit verhindern konnte, dass er wieder den Halt verlor und abstürzte.

Irgendwann wurde er wortkarg und nachdenklich. Er schien zu überlegen, ob er das, was ihm gerade durch den Kopf ging, laut aussprechen sollte.

»Na, sag schon«, forderte Maja ihn auf und blieb stehen.

»Ist es wirklich okay für dich, dieses Gutachten zu erstellen?«

»Auf jeden Fall! Die Fragen, die ich klären soll, fallen genau in mein Fachgebiet.« Sie zwinkerte ihm zu. »Und dem großen Professor Fogl vielleicht eins auswischen zu können ist schon auch reizvoll.«

»Gut, das freut mich zu hören.«

Er klang sehr erleichtert, und schließlich erriet sie den Grund.

»Rappsteyn ist nicht ganz zufällig auf die Idee gekommen, ausgerechnet mich wegen des Gutachtens anzurufen, stimmt's?«

»Nein, nicht ganz zufällig. Er hat sich unter den Beschäftigten der Klinik umgehört, ob ihm jemand für die Verteidigung von Frank und Birkner nützlich sein könnte. Und irgendwann kam er auch zu mir, das war ungefähr vor einer Woche. Er wollte wissen, wie Coniin wirkt und wie lange es von der Einnahme bis zum Tod dauert. Da habe ich ihm empfohlen, eher dich zu fragen, und habe ihm erzählt, auf welchem Gebiet du promoviert hast.« Er sah sie unsicher an, bevor er fragte: »Was sagst du zu meiner kleinen Beichte?«

»Danke«, versetzte sie grinsend, hakte ihn unter und ging mit ihm weiter.

Zwischendurch blickte sich Maja immer wieder kurz um. Sie tat das so beiläufig wie möglich, auch um Michael nicht zu beunruhigen, aber natürlich war da niemand. Vor und hinter ihnen gingen andere Menschen, die einkauften wie sie, die durch die Stadt spazierten oder ein Café ansteuerten. Einmal blieb sie vor dem Schaufenster einer Buchhandlung stehen, als betrachte sie voller Interesse die Auslage. Michael war stehen geblieben und sah ihr amüsiert zu, aber er schien nicht zu erkennen, dass sie in Wirklichkeit das Spiegelbild derjenigen musterte, die an ihnen vorbei in ihre Richtung gingen: ein augenscheinlich sehr verliebtes Pärchen, eine alte Frau mit kleinem Hund, ein etwas schmierig wirkender Mittfünfziger, dessen dunkler Mantel über seinem Bauch spannte. Als Maja ihren Bruder unterhakte, konnte sie sehen, wie sich die Passanten allmählich zerstreuten. Das Pärchen überquerte die Straße und stieg in ein Auto. Die alte Frau zog sich eine Plastiktüte über die Hand, klaubte die Hinterlassenschaften ihres Hundes vom Gehsteig und verschwand in der nächsten Seitenstraße. Und der Mittfünfziger schlurfte die Stufen einer Eckkneipe hinauf, zog die Eingangstür auf und tauchte in das Gewimmel im Gastraum ein, ohne sich auch nur kurz nach ihr umzusehen.

Vermutlich hatte Rappsteyn recht, wenn er seine vermeintlichen Beobachtungen als Einbildung abtat. Und so tadelte sie sich in Gedanken selbst, als sie sogar im Lebensmittelladen noch Seitenblicke riskierte, außer Zwiebeln, Pilzen und Knoblauch auch die anderen Kunden in Augenschein nahm und – während sie in der Tiefkühltruhe wühlte – in die angrenzenden Gänge lugte, ob sich dort jemand verdächtig verhielt. Aber als sie auf die Kasse zuhielten, musste sie zugeben, dass sich außer ihr niemand verdächtig verhielt. Und als sie einen Moment lang das Gefühl hatte, aus den Augenwinkeln den Mittfünfziger wiederzusehen, der jetzt vermutlich gemütlich in der Eckkneipe vor seinem frisch gezapften Bier saß, rief sie sich vollends zur Ordnung. Niemand verfolgte sie. Niemand beobachtete sie. Und sie hatten von niemandem etwas zu befürchten.

Michael bestand darauf, die Rechnung zu begleichen.

Sie trugen zwei volle Taschen zu Majas Wagen, Gemüse, Pasta, ein kleines Päckchen gefrorene Krabben, und freuten sich auf einen entspannten Abend mit gutem Essen und guten Gesprächen.

Die Akte seiner Mitarbeiterin Leonie Ulmer hatte Chefarzt Holsten schnell durchgeblättert. Sie enthielt das Bewerbungsschreiben, Schul- und Ausbildungszeugnis – beides nicht überragend, aber ordentlich – sowie zwei Zeugnisse ihrer vorangegangenen Arbeitgeber.

Holsten suchte in den Arbeitszeugnissen nach verräterischen Formulierungen, aber Frau Ulmer hatte den Bewertungen zufolge gute Arbeit geleistet und sich nichts zuschulden kommen lassen. Nur im neueren Zeugnis fand er eine Passage, die darauf hindeuten konnte, dass sie während der Arbeitszeit für Flirts zu haben war – oder darauf, dass sie den Vorgesetzten, der das Zeugnis ausstellte, hatte abblitzen lassen und er ihr das deshalb aus Boshaftigkeit unterstellte.

Er überflog den Lebenslauf und glich ihn mit den in den Arbeitszeugnissen genannten Zeiträumen ab. Holsten stieß auf zwei zeitliche Lücken, eine über sechs Monate, eine über eineinhalb Jahre – außerdem war sie im ersten Krankenhaus nur in Teilzeit angestellt gewesen. Ob sie sich damals etwas dazuverdienen musste? War das der Grund dafür, dass eine gute Pflegerin wie Leonie Ulmer auf eine Chance wie die in der Fastenklinik angewiesen war?

Holsten blätterte die Akte noch einmal durch. Bis vor

drei, vier Jahren hatte es sich Hans Birkner nicht nehmen lassen, mit neuen Mitarbeiterinnen und Mitarbeitern eine Art Begrüßungsgespräch zu führen. Zu diesem Zeitpunkt war eigentlich schon entschieden, dass sie die gewünschte Stelle bekamen, aber Birkner behielt sich das Recht vor, den Neuen die gute Nachricht am Ende dieses Gesprächs selbst zu überbringen. Und danach verfasste er meistens einen handschriftlichen Bericht über den Eindruck, den der oder die Neue auf ihn gemacht hatte, und dort verzeichnete er in der Regel auch den dunklen Fleck oder den Karriereknick, über den er großzügig hinwegsah, wenn er sie trotz dieses Makels einstellte. Hans Birkner war ein Menschenfreund, das schon, aber er wollte auch, dass das diejenigen erfuhren, denen er mit einer Anstellung in der Fastenklinik Gutes tun wollte.

In Leonie Ulmers Akte fehlte ein solcher handschriftlicher Bericht.

Eine Weile dachte Holsten darüber nach, was das bedeuten mochte – oder ob es vielleicht gar nichts bedeutete. Frau Ulmer war vor knapp vier Jahren eingestellt worden. Das war die Zeit, in der Birkner das Tagesgeschäft an ihn und Frau Rombach übergeben hatte. War er schon damals davon abgekommen, mit den Neuen zu sprechen? Oder hatte er mit ihr gesprochen und der Akte keinen Bericht darüber beigefügt? Dass er über Leonie Ulmers Vorgeschichte nur das wusste, was in der Akte stand, hielt Holsten für unwahrscheinlich. Wie hätte er dann sicher sein können, dass sich die junge Frau nicht gegen seine Aufdringlichkeit wehren würde? Oder, noch schlimmer:

Womit hätte er sie in der Hand haben können, um sie trotz ihrer Ablehnung zu bedrängen?

Er nahm den Hörer und tippte die Ziffernfolge für eine interne Verbindung. Mariana Rombach ging nach dem dritten Klingeln dran.

»Frau Rombach, in der Akte von Frau Ulmer fehlt ein handschriftlicher Bericht von Herrn Birkner.«

»Gott sei Dank hat er mit diesem gefährlichen Unsinn aufgehört. Hat er das nicht ungefähr zu der Zeit sein lassen, als Frau Ulmer ins Team kam?«

»Ich bin mir nicht sicher. Sie arbeitet seit fast vier Jahren für uns, und ich dachte bisher, Herr Birkner habe mit seinen Berichten erst aufgehört, als er sich aus dem Tagesgeschäft zurückgezogen hat. Das war, wenn ich mich recht erinnere, vor drei, höchstens dreieinhalb Jahren.«

Am anderen Ende der Leitung entstand eine Pause.

»Wenn Ihnen das so wichtig ist«, meinte Frau Rombach, »dann überprüfe ich das mal. Brauchen Sie es noch heute?«

»Wenn ich die Info morgen haben könnte, wäre es schön.«

Michael lotste seine Schwester zur Einfahrt aufs Klinikgelände, doch hinter der geschlossenen Schranke an der Pforte versperrte heute ein Metallgitter die eine Hälfte der Fahrbahn. Als Maja direkt hinter der Absperrung die beiden Streifenwagen sah, fuhr sie rechts ran und stieg aus. Auch Michael schnallte sich ab und verließ den Wagen. Aus dem Pförtnerhäuschen trat ein hagerer Mann mit

Schirmmütze, Jeans und einer Art Uniformjacke, auf der das Firmenabzeichen einer Security-Firma prangte. Er schien Michael zu kennen, jedenfalls nickte er ihm zu, stellte sich zu den beiden Neuankömmlingen, zog eine Zigarettenschachtel aus der Tasche und hielt sie ihnen hin.

»Wollen Sie auch eine?«, fragte er.

»Nein, danke, Herr Ebner«, meinte Michael freundlich, und auch Maja lehnte dankend ab.

»Aber es ist okay, wenn ich ...?«

Maja nickte und schaute zu den beiden Polizisten hinüber, die nun aus dem vorderen der beiden Streifenwagen stiegen und sie musterten.

»Was ist denn hier los?«, fragte Michael.

»Das wüsste ich auch gern«, entgegnete Ebner und zückte ein Feuerzeug. »Mir wurde nur mitgeteilt, dass ich niemanden rein- und rauslassen soll, und ein paar Minuten später war schon die Polizei da.«

Der Pförtner zündete sich die Zigarette an und inhalierte tief, dann deutete er in Richtung der Klinik.

»Dort hinten sind noch mehr Bullen, haben wohl an einem der Wohnhäuser zu tun. Tun ganz furchtbar wichtig und reden kein Wort mit einem.«

Ebner schnaubte, rückte seine Schirmmütze zurecht und zog erneut an der Zigarette.

»Es ist doch hoffentlich niemandem etwas passiert?«, meinte Michael.

»Na ja, zumindest ist bisher kein Krankenwagen eingetroffen.«

Zwei von den Polizisten machten sich auf den Weg zu der kleinen Gruppe neben dem Schlagbaum.

»Guten Tag, die Herrschaften!«, sagte der eine von ihnen.

Der andere ging an ihnen vorbei und stellte sich neben die Fahrertür von Majas Wagen, als wolle er ihnen einen Fluchtweg abschneiden.

»Herr Ursinus?«, fragte nun der erste Polizist. »Herr Michael Ursinus?«

Michael nickte und sah den Beamten vor sich verwundert an. Der wandte sich an den Pförtner.

»Darf ich fragen, was Sie gerade mit Herrn Ursinus besprochen haben?«

Ebner kniff seine Augen zu schmalen Schlitzen zusammen.

»Was sollte ich wohl mit ihm zu besprechen haben, Herr Kommissar? Mir sagt ja keiner was!«

»Polizeihauptmeister reicht, Herr …?«

»Ebner, ich mach die Tagschicht an der Pforte. Und mir wurde nur gesagt, dass ich keinen rein- und keinen rauslassen darf! Ein Grund dafür wurde mir nicht genannt, also kann ich Herrn Ursinus auch keinen nennen.«

Er zog an der Zigarette und blies den Rauch knapp an dem Beamten vorbei zur Seite. Der machte zwar ein genervtes Gesicht, kümmerte sich aber nicht weiter um den beleidigten Pförtner und wandte sich wieder an Michael.

»Würden Sie bitte mitkommen?«

»Was ist denn los?«

»Das möchte Ihnen mein Kollege von der Kriminalpolizei sicher lieber selbst sagen.«

»Kollege von der Kripo?«, echote Michael und sah fragend zwischen dem Polizisten und Maja hin und her. »Was will denn die Kripo von mir?«

»Wie gesagt, das erklärt Ihnen gleich der Kollege. Kommen Sie, bitte.«

»Sie sollten ihm vielleicht schon sagen, worum es geht«, meldete sich Maja zu Wort.

Der Beamte warf ihr einen nicht sehr freundlichen Blick zu.

»Und wer sind Sie?«

»Dr. Maja Ursinus, die Schwester. Sagen Sie uns jetzt bitte, was hier los ist und was das Ganze mit meinem Bruder zu tun hat?«

Sie hatte ihren strengsten Ton angeschlagen, und Michael musste sich beherrschen, um ernst zu bleiben. Ihren Doktortitel nannte sie nur, wenn sie Eindruck machen wollte. Ob der Polizist tatsächlich beeindruckt war oder nur ahnte, dass er sonst einen längeren Bericht würde schreiben müssen – in jedem Fall setzte er eine entschuldigende Miene auf.

»Tut mir leid, ich darf wirklich nicht mit Ihnen darüber sprechen. Aber wenn Sie Bedenken haben, kann ich gern noch einmal Rücksprache mit dem Kollegen halten. Kommen Sie doch bitte zu meinem Wagen mit.«

»Und mein Auto?«

»Das können Sie gern dort stehen lassen.«

Der Beamte ging zum Streifenwagen und nahm sein Funkgerät zur Hand. Der andere Polizist blieb neben Majas Fahrzeug stehen und behielt sie im Blick. Die

Geschwister gingen um die geschlossene Schranke herum. Ebner sah ihnen noch kurz nach, dann warf er die Kippe auf den Boden, drückte sie aus und kehrte in sein Pförtnerhäuschen zurück. Maja nahm unterwegs ihr Handy aus der Tasche und wählte Rappsteyns Mobilfunknummer.

In der Kanzlei ging es an diesem Nachmittag zu wie im Taubenschlag. Rappsteyns Partner Moeller hatte eine Besprechung nach der anderen, Gudrun Wagner schien drei Telefonate gleichzeitig zu führen, und Kevin Holm unterstützte sie, so gut er konnte. Alle Räume waren besetzt, Klienten kamen und gingen. Nach einem Mandantengespräch in seinem Büro und einem längeren Telefonat hatte Rappsteyn endlich Zeit für eine kurze Kaffeepause. Er hatte sich gerade mit seinem Becher ans Fenster gestellt, als sein Handy klingelte. Mit der Linken griff er danach, las den Namen der Anruferin auf dem Display und nahm das Gespräch entgegen.

»Hallo, Frau Ursinus, kann ich Ihnen irgendwie helfen?«

»Ich hoffe doch. Mein Bruder und ich wollten in seine Wohnung, doch die Polizei hat uns an der Einfahrt der Fastenklinik abgepasst, und nun will die Kripo mit Michael reden.«

»Aha? Und worum geht es?«

»Das wollte uns der Beamte nicht sagen. Er will meinen Bruder mitnehmen, und dann soll ihm die Kripo erklären, was überhaupt Sache ist. Ich bin mir nicht einmal sicher, ob ich meinen Bruder zu diesem Kripokommissar begleiten darf.«

Rappsteyn hörte im Hintergrund jemanden sprechen, es folgte eine Antwort aus einem Funkgerät, die er allerdings nicht verstehen konnte. Dann hörte er eine argwöhnische Männerstimme: »Mit wem telefonieren Sie da?«

»Ist das der Polizist?«, fragte Rappsteyn.

»Ja«, antwortete Maja.

»Sagen Sie ihm, dass ich Ihr Anwalt bin – und dann geben Sie mir den Herrn bitte. Ich will mal sehen, was ich erreichen kann.«

Der Polizist nahm Majas Handy nur widerwillig entgegen, dann hörte er eine Weile zu. Maja konnte nicht hören, was der Anwalt zu ihm sagte, aber der Beamte nannte schließlich seinen Namen und den eines Kriminalhauptkommissars, mit dem Michael nun wohl reden sollte. Danach reichte er Maja das Handy wieder.

»Frau Ursinus?«

»Ja. Wissen Sie Genaueres?«

»Leider nein, aber der Kommissar, mit dem Ihr Bruder reden soll, ist okay. Kemmerich ist ein harter Hund, aber nicht vorschnell in seinen Urteilen. Ich habe mit dem Beamten gesprochen, er wird zulassen, dass Sie Ihren Bruder begleiten. Also gehen Sie ruhig mit. Und ich fahre auch gleich los und stoße dann dazu. Wenn Ihr Bruder etwas gefragt wird, worauf er nicht antworten will oder was Ihnen seltsam vorkommt, soll er Kemmerich vertrösten, bis ich da bin. Das wird nicht lange dauern.«

Maja steckte das Handy weg, und der Beamte führte sie weiter ins Klinikgelände hinein. Von ihren Besuchen wusste sie, wo sich die Erdgeschosswohnung ihres Bruders befand, und tatsächlich hielten sie auf genau dieses Gebäude zu. Vor dem Haupteingang standen ein Mann und eine Frau in Zivil, vermutlich die Kollegen von der Kripo. Als der Mann sie näher kommen sah, verschwand er auf einem kleinen Fußweg ums Haus herum und erschien kurz darauf mit einem etwas nachlässig gekleideten Mann, der um die fünfzig sein mochte. Die Augen lagen tief in ihren Höhlen und waren von schwarzen Augenringen umgeben, doch er taxierte sie aufmerksam und konzentriert.

»Das ist Herr Ursinus«, erklärte der Uniformierte. »Dass seine Schwester mitkommt, habe ich Ihnen ja schon durchgegeben, Herr Kommissar. Und der Anwalt der beiden trifft wohl auch demnächst hier ein.«

»Soll mir recht sein«, brummte der andere. »Wer ist es denn?«

»Ein gewisser Herr Rappsteyn.«

Über das unrasierte Gesicht des Kommissars huschte ein Lächeln.

»Na dann«, sagte er, dankte dem Polizisten, der sich daraufhin eilig entfernte, und stellte sich als Kriminalhauptkommissar Ronald Kemmerich vor. »Wollen wir auf Herrn Rappsteyn warten, oder darf ich Ihnen schon jetzt ein paar Fragen stellen?«

»Zunächst würden wir gern wissen, worum es eigentlich geht«, erwiderte Maja.

»Kein Problem, können wir dafür zu meinen beiden Kollegen gehen?« Kemmerich deutete zum Hauseingang hinüber. »Kriminalhauptkommissarin Möhlmann, Kriminaloberkommissar Gülek«, stellte er seine beiden Kollegen vor. »Sie sind wie ich Teil der Ermittlungsgruppe Villa, die im Mordfall Hirsch ermittelt hat.« Er zuckte mit den Schultern. »Oder nun wieder ermittelt, wie es scheint.«

»Und was hat das mit meinem Bruder zu tun?«

»Wir haben einen Hinweis bekommen, dass Ihr Bruder in den Fall verwickelt sein könnte«, erklärte Gülek. »Es wurde behauptet, dass wir in seiner Wohnung Indizien dafür finden würden. Diese Behauptung hat sich bestätigt.«

»Sie waren in meiner Wohnung?«, entfuhr es Michael, und er wandte sich an seine Schwester. »Dürfen die das denn so einfach?«

»Es schien uns Gefahr im Verzug zu sein«, entgegnete Gülek ungerührt, »zumal wir Sie aufgrund unserer Informationen als labil einstufen. Also hätten wir uns jederzeit Zutritt zu Ihrer Wohnung verschaffen können. Aber wir haben trotz dieser Umstände den Durchsuchungsbeschluss abgewartet, der uns erfreulich schnell vorlag.«

Er zog ein Schriftstück aus der Jackentasche und übergab es Michael. Der überflog das Dokument, war aber zu aufgeregt, um es aufmerksam durchzulesen. Dann starrte er die Kommissare an und reichte Maja das Papier. Sie hatte zunächst keine Augen dafür, denn mit Sorge beobachtete sie, dass die Hand ihres Bruders zitterte und dass er ganz blass geworden war. War das nur der normale Schreck nach der Mitteilung, dass er mit einem Mord in Verbindung gebracht wurde, für den sein Chef in U-Haft saß, oder hatte Michael wirklich etwas zu verbergen?

»Wenn ich es richtig verstehe«, mischte sie sich ein, »dann soll mein Bruder hier nicht als Zeuge befragt werden, sondern als Verdächtiger. Stimmt das?«

Kemmerich nickte.

»Dann muss mein Bruder doch gar nicht antworten, oder? Soweit ich weiß, brauchte er nichts zu sagen, was ihn belasten könnte.«

Der Kommissar grinste. »Sie scheinen sich auszukennen. Sind Sie eine Kollegin? Oder Juristin?«

»Nein, ich bin Apothekerin. Ich schlage vor, dass wir doch lieber auf Herrn Rappsteyn warten. Mir wäre wohler, wenn mein Bruder seinen Anwalt an seiner Seite hätte.«

Kemmerich deutete an ihr vorbei, Maja drehte sich um und sah Rappsteyn eben aus seiner Limousine steigen, die er einige Meter entfernt abgestellt hatte, während Majas Auto ja noch vor der Pforte stand. Offenbar hatte sich der Anwalt besser gegen die Polizisten in der Einfahrt durchzusetzen vermocht als sie. Nun kam er mit großen Schritten auf die Gruppe zu, die vor dem Wohngebäude stand. Er gab den drei Kripobeamten die Hand, stellte sich den beiden jüngeren vor und bat Kemmerich, der ihn offensichtlich schon kannte, ihn aufs Laufende zu bringen.

»Das sind keine schönen Neuigkeiten«, sagte Rappsteyn, als der Kommissar mit seinem kurzen Bericht fertig war. »Würden Sie mir bitte noch sagen, was genau Sie in der Wohnung von Herrn Ursinus gefunden haben? Und warum Sie das als Indiz für seine angebliche Verstrickung in den Mordfall einschätzen?«

»Sie können sich vorstellen«, versetzte Kemmerich, »dass ich Herrn Ursinus aus ermittlungstaktischen Gründen vorher lieber ein paar Fragen stellen würde.«

»Selbstverständlich kann ich das. Dann werde ich ihm allerdings empfehlen, keine Fragen zu beantworten, bis ich über Ihre Ermittlungsergebnisse hinreichend im Bilde bin. Herr Ursinus ist nicht mein Mandant, weil ich in der Sache Joachim Hirsch bereits Herrn Dr. Birkner vertrete. Aber ein Kollege aus meiner Kanzlei wird sich seiner annehmen – und gewissermaßen in seiner Vertretung stehe ich ihm einstweilen bei.«

Die beiden Männer unterhielten sich in ruhigem Ton, und es war beiden anzusehen, dass sie den jeweils anderen respektierten. Nach Rappsteyns letzten Sätzen huschte auch wirklich ein verschmitztes Lächeln über das Gesicht des Kommissars, er nickte und bedeutete den anderen, ihm zu folgen. Sie gingen auf dem schmalen Fußweg um das Wohngebäude herum, Kemmerich blieb am Rand der Terrasse stehen, die zu Michaels Wohnung gehörte, und wartete, bis Maja, Michael und Rappsteyn neben ihm standen. Seine beiden Kollegen warteten in zwei, drei Schritten Entfernung.

»Wir können nicht rein«, erklärte Kemmerich, »weil die Kriminaltechniker noch nicht fertig sind, aber ich kann Ihnen auch von hier aus beschreiben, worauf wir gestoßen sind.«

Die Terrassentür stand offen, dahinter waren drei Beamte in weißen Ganzkörperanzügen damit beschäftigt, Fotos zu machen und Spuren zu sichern. Kemmerich deutete auf den Sessel, der im Wohnzimmer stand.

»Dort hat Ihr Mandant vermutlich in der Nacht auf den gestrigen Mittwoch geschlafen. Er hat sich betrunken, neben dem Sessel lagen ein fast leeres Glas und eine leere Whiskyflasche. Ist das so weit korrekt?«

Er wandte sich an den Anwalt, und der berührte Michael schon am Arm und bedeutete ihm zu schweigen, als der Kommissar seine Frage noch gar nicht vollendet hatte.

»Gehen wir doch bitte der Reihe nach vor, Herr Kemmerich«, antwortete Rappsteyn an seiner Stelle. »Sie wollten uns mitteilen, was Sie in der Wohnung meines Mandanten gefunden haben und warum dieser Fund in Ihren Augen eine Verbindung meines Mandanten zum Mordfall Hirsch vermuten lässt.«

»In der Wohnung von Herrn Ursinus haben wir eine Plastikdose entdeckt, in der sich einige Kapseln befinden: Ephedrin, sagt das Labor.«

Rappsteyn schaute unbeteiligt drein und legte Michael eine Hand auf den Arm.

»Ich halte es für besser, wenn Sie dazu vorläufig nicht Stellung nehmen«, sagte er.

»Aber ich darf Sie schon fragen, ob Sie als Apotheker der Fastenklinik Zugang zu solchen Kapseln haben?«

»Dafür bräuchte ich nicht einmal Zugang zu fertigen Kapseln«, antwortete Michael. »Ich kann … ich könnte sie auch selbst herstellen. Einen Extrakt aus Ephedrablättern in Alkohol lösen, die Flüssigkeit verdampfen lassen und das gewonnene Pulver mit Milchpulver mischen – das ist für einen Pharmazeuten kein Hexenwerk.«

»Und Sie konsumieren solche Kapseln auch selbst?«, hakte Kemmerich nach.

»Nein, nicht mehr.«

Rappsteyn machte Anstalten, ihn zum Schweigen zu bringen, aber Michael winkte ab und fuhr fort.

»In den Personalunterlagen der Klinik werden Sie zweifellos Hinweise darauf finden, dass ich bis vor etwa einem Jahr Drogen genommen habe. Also sage ich es Ihnen lieber gleich selbst. Aber das ist vorbei. Deshalb muss dieses Döschen woanders herstammen, vielleicht aus dem Bestand der Apotheke, und ich habe keine Ahnung, wer es mir untergejubelt hat.«

Rappsteyn musterte Michael und kam offenbar zu dem Schluss, dass dieser dem Kommissar nicht die ganze Wahrheit gesagt hatte.

»Herr Ursinus«, ergriff er das Wort, »wird sich zu der Angelegenheit jetzt nicht weiter äußern, aber Sie dürfen davon ausgehen, dass nicht er, sondern jemand anders diese Kapseln in seine Wohnung gebracht hat.«

»Wir haben keine Einbruchspuren an der Wohnungstür, der Terrassentür oder einem Fenster gefunden«, gab Kemmerich zu bedenken. »Außerdem haben wir noch etwas gefunden, das ähnlich sorgfältig versteckt war wie die Ephedrinkapseln: ein Medikamentenfläschchen.«

»Wissen Sie schon, was sich in dem Fläschchen befand?«

»Das Labor testet noch, aber es war Cognac, in dem etwas gelöst war, das nach Mäuseharn riecht.«

Rappsteyn sah Maja an, die nickte.

»Das ist der Geruch von Coniin«, sagte sie. »Der Stoff löst sich in Alkohol deutlich besser als in Wasser. Coniin ist das Gift des Gefleckten Schierlings, meine Oma hat ihn immer Weißes Teufelskraut genannt.«

»Und an einer solchen Mischung starb Joachim Hirsch«, konstatierte Kemmerich.

»Auch was dieses Fläschchen betrifft, können Sie davon ausgehen«, meinte Rappsteyn, »dass Herr Ursinus nicht weiß, wie es in seine Wohnung gelangt sein könnte.«

»Allerdings haben wir an dem Fläschchen die Abdrücke von Daumen, Zeige- und Mittelfinger von Herrn Ursinus gefunden.«

Dr. Florian Holsten verließ sein Büro an diesem Nachmittag früher als sonst. Er nahm einige Unterlagen mit in seine Penthouse-Wohnung, die das ganze obere Stockwerk des Wohngebäudes einnahm. Vor allem aber wollte er in Ruhe über das nachdenken, was der Klinik vonseiten ihres Gründers noch drohen konnte. Würde Hans Birkner sein Lebenswerk nicht nur als Giftmörder beschädigen, sondern es durch den Missbrauch von Mitarbeiterinnen womöglich vollends in den Abgrund reißen – und damit auch seinen Chefarzt?

Holsten war Single, eine Familie sah seine Karriereplanung zum jetzigen Zeitpunkt nicht vor, und er hätte auch gar keine Zeit gehabt, sich um eine Partnerin oder gar um gemeinsame Kinder zu kümmern. Sein Beruf war schon in normalen Zeiten sehr fordernd, doch jetzt musste er nicht nur die üblichen Aufgaben der medizinischen Leitung erfüllen, sondern auch Birkners Abwesenheit durch größere Präsenz bei den Kunden kompensieren. Außerdem musste er im Blick behalten, wie sich die Ermittlungen und demnächst der Prozess gegen Birkner entwickelten. Er musste die Belegschaft motivieren und auf den grundlegenden Wandel einschwören, den der Einstieg der sintox AG zweifellos bedeuten würde. Und darüber hinaus musste er weiteren Schaden von der Einrichtung abwenden, schon um seine eigene Laufbahn nicht zu gefährden. Da war es wirklich nicht hilfreich, wenn neue Vorwürfe gegen das bisherige Aushängeschild der Fastenklinik aufkamen.

Die Akten lagen lange unberührt auf seinem Schreibtisch, den er im schönsten Raum seiner Wohnung aufgestellt hatte. Über die Rheinebene hinweg sah er in Richtung Osten bis zum Odenwald und auf die Häuser Heidelbergs. Nach Süden lagen die Villa Birkner, die Klinikgebäude und der Park zu seinen Füßen, und in Richtung Westen erhoben sich die drei anderen Wohngebäude der Anlage vor der Kulisse des Dossenwalds.

Vor dem benachbarten Gebäude fielen ihm drei Männer und eine Frau auf, die auf der Terrasse standen, ein weiteres Pärchen hielt sich wenige Meter von der anderen Gruppe entfernt. Sie alle kehrten ihm den Rücken zu und beobachteten aufmerksam, was in einer der Erdgeschosswohnungen vor sich ging. Dort konnte er durch die Fenster und durch die offene Terrassentür schemenhaft Gestalten in weißen Ganzkörperanzügen erkennen. Was suchte die Kriminaltechnik in der Wohnung von Michael Ursinus? Dessen hagere Gestalt erkannte er sogar in der Rückansicht, auch den schlampig gekleideten Kripokommissar Kemmerich, der ihn zum Mordfall Hirsch befragt hatte, konnte er zuordnen. Den dritten Mann hielt er für den Anwalt Birkners, Veit Rappsteyn – aber wer war die Frau, die neben den beiden stand? Und waren die Ermittlungen in dem Mordfall nicht längst abgeschlossen?

Eine Zeit lang stand Holsten am Fenster, dann schlüpfte er in einen schwarzen Mantel und stellte sich auf der Dachterrasse so hinter einen wuchtigen Terrakottatopf, dass er von unten nicht zu sehen war, aber die Terrasse des Nachbarhauses im Blick hatte. Gebannt starrte er nach unten, versuchte aus den Gesten und Bewegungen der anderen schlau zu werden, denn hören konnte er hier oben nichts. Am Ende verabschiedete Kemmerich den Klinikapotheker und seine beiden Begleiter. Der Anwalt, Ursinus und die unbekannte Frau gingen davon, kurz darauf setzte sich auch Kemmerich in Bewegung, gefolgt von dem Pärchen, das etwas abseits gewartet hatte.

Höchste Zeit, Kinner nach seinen neuesten Erkenntnissen zu fragen, dachte Holsten.

Die Kriminaltechniker arbeiteten noch, das Licht aus der Wohnung beleuchtete auch die Terrasse und einen Teil des Gartens, Büsche und Bäume warfen lange Schatten. Einen Moment lang kam es dem Chefarzt so vor, als hätte sich in einem dieser Schatten etwas bewegt, als stehle sich eine Gestalt vom Wohngebäude gegenüber fort. Aber als er kurz blinzelte und dann die betreffende Stelle noch einmal ins Visier nahm, war dort niemand zu sehen.

Veit Rappsteyn lebte allein, sein Haus hätte jedoch Platz für eine große Familie geboten. Das Gebäude war alt, aber geschmackvoll renoviert, die gepflasterte Zufahrt und der große Garten ließen es wie ein Herrenhaus wirken. Der Anwalt hatte eine Weile unter vier Augen mit Kommissar Kemmerich gesprochen, und am Ende hatte er erreicht, dass Michael Ursinus eine Verhaftung einstweilen erspart blieb. Rappsteyn verbürgte sich für ihn, und im Gegenzug musste Michael zustimmen, bis auf Weiteres als Gast in Rappsteyns Haus zu bleiben, sein Grundstück nicht zu verlassen und Kemmerich regelmäßig auf dessen Handy anzurufen. Maja hatte die Wahl, ebenfalls in einem von Rappsteyns Gästezimmern zu übernachten oder das Hotelzimmer zu beziehen, das er für ihren Bruder gebucht hatte. Sie nahm das Gästezimmer dankend an, und weil sie noch die Einkäufe für das Abendessen bei sich hatten, lud Rappsteyn sie zum gemeinsamen Kochen in seine Küche ein.

Der Anwalt erwies sich als sehr geschickt. Er schnippelte das Gemüse und ging Maja zur Hand, der er die Regie überließ, nachdem sie kurz beschrieben hatte, was sie und ihr Bruder hatten zubereiten wollen. Michael war zu nervös, um mitzuhelfen, also saß er mit einem Glas Orangensaft auf einem Barhocker und sah den beiden anderen zu. Bald füllte sich die Küche mit dem Duft von gebratenen Krabben, geschmolzenem Käse und geröstetem Gemüse. Maja ließ sich zeigen, wo sich die Gewürze befanden, und wenig später saßen sie vor vollen Tellern an einem ausladenden Esstisch aus dunklem Holz, der im Wohnzimmer stand, von dem aus man über bodentiefe Fenster einen wunderbaren Blick über einen Teil des weitläufigen Gartens hatte.

»Können Sie sich erklären, wie Ihre Fingerabdrücke auf das Medikamentenfläschchen gekommen sein könnten?«, fragte Rappsteyn, nachdem sie eine Weile Small Talk betrieben hatten.

Michael Ursinus zuckte mit den Schultern. »Ist das eine rhetorische Frage? Ich weiß zwar nichts von dem Fläschchen, aber wenn meine Fingerabdrücke drauf sind, werde ich es wohl angefasst haben.«

»Meine Kanzlei wird Sie juristisch vertreten, deshalb halte ich natürlich alles für möglich, was in dieser Angelegenheit für Sie spricht.«

»Und was sollte das in diesem Fall sein?«

»Wenn Sie die Kapseln nicht hergestellt haben ...« Er machte eine kurze Pause, und Michael senkte für einen Moment den Blick. »... und auch nichts von dem Fläschchen wissen, wäre es möglich, dass irgendjemand das Zeug in Ihrer Wohnung deponiert hat.«

»Aber warum sollte das jemand tun? Und wie ist derjenige in meine Wohnung gekommen? Die Polizei hat ja keine Einbruchspuren gefunden.«

»Jemand könnte einen Nachschlüssel zu Ihrer Wohnung haben, und es gibt sicher auch Einbrecher, die so geschickt vorgehen, dass sie keine Spuren hinterlassen oder nur solche, die der Polizei nicht unbedingt auffallen.«

»Bleibt immer noch die Frage: Wer hätte einen Grund, mir dieses Zeug unterzuschieben?«

»Und wenn wir über diesen Grund nachdenken«, wandte sich Maja an den Anwalt, »könnte das dazu führen, dass sich Ihre Kanzlei zwischen den Interessen zweier Mandanten entscheiden muss.«

Michael Ursinus sah seine Schwester fragend an, Rappsteyn hatte dagegen verstanden, worauf sie hinauswollte.

»Diese Gefahr sehe ich nicht«, erwiderte er. »Wenn jemand die Mischung, an der Herr Hirsch starb, in der Wohnung Ihres Bruders versteckt hat, dann kann er damit nicht erreichen, dass sich der Mordverdacht nun gegen Ihren Bruder richtet. In Hirschs Villa wurden DNA-Spuren von Herrn Birkner und von Herrn Frank gesichert, nicht aber von Ihrem Bruder. Dass die beiden im Haus von Hirsch waren, ist unstreitig. Und es spricht auch alles dafür, dass sie genau oder ungefähr zum Zeitpunkt von Hirschs Tod dort waren. Die versteckten Kapseln und das Medikamentenfläschchen können lediglich eine Verstrickung Ihres Bruders in den Mord nahelegen, eine Mitschuld – das aber würde Herrn Birkner meiner Meinung nach nicht nennenswert entlasten. Wäre es anders, müsste meine Kanzlei die Vertretung Ihres Bruders ohnehin abgeben, das gibt das standesrechtliche Kollisionsverbot so vor. Ich bin überzeugt: Herrn Birkner kann ich nur helfen, wenn ich möglichst genau rekonstruieren kann, was in Hirschs Villa wirklich vorgefallen ist, und da verspreche ich mir viel von dem Gutachten, das Sie erstellen werden.«

Er hob sein Glas und prostete ihr zu.

»Noch einmal vielen Dank, dass Sie sich dazu bereit erklärt haben!«

Es war eine trockene, aber sehr kalte Nacht, und so rieb sich der Mann draußen im Garten immer wieder die Hände und zog den Mantel enger um sich zusammen. Für seine Aufträge verbrachte Alfons Kinner viel Zeit mit Warten, wurde nicht selten vom Regen durchnässt oder fror im eisigen Wind, und so war neben Geduld und passender Kleidung auch eine gewisse Gleichgültigkeit solchen Widrigkeiten gegenüber notwendig, um diesen Job gut und erfolgreich zu erledigen. Immerhin konnte er inzwischen Stundensätze verlangen, die ihn zumindest finanziell für solche Mühen entschädigten.

Über die Jahre hatte er gelernt, zumindest einzelne Satzfetzen von den Lippen der Menschen abzulesen, die er beobachtete. Er hatte dazu auch mehrere Seminare besucht, und so konnte er manches Gespräch zumindest in groben Zügen verfolgen, ohne dass er am Treffpunkt seiner Zielpersonen vorher Abhörtechnik hätte platzieren müssen. Natürlich hing es stark davon ab, wie die Gesprächspartner saßen, aus welcher Perspektive und Entfernung er sie sehen konnte.

Diesmal waren die Bedingungen sehr gut. Rappsteyn hatte keine Vorhänge vor den großen Fenstern, und weil der Blick hinaus auf seinen großen Garten ging, der rundum mit Mauern und Gebüsch eingefasst war, wurden auch die Rollläden nicht heruntergelassen. Das Zimmer, in dem die drei an einem Tisch aßen und tranken, war gut beleuchtet, nur die Frau saß etwas ungünstig für seine Zwecke: Sie war von der Seite zu sehen, sprach aber auch nicht viel. Auf die Lippen der beiden Männer dagegen hatte er freie Sicht. Nur wurde er nicht schlau aus dem, was er abzulesen glaubte.

Dass der hagere Mann Michael Ursinus hieß und als Apotheker in der Fastenklinik beschäftigt war, wusste er inzwischen ja. Und die Frau neben ihm hatte er als dessen Schwester Maja identifiziert, die ebenfalls Pharmazie studiert hatte und in einer kleinen Apotheke in München angestellt war. Was die beiden mit dem Anwalt zu schaffen hatten, war ihm dagegen zunächst nicht klar. Im Schwetzinger Schlossgarten hatte er die drei beisammen gesehen, aber nicht belauschen können. Auch waren dort die Sichtverhältnisse nicht gut genug gewesen, um von ihren Lippen zu lesen. Und als er den Geschwistern danach gefolgt war, konnte er nur beobachten, wie sie Lebensmittel einkauften – nicht sehr aufschlussreich für seine Zwecke.

Kinner blieb ihnen auf den Fersen. Einen Abstecher auf das Gelände der Fastenklinik wagte er angesichts des Polizeiaufgebots nicht, also versteckte er sich in der Nähe, bis Rappsteyn die beiden Geschwister mit seiner Limousine bis zur Pforte brachte, wartete, bis sie in ihren eigenen Wagen umgestiegen waren, und ihnen dann vorausfuhr.

Den beiden Fahrzeugen folgte er bis zum Haus des Anwalts, und als sich das Einfahrtstor hinter den Autos geschlossen hatte, kraxelte er an einer vor Blicken geschützten Stelle über die Umfassungsmauer von Rappsteyns Grundstück, schaute den drei Personen erst in der Küche zu und suchte dann ein Versteck, von dem aus er den Esstisch gut im Blick hatte.

Während im Haus gekocht wurde, hatte er durch ein paar Telefonate in Erfahrung gebracht, dass die Kriminaltechnik in der Wohnung von Michael Ursinus Spuren sicherte, aber den Grund dafür konnte er nicht herausfinden. Umso konzentrierter verfolgte er deshalb das Gespräch am Esstisch, aber was er zu verstehen glaubte, verwirrte ihn.

Der einfachste Punkt war, dass der Anwalt von einem Gutachten sprach und sich bei Maja Ursinus bedankte. Offenbar sollte sie als Pharmazeutin zu den Einschätzungen und Schlussfolgerungen von Professor Fogl Stellung nehmen. Laut Internet hatte sie über pflanzliche Wirkstoffe promoviert, und Hirsch war an einem Gift gestorben, das man aus dem Gefleckten Schierling gewinnen konnte – so weit war das nachvollziehbar. Nur, was versprach sich Rappsteyn von einem zweiten Gutachten? Ob der Anwalt nachweisen wollte, dass Hirsch gar nicht Opfer einer Vergiftung geworden war? Die Akten, die er bisher hatte einsehen können, ließen daran keinen Zweifel. Der einzige Widerspruch, der Kinner aufgefallen war, bestand in der zeitlichen Abfolge, genau genommen in der Frage, ob Hirsch schon tot gewesen war, als ein Tritt mit dem

Stiefel seine Halswirbelsäule zerschmettert hatte. Fogls Beurteilung war eindeutig, nämlich dass Hirsch noch gelebt hatte, während sich die Rechtsmedizin viel unsicherer äußerte. Aber wie konnte das für ein milderes Urteil gegen Birkner sorgen? Für Maxim Frank, der zugetreten hatte, mochte das von Bedeutung sein – aber würde Rappsteyn für den Fahrer einen so großen Aufwand betreiben, wenn er damit Birkner selbst, zweifellos dem wichtigeren Mandanten seiner Kanzlei, nicht helfen konnte? Natürlich wusste Kinner, dass Rappsteyn selbst nur einen Mandanten in dieser Sache vertreten durfte, aber wenn sich ein anderer Anwalt aus seiner Kanzlei um Frank kümmerte, hielt Rappsteyn dennoch die Fäden in der Hand.

Der zweite Punkt brachte Kinner Klarheit und Verwirrung zugleich. Er erfuhr, dass in der Wohnung von Michael Ursinus irgendwelche Kapseln und ein Fläschchen entdeckt worden waren, über dessen Inhalt am Tisch nicht gesprochen wurde. Es schien sich aber um etwas zu handeln, was den Apotheker mit dem Mord an Hirsch in Verbindung brachte. Das war also der Grund für das Anrücken der Kriminaltechnik. Der Anwalt schien es für möglich zu halten, dass Kapseln und Fläschchen von jemandem in der Wohnung deponiert worden waren – aber wozu sollte das gut sein? Und als Kinner schließlich sein Versteck verließ, über die Gartenmauer nach draußen kletterte und nachdenklich zu seinem Wagen ging, beschäftigten ihn einige Fragen. Hatte Michael Ursinus mit dem Mord an Hirsch zu tun, und falls ja, auf welche Weise? Oder waren ihm die vermeintlichen Beweise für seine Mittäterschaft untergeschoben worden, und falls ja, von wem und zu welchem Zweck?

Selten hatte er sich mit einem so verzwickten Fall befassen müssen.

5

Veit Rappsteyn hatte Maja und Michael zwei Gästezimmer angeboten, aber diese Bezeichnung war die Untertreibung des Jahres. Die Geschwister waren in einem Anbau des Hauses untergebracht, der je zwei kleine Apartments im Erdgeschoss und in der ersten Etage umfasste. Die Gästeräume hatten einen eigenen Eingang und ein eigenes Treppenhaus, Rappsteyn hatte ihnen die Zimmer im ersten Stock herrichten lassen, die über einen schönen Balkon zum Garten hin verfügten, jeweils mit eigenem Bad ausgestattet waren und sich eine zwischen den Zimmern gelegene kleine Küche teilten.

Maja wachte gegen sieben auf, streifte ihre Jacke über und trat auf den Balkon. Die Luft war kalt, aber wenigstens sah es heute nicht nach Regen oder Schnee aus. Sie wollte gerade wieder in ihr Zimmer zurückkehren, da sah sie Veit Rappsteyn aus dem Haus treten. Er stellte seine Aktentasche neben sich auf den Boden, atmete einige Mal tief ein und aus, machte dazu weit ausholende Armbewegungen, bückte sich und richtete sich wieder auf. Als er nach der Tasche griff, sah er aus den Augenwinkeln Maja auf ihrem Balkon stehen. Er erschrak, hatte sich aber sofort wieder unter Kontrolle und setzte ein entschuldigendes Grinsen auf.

»Guten Morgen, Frau Ursinus!«, rief er zu ihr hinauf. »Ich hoffe, ich habe mich gerade nicht allzu sehr lächerlich gemacht.«

»Nein, nein, alles gut«, erwiderte sie lächelnd.

»Ich sitze mehr, als meinem Rücken guttut, da bin ich froh, wenn ich zwischendurch wenigstens ein bisschen Bewegung bekomme. Obwohl, das muss ich zugeben, weit mehr nötig wäre – aber dazu fehlt mir meistens die Lust.«

Er lachte und deutete auf seinen Wagen.

»Ich muss los, heute gibt es viel zu tun in der Kanzlei. Laurenz kommt in etwa einer halben Stunde. Wenn Sie irgendetwas brauchen, wenden Sie sich einfach an ihn, ja?«

Sie sah ihn fragend an.

»Laurenz führt mir den Haushalt, er will sich mal zum Butler ausbilden lassen, aber ich hoffe, das schiebt er noch ein bisschen hinaus. Er ist eine wahre Perle. Wenn Sie ihn nicht gleich sehen, klingeln Sie einfach an der Haustür, dann kommt er sofort.«

Er machte einige Schritte, dann drehte er sich noch einmal um.

»Haben Sie die Unterlagen gesehen, die ich Ihnen bereitgelegt habe?«

In ihrem Schlafraum befand sich neben einem großen Doppelbett und einer Polsterecke auch ein Tisch mit mehreren Stühlen. Darauf hatte sie gestern Abend zwei Aktenordner mit Material zum Mordfall Hirsch, ein Laptop und einen kleinen Drucker vorgefunden.

»Ja, danke, ich werde mich gleich nach dem Frühstück dransetzen.«

»Wenn Sie auf Laurenz warten, macht er Ihnen Rührei oder was immer Sie mögen. Und falls Sie jetzt schon Hunger haben: In der kleinen Küche neben Ihrem Zimmer finden Sie Obst, Milch, Saft, etwas Toast und alles, was Sie für Ihren Tee oder Kaffee brauchen. Das hat Laurenz für Sie und Ihren Bruder vorbereitet.«

Rappsteyn winkte, stieg in seine Limousine und fuhr davon. Maja sah ihm nach, ging ans andere Ende des Balkons, der zu beiden Apartments gehörte, und lugte durchs Fenster. Michael lag auf dem Rücken, die Arme weit ausgebreitet, und schnarchte.

Die Aktenordner hatte sie noch am Abend kurz durchgeblättert. Zusammen mit den Dokumenten, die Rappsteyn ihr nach München gemailt hatte, sollte sie damit über alles Nötige verfügen, um ihr Gutachten zu erstellen. Sie ging in die Küche, inspizierte die hochmoderne Kaffeemaschine und entschied sich dann für einen Becher Caffè Crema. Sie gab Zucker dazu, schnitt einen Apfel auf und nahm das kleine Frühstück mit in ihr Zimmer. Die Küchentür ließ sie offen stehen, um mitzubekommen, wenn sich Michael etwas zu essen holen würde. Während sie ruhig und geduldig ihren Kaffee umrührte, schlug sie den ersten Ordner auf und überflog die Blutwerte, die im Obduktionsbericht genannt wurden.

Leonie Ulmer wohnte in einer kleinen Wohnung auf dem Klinikgelände. Ihre Fenster gingen nach Norden, wo ihr das Nachbargebäude die freie Sicht versperrte, aber das störte sie nicht. Allerdings hatte sie sich angewöhnt, die Rollläden herunterzulassen, sobald es dunkel wurde und sie das Licht einschaltete. Sie ertrug den Gedanken nicht, dass jemand sie dabei beobachten könnte, wie sie sich auszog oder nachts mit nichts als einem Slip bekleidet zum Bad ging. Sie war schon mehr als genug angegafft worden, und wenn sie eines in ihrem neuen Leben überhaupt nicht brauchen konnte, waren es lüsterne Männer, die sich an den Fenstern gegenüber die Nase platt drückten.

Mit einem kräftigen Schluck Mineralwasser direkt aus der Flasche spülte sie den sauren Geschmack hinunter, den sie bei dieser Vorstellung bekam. Sie musste an ihren Chef denken, an seine Hände auf ihrer Haut, als er sie fordernd gegen die Küchenzeile gepresst hatte. Ja, auch hier in ihrer kleinen Wohnung war er gewesen, nachdem ihr klar geworden war, zu welchem Zweck er sie in seine Villa bestellt hatte.

Sie schlüpfte in ihre Schuhe und die wetterfeste Jacke, die sie auf dem kurzen Fußweg zur Klinik vor der Kälte schützen würde. Sie ging in Gedanken die Termine durch, die für heute vorgesehen waren. Es konnte ein guter Tag werden. Der schmierige Mittfünfziger aus dem zweiten Stock war gestern abgereist, und heute Nachmittag würde eine ältere Dame dieses Zimmer beziehen, die seit Jahren jeden Winter für zwei, drei Wochen kam. Eine zierliche, sehr liebenswürdige Person, die in der Fastenklinik Ruhe und Erholung suchte – und die jedes Mal zwar begeistert von ihren Enkeln erzählte, zugleich aber durchblicken ließ, dass sie die Rasselbande an manchen Tagen nur ertrug, weil sie sich Auszeiten wie die in der Fastenklinik Birkner gönnte.

Auf halbem Weg zum Personaleingang traf Leonie auf Emma Evers und schwatzte ein wenig mit ihr über Belanglosigkeiten. Die beiden hatten sich von Anfang gut verstanden und verbrachten gern ihre Pausen miteinander. Zu Leonie war Emma stets freundlich, aber auf manche Männer schien sie geradezu allergisch zu reagieren, auf durchtrainierte Typen, die vor Kraft und Selbstverliebtheit kaum laufen konnten. Unter den Mitarbeitern gab es solche Männer nicht, und auch Patienten mit solchem Auftreten waren zum Glück die Ausnahme, aber wenn sich Emma – was selten vorkam – von Leonie zu einem Mädelsabend in Mannheim oder Heidelberg überreden ließ, waren sie solchen Gestalten schon begegnet. Sobald so ein Mann in die Nähe kam, veränderte sich Emmas Körperhaltung, und Leonie konnte nicht einschätzen, ob ihre Freundin am liebsten auf den Typen losgehen oder Reißaus nehmen würde.

Im Treppenhaus verabschiedeten sich die beiden Frauen voneinander, und Leonie ging auf dem Weg zu ihrer Station noch am Kaffeeautomaten vorbei. Die Plörre schmeckte nicht besonders gut, enthielt aber genug Koffein, um sie wach zu machen. Sie bog zügig um die letzte Ecke, dann wurden ihre Schritte langsamer. Am Automaten lehnte Arno und lächelte sie schief an. Er war kein schlechter Kerl, etwas schüchtern vielleicht, aber nach einer gewissen Anlaufzeit wurde auch er lockerer, und dann konnte man eine gute Zeit mit ihm verbringen. Er war schlank, und wenn sie sich die Mühe gemacht hätte, ihm den Seitenscheitel auszureden, würde er sogar ganz passabel aussehen, aber so wichtig war er ihr nicht. Das erste Mal hatte sie sich vor einigen Monaten auf ihn eingelassen. Seither verbrachten sie ab und zu ein paar Nächte miteinander, doch Leonie wurde es schnell zu viel, und sie hielt ihn auf Abstand, bis sie das nächste Mal zusammentrafen … Eine klassische On-off-Beziehung. Er tat ihr leid, weil sie ihn immer wieder zurückwies, nachdem er sich tagelang große Hoffnungen gemacht hatte. Aber sie hatte zu viel Schlimmes mit Männern erlebt, um sich rückhaltlos auf eine Partnerschaft einlassen zu können. Im Moment war Arno *off*, doch das schien er ändern zu wollen.

»Morgen, Leonie«, sagte er.

»Morgen, Arno.«

Sie deutete auf den Automaten. Er verstand und trat einen Schritt zur Seite. Leonie wählte einen Cappuccino und blieb vor dem Gerät stehen, als würde aus dem Zischen und Gurgeln in seinem Inneren nur dann ein Kaffee, wenn sie den Kasten keine Sekunde aus den Augen ließ.

»Gut geschlafen?«, wollte Arno wissen.

Er stand dicht neben ihr, und sein Atem streifte ihre dunkelblonden Haare, die sie für die Arbeit straff zu einem Pferdeschwanz gebunden hatte.

»Geht so«, murmelte sie, und als könne sie seinen flehenden Blick spüren, wandte sie sich schließlich doch zu ihm um. »Arno, ich … ich weiß nicht, wie ich es dir noch erklären soll, aber …«

Sein Atem roch frisch, aber die Augen wirkten blutunterlaufen und wässrig. Hatte er geweint, getrunken oder beides?

»Geht's dir gut?«, wollte sie von ihm wissen, doch als sie sein seliges Lächeln bemerkte, bereute sie die Frage sofort. »Du machst dir falsche Hoffnungen, Arno. Und glaub mir: Mit mir willst du nicht wirklich ständig zusammen sein. Ich bin launisch, unordentlich, unzuverlässig.«

Aus seinem Gesicht schrie es ihr förmlich entgegen, dass er das alles nur zu gern auf sich nehmen würde, da legte sie ihm eine Hand auf die Schulter und sah ihm tief in die Augen.

»Arno, such dir ein nettes Mädchen in der Stadt, lass die Finger von Kolleginnen – und vor allem von mir, so verkorkst, wie ich bin.«

»Ich liebe dich«, brachte er hervor.

Sie nahm die Hand weg.

»Keine gute Idee, glaub mir«, versicherte sie. »Ich habe Probleme mit meiner Vergangenheit, ich habe welche mit meiner Gegenwart, und von der Zukunft erhoffe ich mir höchstens, dass nicht allzu viele neue Probleme dazukommen, damit ich mit meinen bisherigen irgendwie fertigwerde.«

»Aber du …«

Sie legte ihm den Zeigefinger auf den Mund. Wie im

Reflex drückte er ihr einen Kuss auf die Fingerspitze, und sie zog die Hand zurück, als habe sie einen Stromschlag bekommen.

»Lass das!«, fuhr sie ihn an. »Wir können gern ab und zu eine Nacht miteinander verbringen, oder wir quatschen ein paar Stunden miteinander, das war immer sehr nett. Aber ich bin nicht bereit für eine Beziehung, wie du sie dir vorstellst.«

Er stand vor ihr wie ein begossener Pudel, aber sie musste ihr Mitleid jetzt unbedingt überspielen, wenn nicht alles wieder von vorn beginnen sollte.

»Nicht annähernd bereit«, betonte sie, presste dann ihre Lippen zusammen und wandte sich dem Automaten zu. Im Ausgabeschacht stand der Pappbecher. Sie nahm ihn heraus, wich Arno aus, der eine Bewegung auf sie zumachte, und ging davon, ohne sich noch einmal nach ihm umzudrehen.

Michael regte sich um kurz nach acht, schlurfte in die Küche, schaute sich nach einer Thermoskanne mit Kaffee um und richtete dann einen fragenden Blick auf Maja, die er durch die offene Tür an ihrem Tisch sitzen sah.

»Ich habe mir den Kaffee einfach aus der Maschine gelassen. War wirklich kein Hexenwerk«, rief ihm Maja zu.

Er brummte etwas Unverständliches und begann am Display des Automaten herumzudrücken. Maja fühlte sich in ihre Kindheit zurückversetzt, als Michael sich absichtlich blöd angestellt hatte, bis seine Schwester ihm die Arbeit abgenommen hatte. Doch jetzt war sie zu sehr in die Unterlagen vertieft, als dass sie ihm einen Kaffee gemacht hätte.

»Und, spannend?«, fragte er, als er knapp zehn Minuten später mit einer dampfenden Tasse zu ihr trat.

»Ja«, antwortete sie knapp, und weil Michael wusste, wann seine Schwester ansprechbar war und wann nicht, trottete er in Richtung seiner Zimmertür davon.

»Ich geh nachher ein bisschen in die Stadt«, meinte er.

Maja hob ruckartig den Kopf und sah ihn streng an.

»Du hast also doch mitbekommen, dass ich da bin«, versetzte er mit breitem Grinsen. »Ich werde natürlich hierbleiben, wie es mit der Polizei und Rappsteyn vereinbart ist, und ich werde den Kommissar anrufen. Keine Sorge, ich mach keinen Quatsch!«

Damit zog er die Tür hinter sich zu, und kurz darauf hörte Maja Radiomusik aus Michaels Zimmer.

Sie beschloss, Jens Vollmer anzurufen, den Mannheimer Kollegen von Markus. Im ersten Anlauf meldete sich niemand, und weil sie keine Lust hatte, sich umständlich auf der Voicebox zu erklären, legte sie auf und versuchte es eine Viertelstunde später erneut. Diesmal meldete sich Vollmer nach dem zweiten Klingeln. Sie stellte sich vor, und der Kommissar plauderte in aufgeräumtem Ton mit ihr, als würden sie sich schon lange kennen.

»Wie ich gehört habe, kennen Sie meinen Kollegen Kemmerich schon.«

»Ja, allerdings hatten wir keinen besonders guten Start miteinander, vor allem mein Bruder nicht.«

»Er hat mir schon erzählt, dass die Ermittlungen im Mordfall Hirsch wieder aufgenommen wurden. Ich hoffe, er war nicht allzu schroff zu Ihnen.«

»Nein, das nicht, er war sehr freundlich, aber dass mein Bruder jetzt mit dem Tod dieses Unternehmers in Verbindung gebracht wird ...«

»Kemmerich macht nur seine Arbeit. Übrigens macht er sie sehr gut, wenn Ihr Bruder also nichts mit der Sache zu tun hat, wird es mein Kollege herausfinden, keine Sorge.«

»Sind Sie ebenfalls an den Ermittlungen beteiligt?«

»Nein, es wurden nur die Beamten hinzugezogen, die auch im ersten Durchgang zur Soko gehörten. Die meisten von ihnen sind übrigens nicht gerade begeistert, dass sie mit diesem verzwickten Fall noch einmal zu tun haben.«

»Wieso das denn?«

»Ein Grund ist natürlich, dass wir von der Kripo den Fall am liebsten endgültig vom Tisch hätten. Und den anderen Grund würde ich Ihnen nur ungern am Telefon nennen. Hätten Sie denn Zeit für ein Treffen?«

»Natürlich, gleich heute, wenn Sie wollen.«

»Unbedingt. Würde es heute Mittag gehen, gegen halb eins?«

»Gern.«

Er beschrieb ihr den Weg zu einer kleinen Pizzeria in der Nähe des Kriminalkommissariats und gab ihr Tipps, wo sie am ehesten einen Parkplatz finden konnte.

»Sie kommen doch mit dem Wagen, oder?«, fügte er

hinzu. »Herr Rappsteyn wohnt sehr schön, ist aber mit den Öffentlichen nicht besonders gut zu erreichen.«

Maja musste lachen. »Sie sind wirklich sehr gut informiert.«

»Das ist mein Job, fürchte ich«, erwiderte er gut gelaunt. »Übrigens habe auch ich ein paar Fragen an Sie.«

»Ich dachte, Sie ermitteln nicht in diesem Fall?«

»Das nicht, aber ich werde Sie ein bisschen über Markus Brodtbeck aushorchen. Er hatte nicht viel Zeit, als er mich anrief, und wir haben uns schon eine ganze Weile nicht mehr gesehen.«

Es war schön hier oben. Der Hölderlinweg war eine begehrte Wohnadresse in Heidelberg, und durch die Südfenster ging der Blick über den Neckar hinweg auf die Altstadt und hinauf zum Schloss. In den vergangenen Jahren war es in der Nachbarschaft nur ab und zu unruhig geworden, wenn das Fernsehteam anrückte, um ein paar Häuser weiter westlich eine Hotelserie fürs Erste zu drehen. Doch nichts hatte Andrea Rab so aufgewühlt wie das Telefonat eben. Sie stand am Fenster, hatte aber keinen Blick für die Aussicht. Mit zitternder Hand legte sie das Telefon ab und schaute ins Leere.

Hatte die Kripo nicht ihre Ermittlungen beendet und alle Unterlagen der Staatsanwaltschaft übergeben? Waren dieser Birkner und sein Handlanger nicht verhaftet worden und warteten im Gefängnis auf ihren Prozess? Und hatte ihr der Anwalt nicht versichert, dass das Schlimmste bald ausgestanden sein würde und dass an einer Verurteilung der beiden Tatverdächtigen kein Zweifel bestehen konnte?

Und nun das!

Die Ermittlungen waren wieder aufgenommen worden, denn der Anwalt dieses Mörders hatte offenbar einen letzten verzweifelten Versuch unternommen, seinen Mandanten vor der Haftstrafe zu retten. Sie war zwar kurz irritiert gewesen, weil Kinner die neuen Informationen diesem Winkeladvokaten von den Lippen abgelesen haben wollte. Aber die weiteren Infos, die er gesammelt hatte, passten exakt zur Vermutung des Privatdetektivs.

Kinner war sein Geld stets wert gewesen, und auch diesmal schien es sich gelohnt zu haben, ihn zu beauftragen. Wobei er sich in diesem Fall selbst ins Spiel gebracht hatte. Andrea Rab hätte es nicht für möglich gehalten, dass es noch einmal fraglich werden könnte, wer ihren Cousin erst vergiftet und dann totgetreten hatte. Doch als der Privatdetektiv sie anrief und ihr mitteilte, dass Birkners Anwalt wohl irgendetwas vorhatte, was den Ablauf des Prozesses beeinflussen konnte, war sie nur zu gern bereit, ihn auch auf diese neue Spur anzusetzen. Schlimm genug, dass sich der Prozess dadurch verzögerte. Sie und Joachims Neffe Bastian gingen davon aus, dass Joachim sie als engste Verwandte beim Erbe bedacht hatte, aber die Staatsanwaltschaft hielt das Testament bisher noch zurück.

Eine Weile rang sie mit sich, dann griff sie erneut zum Telefon, wählte einen der gespeicherten Kontakte aus und rief an. Die sonore Stimme am anderen Ende hörte sie meistens, wenn eine Sitzung der gemeinsamen Kulturstiftung bevorstand oder wenn sie ihn um Unterstützung für eine der von ihr geförderten Künstlerinnen bat. Diesmal musste sie ihn warnen, dass jemand versuchen würde, seine Arbeit zu überprüfen, zu bewerten, zunichtezumachen.

»Fogl«, meldete sich die Stimme des Heidelberger Professors. Andrea Rab holte tief Luft, dann begann sie zu erzählen.

Jennifer Krafft räumte, wann immer sie zwischendurch etwas Zeit hatte, nach und nach die neueste Lieferung auf. Es war relativ ruhig, und deshalb fiel es nicht so sehr ins Gewicht, dass sie heute Vormittag allein sein würde. Herr Ursinus hatte ihr am Vorabend eine Textnachricht geschickt, dass er für einige Tage ausfallen würde. Einen Grund hatte er nicht genannt, aber da er schon seit Mittwoch fehlte, nahm sie an, dass er krank geworden war. Vielleicht würde sie heute nach Feierabend mal nach ihm sehen. Er war ein guter Chef, fachlich sowieso einwandfrei, aber auch menschlich – was die junge Frau nicht von jedem hier in der Klinik behaupten konnte. Deshalb hatte ihr die Verhaftung von Dr. Birkner auch weniger ausgemacht als Ursinus, der erkennbar darunter litt. Manchmal hatte sie schon überlegt, ob sie sich ihm anvertrauen sollte, aber dann ließ sie es doch lieber bleiben. Michael Ursinus war Birkner so dankbar, dass er sicher nichts auf ihn kommen ließ.

Die Tür schwang auf, und Dr. Arno Klüver kam herein. Der Assistenzarzt hatte kurz nach ihrer Einstellung einmal versucht, mit ihr anzubandeln, aber sie fand seine etwas aufdringliche Art abstoßend, und vor allem war er so gar nicht ihr Typ. Er hatte bald aufgegeben, und danach hatte sie ihn ab und zu nach Dienstschluss mit Leonie gesehen, die aber ihres Wissens keine Lust auf eine feste Beziehung hatte.

»Guten Morgen, Jennifer.«

»Guten Morgen, Dr. Klüver.«

Sie mochte es nicht, dass es sich manche Ärzte herausnahmen, sie zu duzen oder per Sie und Vornamen anzureden. Deshalb beharrte sie im Gegenzug auf einer möglichst förmlichen Anrede. So, wie sie es auch den Patienten gegenüber hielt.

»Ist Ihr Chef auch heute nicht da?«

Sie wurde nicht schlau aus seiner Miene, aber sie hätte wetten können, dass die Abwesenheit von Herrn Ursinus für Klüver keine Überraschung war. Warum also fragte er so scheinheilig nach?

»Im Moment ist nicht viel los«, versetzte sie ruhig, »da kann er ruhig mal freinehmen. Zuletzt sind einige Überstunden aufgelaufen.«

Klüver musterte sie und nickte lächelnd.

»Und wie kann ich Ihnen nun helfen?«, fragte sie, als ihr die Pause zu lang wurde.

Er zog eine Liste mit Medikamenten hervor, die er abholen wollte, und eine zweite mit Salben und Mischungen, die in der Apotheke hergestellt werden sollten. Sie überflog alles, stellte die gewünschten Medikamente zusammen und ließ sich die Liste gegenzeichnen.

»Das andere habe ich bis morgen Nachmittag fertig. Passt das, oder brauchen Sie etwas davon früher?«

»Nein, nein, das passt. Wird Herr Ursinus denn morgen wieder da sein? Ich müsste mal mit ihm reden, wenn er Zeit hat.«

»Nein, er kommt wohl erst wieder nächste Woche in die Apotheke. Soll ich ihm etwas ausrichten?«

»Können Sie ihn denn erreichen?«

Jennifer Krafft stutzte. Was war das denn für eine Frage? Wusste Klüver etwas über ihren Chef und darüber, warum er nicht zur Arbeit kam?

»Ja, natürlich, warum denn nicht?«

»Ach, nur so. Aber Sie müssen ihm nichts ausrichten. Das hat noch Zeit, bis ich persönlich mit ihm reden kann.«

Sie hob eine Augenbraue.

»Ist was Privates«, erklärte er, nahm die Medikamente und verabschiedete sich mit einem seltsamen Lächeln.

Sie sah ihm nach, bis er in seinem weißen Kittel aus ihrem Blickfeld verschwunden war. Und auch danach stand sie noch eine Weile da und dachte über das komische Gespräch nach. Was hatte Klüver wirklich gewollt? Was war mit Herrn Ursinus los? Und musste sie ihn vor dem Arzt warnen, ohne konkret sagen zu können, wovor? Was hatte Klüver »privat« mit Herrn Ursinus zu tun? Oder hatte er mitbekommen, was auch sie vermutete: dass der Apotheker trockener Alkoholiker war oder ein ehemaliger Drogensüchtiger oder beides. Die Hautstruktur und der ausgemergelte Körper deuteten darauf hin.

Und weil jeder wusste, dass Birkner für seine Einrichtung vorzugsweise Mitarbeiter einstellte, deren Vergangenheit einen dunklen Fleck aufwies, konnte das im Fall von Ursinus durchaus eine überstandene Drogensucht sein. Auch ihr hatte Birkner eine zweite Chance gegeben, auf die sie nicht mehr gehofft hatte, aber die Dankbarkeit dafür hatte sich inzwischen in Ekel und Hass verwandelt, weil er sie einen hohen Preis für diese Chance hatte bezahlen lassen.

Sie zog ihr Handy hervor und schrieb ihrem Chef eine kurze Textnachricht: »Kann ich Sie anrufen?«

Sie wollte Herrn Ursinus lieber vorwarnen. Für den Fall, dass er im Moment nicht ansprechbar war, wollte sie ihm eine Situation ersparen, die sicher peinlich für ihn wäre.

Maja war so in ihre Unterlagen vertieft, dass sie ihren Bruder erst bemerkte, als der schon neben ihr stand.

»Was ist?«, fragte sie.

Michael sah beunruhigt aus. Statt zu antworten, hielt er ihr sein Handy hin.

»Kann ich Sie anrufen?«, stand dort. Die Nachricht stammte von einem Kontakt namens Jennifer Krafft.

»Wer ist das?«, wollte Maja wissen.

»Meine Mitarbeiterin in der Apotheke. Sehr tüchtig, sehr freundlich, und wenn ich ausfalle, hält sie den Laden auch mal allein am Laufen.«

»Hatte sie denn in letzter Zeit häufiger Gelegenheit dazu?«

»Sehr selten«, gab Michael zerknirscht zu. »Dass Birkner ein Mord vorgeworfen wird, macht mir sehr zu schaffen. Der Mann tut mir leid, und dazu kommt noch die Sorge um meine Stelle.«

»Das verstehe ich natürlich, aber kannst du das nicht anders verarbeiten als mit diesem Teufelszeug?«

»Nur Alkohol, keine anderen Drogen, ich schwöre!«

»Dann nehme ich das halt mal als gute Nachricht.«

»Ich hab's sogar schon mal mit Joggen versucht, aber …«

Als er seine Schwester grinsen sah, hellte sich auch seine eigene Laune etwas auf.

»Das hätte ich gern gesehen«, versetzte sie und knuffte ihn leicht in die Seite. »Jetzt ruf diese Frau Krafft mal an, nicht dass die sich sonst was denkt.«

Er wählte ihre Nummer, sie ging nach dem ersten Klingeln dran.

»Was gibt's denn, Frau Krafft?«

»Störe ich gerade?«

»Nein, nein, alles gut. Wie kann ich Ihnen helfen?«

»Herr Dr. Klüver war gerade da.«

»Aha, und?«

Er mochte den Assistenzarzt nicht besonders, hatte aber zum Glück nicht allzu oft mit ihm zu tun.

»Er hat sich seltsam benommen und behauptet, dass er etwas Privates mit Ihnen besprechen möchte.«

»Klüver? Etwas Privates? Keine Ahnung, was er damit gemeint haben könnte. Hat er Näheres gesagt?«

»Nein, er hat nur ziemlich wichtiggetan, Sie kennen ihn ja. Als ich ihm angeboten habe, Ihnen deswegen

Bescheid zu geben, meinte er, das sei nicht nötig. Und dann hat er noch etwas Seltsames gesagt.«

»Was denn?«

»Er fragte, ob ich Sie denn überhaupt erreichen könne.«

»Können Sie natürlich, wir reden ja auch jetzt miteinander.«

»Ja, aber … Mir kam es vor, als wolle er mit dieser Frage irgendetwas andeuten.«

Michael überlegte. Wusste Klüver, dass er manchmal doch nicht von der Flasche lassen konnte? Oder hatte er gesehen, wie die Kripo mit ihm sprach? Oder wusste er womöglich, dass die Polizei ihn um ein Haar mitgenommen hätte? Aber woher sollte er das wissen? Die Polizei würde es ihm ja kaum gesagt haben.

»Herr Ursinus, sind Sie noch dran?«

»Ja, ja, entschuldigen Sie bitte, Frau Krafft. Ich habe mich nur gerade gefragt, was Klüver gemeint haben könnte.«

»Ich muss das auch gar nicht wissen, Herr Ursinus«, meinte seine Mitarbeiterin. »Ich wollte Ihnen nur Bescheid geben, weil ich Klüvers Verhalten so seltsam fand. Und für den Fall, dass er etwas gegen Sie im Schilde führt, wollte ich Sie wenigstens vorgewarnt haben.«

»Das ist nett von Ihnen, vielen Dank.«

»Gern geschehen. Mir tut es nur leid, dass ich nicht mehr helfen kann.«

»Sie helfen mir schon sehr, allein mit der Vertretung in der Apotheke. Und ich kann leider noch nicht sagen, wie lange ich noch … verhindert bin.«

»Das macht nichts. Rufen Sie an, wenn ich etwas für Sie tun kann. Ich kriege das hier schon allein hin. Und nachmittags kommt ja die Kollegin dazu. Machen Sie sich also darum bitte keine Sorgen, okay?«

»Okay. Danke.«

Michael legte auf, und Maja sah ihn gespannt an. Er hatte nicht den Lautsprecher aktiviert, aber der Ton war so laut gestellt, dass sie trotzdem etliches verstanden hatte. Außerdem war ihr aufgefallen, dass Michaels Blick weicher und seine Stimmung besser geworden war, obwohl ihm der Anruf doch eigentlich eher Grund zur Sorge geben sollte.

»Du magst sie, stimmt's?«, fragte sie, als das Telefonat beendet war.

Er zuckte mit den Schultern und ging in sein Zimmer.

Als ihn die Kundin zum dritten Mal dasselbe fragte, kostete es Florian Holsten einige Mühe, seine freundliche Miene und den verbindlichen Ton beizubehalten. Aus den Augenwinkeln bemerkte er Leonie Ulmer, die eben aus einem der Apartments auf den Flur trat. Er wandte sich einen Moment von seiner Gesprächspartnerin ab, als müsse er in die Armbeuge niesen, und sah augenrollend zu der jungen Pflegerin hin. Sie verstand sofort, wie sie ihm helfen konnte, und als Holsten einen neuen Anlauf zur immer gleichen Antwort nahm, eilte Leonie Ulmer herbei und machte sehr überzeugend einen gehetzten Eindruck.

»Herr Dr. Holsten«, brachte sie hervor, schenkte der Kundin ein entschuldigendes Lächeln, »Sie müssten bitte sofort in die 3A kommen. Der Gast will mir nicht glauben, was Sie für ihn angeordnet haben.«

»Muss es denn jetzt sofort sein?«, versetzte Holsten mit ärgerlichem Unterton. »Sie sehen doch, dass ich hier …«

»Tut mir leid, wenn ich Sie störe, aber es ist wirklich dringend.«

Die Kundin war über die Störung nicht erfreut, aber sie schien die Dringlichkeit zu akzeptieren, und als Holsten sie noch einmal wortreich um Entschuldigung gebeten hatte, wirkte sie besänftigt genug, dass der Chefarzt mit fliegendem Kittel davoneilen konnte. Die junge Pflegerin hielt mit ihm Schritt, bis sie um die nächste Ecke gebogen waren.

»Danke, Frau Ulmer«, raunte er ihr zu, und während sie weiter ihrer Arbeit nachging, sah er zu, dass er auf einem sicheren Umweg zu seinem Büro gelangte. Dort erwartete ihn die Nachricht, dass Frau Rombach jetzt mehr zu den angefragten Akten sagen könne.

»Genaueres hat Sie mir nicht gesagt«, bedauerte seine Assistentin. »Sie meinte, Sie wüssten dann schon Bescheid.«

Kurz darauf saßen sich der Chefarzt und die kaufmännische Leiterin der Klinik in ihrer Besprechungsecke gegenüber. Sie legte vier Akten vor ihm auf den Tisch, und er überflog die Namen der Mitarbeiterinnen. Nicht zu allen hatte er sofort ein Gesicht vor Augen.

»Sie haben richtig vermutet«, begann Mariana Rombach. »Herr Birkner hat bis vor etwas mehr als drei Jahren handschriftliche Berichte nach seinen Einstellungsgesprächen angefertigt und sie den Akten der jeweiligen Mitarbeiter beigefügt. Demnach müsste auch für Frau Ulmer eine solche Notiz existieren.«

Holsten nickte und deutete auf die ausgelegten Akten. »Und was hat es mit diesen Kolleginnen auf sich?«

Mariana Rombach sah Holsten mit einem traurigen Lächeln an, bevor sie antwortete.

»Sie haben mir nicht gesagt, warum Sie die Akte von Frau Ulmer einsehen möchten. Und es geht mich nichts an, dass Sie die Akte direkt nach einem Gespräch mit ihr angefordert haben.«

Holsten grinste. Die kaufmännische Leiterin war wirklich gut über die Vorgänge im Haus informiert.

»Frau Ulmer ist eine sehr attraktive junge Frau, und wenn Sie sie zu einem Gespräch in Ihr Büro gebeten haben, nehme ich an, dass Ihnen aufgefallen ist, dass sie ein Problem hat, über das Sie mit ihr sprechen wollten. Probleme attraktiver junger Frauen ähneln sich häufig, leider auch heutzutage noch, also habe ich zunächst die Personalakten zu den Neueinstellungen vor drei bis vier Jahren gesichtet. Dabei habe ich herausgefunden, wann Herr Birkner aufgehört hat, seine Berichte zu schreiben. Im zweiten Schritt habe ich Akten von Frauen herausgesucht, die ungefähr in Frau Ulmers Alter sind und vor diesem Zeitpunkt eingestellt wurden.« Sie zeigte auf die vier Aktendeckel auf dem Tisch. »Diese vier Frauen passen … wie soll ich sagen … in dasselbe Beuteschema. Und in allen diesen Fällen gibt es keinen handschriftlichen Bericht von Herrn Birkner.«

Holsten presste seine Lippen zusammen und musterte finster die Namen der Mitarbeiterinnen.

»Ich würde diese Akten gern durchsehen.«

»Bitte schön, nehmen Sie sie ruhig mit.« Sie tippte auf den obersten Aktendeckel. »Diese junge Frau arbeitet inzwischen nicht mehr hier, die anderen sind nach wie vor bei uns, in unterschiedlichen Abteilungen und unterschiedlichen Schichten.«

»Danke«, sagte Holsten, nahm die Akten und erhob sich. »Hat Frau Ulmer ihre Probleme wirklich mit ... ihm?«

»Sieht leider so aus.«

»Wer weiß davon?«

»Sie, ich und die Betroffene. Und Birkner natürlich.«

»Wir sollten dafür sorgen, dass das so bleibt.«

Holsten blinzelte sie irritiert an, aber ihrer Miene konnte er nicht entnehmen, was sie wusste. Schließlich nickte er nur, versprach ihr, sie auf dem Laufenden zu halten, und ging in sein Büro zurück.

Die Studenten zerstreuten sich, und als ihm auch die letzten Streber mit ihren Fragen gezeigt hatten, wie eifrig sie bei der Sache waren, wandte sich Professor Dr. Fogl demonstrativ ab und kramte das Handy aus seiner Tasche. In der Tür standen noch einige seiner Zuhörer beisammen und plauderten, also rückte er die Unterlagen auf seinem Pult zurecht und tat sehr beschäftigt, während ihm wieder und wieder Gedanken durch den Kopf gingen, die mit den Vorlesungen, die er heute zu halten hatte, nichts zu tun hatten. Endlich schlenderten auch die letzten Studenten davon, und er war allein im Raum. Zur Sicherheit ging er zum Ausgang, warf einen Blick in den Flur und schloss die Tür. Danach stand er am Fenster, das Handy in der Hand, und legte sich zurecht, was er sagen wollte.

Eine Viertelstunde Zeit blieb ihm, bis sich der Raum wieder füllen würde. Mehr als genug, um ein Telefonat zu führen, das niemand Unbefugtes mit anhören sollte. Kollege Zeisinger ging schon nach dem ersten Läuten dran.

»Na, Roland, wie läuft es in München?«

»Passt schon. Das Wetter nervt, aber das geht dir in Heidelberg ja nicht anders.«

Es ging ein bisschen hin und her, dann folgte fachlicher Small Talk unter Pharmazeuten.

»Jetzt rück schon raus mit dem, was du auf dem Herzen hast«, sagte Zeisinger schließlich. »Du klingst, als würde dir etwas sehr zu schaffen machen.«

»Es geht um mein Gutachten im Mordfall Hirsch.«

»Was ist damit?«

»Es wird ein zweites Gutachten geben.«

Zeisinger lachte leise. »Na, da wird sich der Kollege aber ordentlich verheben. Man tritt nicht ungestraft gegen eine Koryphäe an.«

»Das sehe ich genauso.«

»So klingst du aber nicht.«

»Es geht nicht direkt um das Gutachten, sondern um die Person, die es erstellt.«

»Soso. Und wer ist es?«

»Manfreds Tochter.«

»Maja Ursinus?«

Zeisinger war so plötzlich laut geworden, dass Fogl zusammenzuckte. Die Tür schwang auf, zwei Studentinnen schauten herein, der Professor wedelte mit der rechten Hand und bedeutete ihnen, draußen zu warten. Die jungen Frauen wichen zurück und drückten die Tür hinter sich zu.

»Sieht so aus.«

»Diese verdammte …«, zischte Zeisinger, unterbrach sich aber und räusperte sich. »Und woher weißt du das?«

»Eine Bekannte hat mich angerufen, sie wollte mir aber nicht verraten, woher sie die Information hat.«

»Eine Bekannte? Woher weiß sie das? Ist sie von der Polizei?«

»Sie ist die Cousine des Mordopfers und wird im Prozess gegen Birkner als Nebenklägerin auftreten. Vielleicht hat es ihr die Staatsanwaltschaft oder die Kripo mitgeteilt. Und so geheimnisvoll, wie sie mir gegenüber getan hat, ist sie unter der Hand an die Info gelangt. Sie ist gut vernetzt in der Gegend, auch sehr wohlhabend, Hautevolee, du verstehst?«

Zeisinger seufzte.

»Einer der Gründe, warum ich seit Jahren ein paar Kilometer außerhalb von München wohne«, brummte er. »Was glaubst du, Hubert, ist es Zufall, dass ausgerechnet Manfreds Tochter für dieses Gutachten engagiert wurde?«

»Angeblich arbeitet ihr Bruder als Apotheker in Birkners Fastenklinik.«

»Michael? Der hat eine Anstellung als Apotheker bekommen? Nach all dem Mist, den er gebaut hat?«

»Na ja, Birkner hat doch diesen Fimmel, dass er allen möglichen Leuten eine zweite Chance geben will.«

»Weil er sich mit seiner Klinik und diesem Fasten-Firlefanz selbst eine zweite Chance verschafft hat, ja, ja. Meine Güte, was für eine platte Geschichte, was für eine rührselige Legende, die sich Birkner da zurechtgelegt hat. Dabei geht es unserem geschätzten … Kollegen doch ausschließlich um Geld.«

»Damit wird es wohl ein Ende haben, denn da kann sich Manfreds Tochter auf den Kopf stellen: Sie kann zu keinem anderen Resultat kommen als ich. Und falls doch, wird sie irgendwann ihren Irrtum zugeben müssen.«

»Und trotzdem machst du dir Sorgen?«

»Es könnte ein schlechtes Licht auf mein Gutachten werfen, wenn die kleine Ursinus darauf stößt, dass wir uns von früher her kennen. Was weiß ich, was Birkners Anwalt daraus machen wird.«

»Hm.«

»Sollen wir Manfred nicht fragen, ob er seine Tochter zurückpfeifen kann?«

Zeisinger lachte freudlos.

»Wenn er das versucht«, gab er mit bitterem Unterton zu bedenken, »dann wird sich Maja Ursinus erst recht in dieses Gutachten verbeißen. Diese undankbare Göre hat noch nie gemacht, was ihr Vater wollte. Sonst würde sie sich nicht in einen Mordfall einmischen, sondern in Füssen in der Apotheke ihrer Familie stehen und den Kunden Medikamente über den Tresen reichen.«

Eine Pause entstand, bevor Zeisinger weitersprach.

»Aber natürlich müssen wir Manfred sagen, was seine Tochter gerade treibt.«

»Soll ich ihn anrufen?«

»Nein, das übernehme ich. Ich wollte ohnehin mal wieder mit ihm reden. Ich hatte nämlich erst vorgestern mit Maja zu tun. Sie hat sich wieder mal auf eine Forschungsstelle an meiner Uni beworben.«

»Und? Hat sie den Job bekommen?«

»Ich entscheide über die Besetzung der Stelle.«

Fogl lachte heiser.

»Wir hören uns, Hubert«, sagte Zeisinger noch, dann legte er auf.

6

Die Pizzeria war einfach, aber gemütlich eingerichtet und gut besucht. An einem der Tische saß ein Mann, den Maja auf etwa vierzig schätzte. Er winkte ihr zu, erhob sich, gab ihr die Hand und stellte sich als Jens Vollmer vor.

»Sie haben mich erkannt?«, fragte sie. »Hat Ihnen Markus ein Foto von mir geschickt?«

»Stimmt, das hätte er tun können, aber er weiß vermutlich, dass ich Sie ohnehin googeln würde. Auf der Homepage der Dachstein-Apotheke wirken Sie allerdings nicht so gut gelaunt wie heute.«

Sie lächelte und vertiefte sich dann in die Speisekarte. »Können Sie mir irgendwas empfehlen?«

»Wenn Sie Pizza essen wollen, dann vielleicht die mit Spinat und Hirtenkäse. Und wenn Sie Pasta mögen, empfehle ich Ihnen die Spaghetti Carbonara. Die sind hier spektakulär. Ich bestelle mir auch einen Teller davon.«

Maja überlegte kurz und entschied sich ebenfalls für die Nudeln. Während sie auf das Essen warteten, erkundigte sich Vollmer nach Markus.

»Wie schön, dass es ihm gut geht«, sagte er schließlich, »und das, obwohl er an seinem aktuellen Fall offenbar ganz schön zu knabbern hat. Er hat am Telefon sehr glücklich geklungen, also vermute ich den Grund dafür eher in seinem Privatleben.«

Der Kommissar zwinkerte ihr zu, und er schaffte es, dass das weder plump noch aufdringlich wirkte. Sie unterhielten sich noch ein wenig über dies und das, doch dann wechselte Vollmer abrupt zu dem Thema, über das sie eigentlich sprechen wollten.

»Sie wollen ein zweites Gutachten erstellen?«

»Ja, aber darüber darf ich Ihnen natürlich noch nichts Näheres sagen.«

»Schon klar, auch Markus hat nur das Gutachten an sich erwähnt.«

»Es ist nicht sehr glücklich, dass ich nicht viel sagen kann, dafür aber Ihnen gern Fragen stellen möchte, stimmt's?«

»Ach, das macht nichts. Zum einen werde ich Ihnen nichts zum Fall und zum Stand der Ermittlungen sagen – dafür wäre Kollege Kemmerich zuständig, und der gibt nicht gern Informationen raus. Ich kann Ihnen eher mit einigen Hintergründen zu den beteiligten Personen behilflich sein. Und zum anderen habe ich mich ja, wie gesagt, online ein wenig über Sie informiert.« Er lachte. »Sie haben über irgendwas mit Pflanzen promoviert, den Titel Ihrer Doktorarbeit habe ich leider nicht mehr parat.«

»Der ist auch etwas sperrig«, gab Maja zu. »Potenziale zur Verfeinerung von Zubereitungsmethoden biogener

Arzneistoffe, unter besonderer Berücksichtigung der Gewinnung neuer antikarzinogener Wirkstoffe.«

»Sehr schön, aber viel mehr, als dass es irgendwie um Medikamente gegen Krebs geht, habe ich nicht verstanden.«

»Genau das war das Thema«, meinte sie und nahm einen Schluck Kaffee. »In meinem Fall bezieht sich der Begriff biogen vor allem auf pflanzliche Wirkstoffe.«

»So habe ich das auch verstanden. Also kann ich mir leicht zusammenreimen, dass Sie von Herrn Birkners Anwalt gewissermaßen gegen den anderen Gutachter in Stellung gebracht werden. Kemmerich vermutet, dass es Ihnen darum gehen wird, den Todeszeitpunkt von Joachim Hirsch möglichst genau einzugrenzen – alles andere an dem ersten Gutachten scheint ja unstrittig.«

Maja lächelte anerkennend.

»Sie wissen, mit wem Sie sich anlegen?«, fragte er nach einer kurzen Pause.

»Falls Sie den Gutachter meinen, den kennt natürlich jeder in meiner Branche. Er gilt als Koryphäe und hat eines der wichtigsten Lehrbücher der Pharmazie geschrieben.«

»Kennen Sie ihn auch persönlich?«

»Er hat während meines Studiums mal Gastvorlesungen an der Uni in München gehalten, die habe ich besucht.«

Der Kellner brachte die Pasta, und Vollmer wünschte ihr guten Appetit.

»Die sind wirklich sehr lecker«, sagte Maja, nachdem

sie von den Spaghetti probiert hatte. »Danke für die Empfehlung.«

»Das freut mich«, entgegnete Vollmer und wickelte sich ein paar Nudeln auf seine Gabel. »Dann will ich Ihnen mal ein Bild davon vermitteln, in welches Wespennest Sie mit Ihrem Gutachten stechen werden«, fuhr er fort.

Maja runzelte die Stirn.

»Ich will Ihnen keine Angst machen, aber es kann nicht schaden, wenn Sie wissen, wo das Eis besonders dünn ist. Fangen wir mit dem Professor an, dessen Gutachten Sie widerlegen wollen. Zu Hubert Fogls Bedeutung als Pharmazeut kann ich nicht viel sagen, aber in Heidelberg, wo er seit Jahrzehnten wohnt und lehrt, gehört er zur sogenannten besseren Gesellschaft. Er ist exzellent vernetzt und engagiert sich im Kulturleben der Stadt. Vielleicht haben Sie schon gelesen, dass das städtische Klinikum Mannheim und die Universitätsklinik fusionieren wollen – dabei ist immer mal wieder die Rede davon, dass das auch Fogls Karriere einen weiteren Schub geben würde. Als bekannt wurde, dass die Staatsanwaltschaft ihn um ein Gutachten gebeten hat, galt das jedenfalls als die bestmögliche Wahl. Und als das Gutachten schließlich vorlag, gab es niemanden, der seine Schlussfolgerungen anzweifelte. Na ja … bis auf den Rechtsmediziner, der Hirschs Leiche obduziert hat und sich nicht so klar auf den exakten Todeszeitpunkt festlegen wollte wie Fogl.«

»Das weiß ich aus den Unterlagen, die mir Herr Birkners Anwalt gegeben hat.«

»Davon gehe ich aus, sonst hätte ich Ihnen das auch

nicht gesagt«, versetzte er grinsend. »Das größere Minenfeld allerdings sind das Opfer und seine Familie.«

Vollmer skizzierte Hirschs beruflichen Werdegang und die beiden Schicksalsschläge, die er hatte aushalten müssen.

»Auf mich wirkte Hirsch wie eine tragische Figur«, sagte er. »Wie jemand, der es einfach nicht verwinden kann, zwei geliebte Menschen so kurz nacheinander zu verlieren – und der einen Schuldigen sucht. Ich kann mir schon vorstellen, dass es nicht leicht auszuhalten ist, wenn die Tochter freiwillig aus dem Leben geht. Da hilft es vielleicht, wenn man jemanden dafür verantwortlich machen kann. Wissen Sie, dass Hirsch auch hinter dem Unfalltod seiner Frau ein Verbrechen gewittert hat?«

»Ja. Lag er damit denn falsch?«

»Es war Unfallflucht, das schon, aber ich kann mir nicht vorstellen, dass jemand absichtlich Frau Hirschs Wagen gerammt hat, um sie zu verletzen oder zu töten. Jedenfalls haben die Kollegen keine Beweise dafür gefunden – und den Fahrer des anderen Wagens leider auch nicht.«

»Hatte Herr Hirsch jemanden im Verdacht? Gab es Feinde, hatte die Familie Streit mit jemandem, dem so etwas zuzutrauen wäre?«

»Nicht dass ich wüsste. Wobei ein Unternehmer wie Hirsch natürlich immer Neider hat oder irgendwann jemandem auf die Zehen getreten ist. Aber ob das als Motiv für einen Mord an ihm oder meinetwegen seiner Frau reicht?«

Er zuckte mit den Schultern.

»Nach dem Tod seiner Frau hatte er mehrere flüchtige Beziehungen, was wohl zu Streit zwischen ihm und seiner Tochter geführt hat – aber keine der Damen, mit denen die Kollegen gesprochen hatten, kam als Tatverdächtige infrage. Die Familie Hirsch hat in Mannheim und Heidelberg schon lange zum Geldadel gehört. Vor allem Hirschs Cousine Andrea Rab ist ein Dreh- und Angelpunkt der Stadtgesellschaft, fehlt auf keiner Gala und tritt als Mäzenin auf, die Musikerinnen und Malerinnen finanziell fördert, die sonst in der Kneipe oder an der Supermarktkasse dazuverdienen müssten. Bastian Dörr, der Sohn von Hirschs verstorbener Schwester, ist zwar erst Anfang dreißig, scheint aber ein glückliches Händchen in Finanzdingen zu haben und hat durch kluge Investments aus einem kleinen Vermögen ein großes gemacht. Kurioserweise sorgt aber das zu erwartende Erbe von Joachim Hirsch für eine heikle Situation.«

Maja sah ihn fragend an.

»Joachim Hirsch hatte ein handschriftliches Testament in seiner Villa aufbewahrt, in einem Tresor, in dem sich außerdem ein paar Goldbarren, Schmuck, Münzen und etwas Bargeld befanden. Sein Letzter Wille wurde von der Polizei sichergestellt, und eigentlich wäre es längst zur Testamentseröffnung gekommen. Bedacht sind darin Frau Rab und Herr Dörr als die letzten lebenden Verwandten, nur ein kleiner Teil sollte als Spende an eine soziale Einrichtung in Mannheim gehen.«

»Wo liegt das Problem?«

»Andrea Rab war im Ausland, als ihr Cousin starb. Bastian Dörr gab für den Todestag seines Onkels an, Verhandlungen über eine Firmenübernahme geführt zu haben. Allerdings will er den Inhalt dieser Verhandlungen und die daran Beteiligten einstweilen auf keinen Fall öffentlich machen. Also hat Herr Dörr zwar Hotelrechnungen vorgelegt, die Übernachtungen vor und nach dem Tod des Onkels belegen. Außerdem zeigte er sich sofort kooperativ und ermächtigte seine Telefongesellschaft, der Polizei auch ohne richterlichen Beschluss die Verbindungsdaten seines Handys zu geben – und tatsächlich befand sich sein Smartphone am Todestag des Onkels zu keiner Zeit in der Funkzelle, in der Hirschs Villa liegt.«

»Aber das Handy kann er natürlich auch im Hotel zurückgelassen haben.«

»Genau. Andererseits war das Verhältnis zwischen Dörr und Hirsch dem Vernehmen nach gut, niemand konnte sich ein Mordmotiv vorstellen, und dass in der Villa Fingerabdrücke und DNA-Spuren des Neffen gefunden wurden, ist keine Überraschung: Er hat den Onkel regelmäßig besucht, angeblich zuletzt drei Tage vor dessen Tod. Außerdem sind die Indizien, die gegen Herrn Birkner und seinen Mitarbeiter Maxim Frank sprechen, erdrückend.«

»Was hat das mit dem Testament und mit der heiklen Situation zu tun, von der Sie gesprochen haben?«

»Wie ich schon erwähnte, ist Frau Rab eine feste Größe in Heidelberg. Natürlich ist sie auch mit einigen höheren Beamten sowohl des Polizeipräsidiums Mannheim als auch der Kriminaldirektion Heidelberg bekannt. Um nun aber auf keinen Fall in den Verdacht zu kommen, ›unter Freunden‹ etwas lascher zu ermitteln, wurde Kemmerichs Soko von der Chefetage dazu angehalten, gerade gegenüber Frau Rab und Herrn Dörr besonders streng zu agieren. Mit der Folge, dass Herrn Hirschs Testament bisher noch nicht freigegeben wurde – weil ja einer der darin Bedachten zumindest theoretisch noch als Täter infrage kommt.«

»Wie haben Herr Dörr und Frau Rab darauf reagiert?«

»Offenbar genervt. Frau Rab hätte die ganze Geschichte gern abgeschlossen.«

»Aber Sie sagten doch selbst, dass die beiden eigentlich schon mehr als genug Geld haben.«

»Es scheint den beiden vor allem um die Firma zu gehen. Joachim Hirsch war nicht immer derselben Meinung wie sein Geschäftsführer, aber als alleiniger Eigentümer der Firmenanteile konnte er ihn auf Kurs halten. Hätte sich der Geschäftsführer geweigert, hätte er ihn jederzeit abberufen können. Dieses Korrektiv fehlt jetzt, und je länger es fehlt, desto mehr befürchtet die Verwandtschaft offenbar, dass die Firma nicht mehr im Sinne ihres Gründers geführt werden könnte.«

»Reich sein macht das Leben auch nicht unkomplizierter.«

»Zumindest nicht in allen Belangen, wie es scheint.«

Der Kaffee war kalt geworden, als Manfred Ursinus den Hörer auflegte und ins Esszimmer zurückkehrte. Sein Gesicht war rot angelaufen, und an seiner Schläfe pochte die Ader, die seiner Frau so verlässlich verriet, dass ihm jeden Moment der Kragen platzen konnte.

»Wer war's denn?«, fragte Inge Ursinus so leichthin, als habe sie seine veränderte Laune nicht bemerkt.

Und wirklich bemühte er sich, ihr in möglichst ruhigem Ton zu antworten. »Ein alter Studienfreund.«

»Ah, wie schön.«

Er holte eine neue Tasse und füllte sie aus der Warmhaltekanne.

»Du siehst aber nicht aus, als hättest du dich über den Anruf deines Studienfreunds gefreut«, fuhr sie fort und musterte ihn.

»Er hatte Nachrichten von Maja.«

»Geht's ihr gut?«

Er zuckte mit den Schultern, und sie musste warten, bis er ihren fragenden Blick bemerkte.

»Sie ist nicht krank, falls du das meinst«, sagte er dann.

»Aber?«

Manfred Ursinus rang mit sich, doch Inge ließ ihn nicht aus den Augen, bis er endlich antwortete.

»Sie hat sich auf eine Stelle an der Münchner Uni beworben.«

»Und? Meine Güte, Manfred, jetzt lass dir doch nicht alles aus der Nase ziehen!«

»Sie wurde abgelehnt.«

Inge Ursinus hob eine Augenbraue.

»Ich habe da nichts gedreht. Ich wusste gar nicht, dass sie sich beworben hat«, versicherte er. »Aber meinem Studienfreund habe ich natürlich irgendwann erzählt, dass wir es gern sehen würden, wenn Maja wieder nach Füssen zurückkäme und die Apotheke übernähme. Und er hat über die Besetzung der Stelle entschieden.«

Er wand sich unter dem prüfenden Blick seiner Frau.

»Sonst war wirklich nichts«, fügte er hinzu.

Sie schwieg und wartete.

Schließlich gab er sich einen Ruck. »Er hatte auch Neuigkeiten von Michael.«

Nun riss sie die Augen auf. »Wie geht es ihm denn?«

»Sein Chef, dieser Fastenguru, steht unter Mordverdacht. Birkner sitzt in Untersuchungshaft, und Michael macht sich offenbar große Sorgen um seine berufliche Zukunft.«

»Ach, der arme Junge«, murmelte sie. »Hoffentlich rutscht er nicht wieder ab.«

»Das ist natürlich immer zu befürchten, und deshalb habe ich mir überlegt, ob ich morgen nicht mal nach Mannheim fahren und nach dem Jungen sehen sollte.«

»Das ist eine gute Idee. In der Apotheke sind wir derzeit voll besetzt, da kannst du dir gern auch ein paar Tage mehr freinehmen, wenn du den Eindruck gewinnst, dass Michael dich vor Ort brauchen könnte. Oder du bringst den Jungen mit, und wir päppeln ihn zu Hause ein bisschen auf.«

Inge Ursinus war überrascht. Manfred hatte nicht damit hinter dem Berg gehalten, dass Michael eine Enttäuschung für ihn war. Was hatte ihm der Studienfreund nur am Telefon erzählt, was eine solche Wandlung erklären konnte? Aber vielleicht sollte sie einfach froh sein, dass sich auf diese Weise eine Annäherung zwischen Vater und Sohn ergeben könnte.

Nach dem Treffen mit Jens Vollmer hatte sich Maja noch einige Stunden in die Unterlagen von Rappsteyn vertieft. Sie glich die Werte im Obduktionsbericht mit einigen Studien ab, die sie zum Wirkstoff Coniin gefunden hatte, und zog auch Fachartikel zurate, in denen die Wirkung von reinem Coniin mit einem Giftmix verglichen wurde, der eher laienhaft aus dem Gefleckten Schierling gewonnen worden war und deshalb außer Coniin auch andere in der Pflanze enthaltene Wirkstoffe aufwies. Sie war sogar auf eine Arbeit gestoßen, die Platons Dialog *Phaidon* analysierte und unter dem Aspekt untersuchte, inwieweit das dort geschilderte Sterben des Sokrates nach Einnahme eines Schierlingssuds den tatsächlichen Symptomen einer tödlichen Coniinvergiftung entsprach.

Laurenz war zweimal vorbeigekommen und hatte ihr angeboten, Kuchen oder etwas Deftiges zu essen zu bringen, aber bis auf ein bisschen Obst lehnte sie alles ab. Er war ein angenehmer, zurückhaltender Mensch, der das Kunststück beherrschte, dienstbeflissen, aber nicht unterwürfig zu sein.

Michael hatte den Nachmittag schlafend in seinem Bett verbracht und ging schließlich mit Einbruch der Dämmerung in den Garten hinaus, um sich ein wenig die Beine zu vertreten und den Winterwind um die Nase wehen zu lassen.

Gegen achtzehn Uhr rief Markus an, fragte sie nach

dem Eindruck, den Jens Vollmer auf sie gemacht hatte, und danach, wie sie mit ihrer Arbeit vorankam.

»Hat dir dein Spion noch nicht Bericht erstattet?«, neckte sie ihn lachend. »Aber im Ernst: Er ist nett, und er konnte mir viel über die Familie des Opfers erzählen. Ich muss nicht nur wegen Professor Fogl sehr sauber arbeiten, auch Hirschs Verwandte haben gute Beziehungen, mit denen sie mir nach einem fehlerhaften Gutachten ordentlich die Hölle heißmachen könnten.«

»Aber du klingst nicht so, als würde dich das abschrecken.«

»Wie gut du mich kennst.«

Sie plauderten noch über dies und das, er erzählte ihr, an welchem Punkt die Ermittlungen in seinem aktuellen Fall stockten und dass Majas WG-Mitbewohner Daniel ihm schon angeboten hatte, ihm ein Abendessen zu kochen. Sie lachten, und Markus erkundigte sich nach ihrem Bruder.

»Er hängt ganz schön in den Seilen. Jetzt ermittelt auch noch die hiesige Kripo gegen ihn.« Sie fasste kurz zusammen, was passiert war.

»Oje, hoffentlich hält er das einigermaßen aus.«

»Ich will es hoffen, aber auf jeden Fall ist es gut, dass ich hier bei ihm bin. Wobei …«

Sie sah auf die Uhr.

»Vielleicht sollte ich mal nach ihm sehen. Er ist vor einer Stunde in den Garten rausgegangen und noch nicht wieder zurück. Sollen wir nachher noch einmal telefonieren?«

»Eigentlich gern, aber ich bin ziemlich kaputt. Vielleicht lieber morgen?«

Sie verabredeten eine Uhrzeit, und dann legte Maja auf, schlüpfte in Jacke und Schuhe und ging nach draußen.

Der Garten von Rappsteyns Villa war mittlerweile in tiefe Schatten getaucht, nur das Licht über dem Eingang des Gästetrakts, das vom Bewegungsmelder angeschaltet worden war, lag wie eine gleißende Schneise auf dem Rasen. Maja ging einige Schritte, drehte sich um und suchte den Teil des Gartens nach Michael ab, den sie jetzt im Blickfeld hatte. Das Licht erlosch wieder, und nach einiger Zeit hatten sich ihre Augen an die Dämmerung gewöhnt. Es würde nicht mehr lange dauern, bis es völlig dunkel war, höchste Zeit, ihren Bruder aufzustöbern und zurück ins Haus zu bringen. Was war nur los mit ihm? Wo steckte er, und wieso blieb er so lange in der Kälte, die ihr schon jetzt unangenehm unter die Kleidung drang?

Kurz war es ihr, als habe sie in der Nähe ein flüchtiges Knacken gehört, als sei jemand auf einen trockenen Zweig getreten, aber als sie stehen blieb und lauschte, war alles still. Sie ließ ihren Blick nach links und rechts schweifen, suchte die Silhouetten der Büsche nach einer Bewegung ab und die Rasenflächen und die Blumenbeete, die am Tag sicher für wunderbare Farbtupfer auf diesem gepflegten Anwesen sorgten, nach irgendeinem Hinweis auf Michaels Anwesenheit.

So arbeitete sie sich auf dem Grundstück voran, und je weiter sie sich vom Haus entfernte, desto dunkler wurde es. Als sie schon aufgeben und in ihr Zimmer zurückkehren wollte, knirschte es links von ihr, und sie fuhr herum. Das Geräusch war von einer Bank gekommen, die bis auf ein kleines Stück von einem dichten Gebüsch versteckt war. Vorsichtig trat sie näher und entdeckte schließlich ihren Bruder, der auf dieser Bank saß, den Kopf in die Hände und die Ellbogen auf die Oberschenkel gestützt.

Maja schaute sich noch einmal um, aber da war sonst niemand zu sehen. Sie setzte sich neben Michael und legte ihm eine Hand auf die Schulter. Er richtete sich auf und ließ seinen Rücken gegen die Lehne der Bank sinken.

»Was ist denn los mit dir?«, fragte sie.

»Ich versuche mich an etwas zu erinnern«, kam es nach einer Weile. Maja erschrak darüber, wie hohl und brüchig seine Stimme klang.

»An was denn?«

Er zuckte mit den Schultern.

»Erzähl mir bitte, was dich so quält.«

Michael massierte seine Schläfen, ballte die Hände zu Fäusten und presste sie auf die Oberschenkel. Sein Blick war ins Leere gerichtet, und als er sich endlich ihr zuwandte, schimmerten seine Augen feucht.

»Ich bin deine Schwester«, sagte sie, »und ich helfe dir, wenn ich kann. Egal, worum es geht.«

Er zögerte, aber schließlich gab er seinen Widerstand auf. Sein Seufzen klang, als würde Luft aus einem porösen Reifen entweichen.

»Du hast mich gefragt, ob ich in letzter Zeit mehrere Abstürze hatte wie den in der Nacht auf Mittwoch.«

Sie nickte.

»Genau genommen hatte ich nur noch einen, der ähnlich heftig war. Der war sogar so stark, dass ich mich ab einem gewissen Punkt an nichts mehr erinnern kann.«

»Okay … und warum macht dir das so sehr zu schaffen? Mit wem hast du denn an diesem Abend gesprochen?«

Er kaute auf seiner Unterlippe, wischte sich über die Augen, als wollte er ein lästiges Insekt verscheuchen. Dann brachte er sehr leise eine Antwort hervor.

»Mit Hans Birkner. Am Abend nach dem Tod dieses Unternehmers, den er umgebracht haben soll.«

Der Boden war kalt und feucht, aber das spürte Arno Klüver in diesem Moment ebenso wenig wie seine unbequeme Lage in dem Gebüsch, wo er mit gekrümmtem Rücken kniete und die Augen durch eine kleine Lücke im Blattwerk auf die Bank richtete. Viel zu sehr war er mit dem beschäftigt, was er gerade belauscht hatte. Birkner hatte sich nach dem Mord dem Apotheker seiner Klinik anvertraut? Was mochte er ihm gesagt haben? Ursinus hatte sich an jenem Abend offenbar so gründlich betrunken, dass er sich an nichts mehr erinnern konnte. Aber was, wenn der Filmriss nicht von Dauer war, wenn ihm irgendwann alles wieder einfiel? Und was, wenn Birkner dem Apotheker etwas erzählt hatte, was ihn vor einer Verurteilung bewahren konnte, sobald Ursinus' Gedächtnis wieder funktionierte? Vielleicht hatte sich der Klinikapotheker diesem Anwalt längst als Zeuge angedient – womöglich war das auch der Grund, warum er ihn als Gast beherbergte.

Nun spürte er doch, dass seine Jeans klamm geworden war, aber er wagte nicht, sich rückwärts aus dem Gebüsch zu entfernen. Hineingekommen war er ohne Probleme, weil die beiden auf der Bank zu diesem Zeitpunkt auf nichts um sich herum geachtet hatten. Aber jetzt saßen sie still beieinander, und wenn er noch einmal auf einen trockenen Zweig trat, so wie vorhin, dann würden sie ihn womöglich entdecken.

Zum Glück erhob sich die Frau nach etwas mehr als fünfzehn Minuten und nahm ihren Bruder an den Schultern. Michael Ursinus stand langsam auf und ließ sich von seiner Schwester schließlich in Richtung Haus führen. Eine Weile noch lauschte Klüver auf die sich langsam entfernenden Schritte, dann rutschte er auf den Knien aus dem Gebüsch, richtete sich auf und klopfte Gras und Erde von seiner Hose. Er sah sich um und horchte. Alles war so ruhig, dass er sogar hörte, wie drüben am Haus die Tür zum Gästetrakt ins Schloss gezogen wurde.

Während er ins Auto stieg und zu seiner Wohnung auf dem Gelände der Fastenklinik zurückfuhr, dachte er darüber nach, wie wohl die Chancen stehen mochten, dass Hans Birkner freikam. Er hatte Michael Ursinus beobachtet, als er auf seiner Terrasse mit der Kripo gesprochen hatte. Er hatte mit Jennifer in der Apotheke gesprochen und war sich ziemlich sicher, dass sie keine Ahnung hatte, warum ihr Vorgesetzter nicht zur Arbeit erschienen war. Dann war er der Frage nachgegangen, wohin Birkners Anwalt Michael Ursinus gebracht haben konnte, nachdem er ihn in seiner Limousine mitgenommen hatte.

Von seiner früheren Kollegin Nadine, die ihm mal nach einem heftigen Annäherungsversuch von Birkner das Herz ausgeschüttet hatte und die inzwischen an der Rezeption des Hotels am Schlosspark arbeitete, wusste er, dass Rappsteyn den Apotheker in einem Hotelzimmer untergebracht, dass er ihn aber nach dem Gespräch auf der Terrasse dort nicht wieder hingefahren hatte. Die Privatadresse von Birkners Anwalt herauszufinden, war keine große Sache gewesen. Und dort hinzufahren, hatte sich als gute Idee erwiesen. Nur, was sollte er mit seinem Wissen jetzt anfangen? Und warum war Ursinus noch auf freiem Fuß, obwohl Klüver das Fläschchen in seiner Wohnung deponiert und danach mit einem anonymen Anruf die Polizei informiert hatte?

Birkner musste hinter Gitter bleiben, so viel war klar. Und als Klüver seinen Wagen abgestellt hatte und die Wohnungstür aufschloss, war auch klar, was er zu tun hatte. Alles, was nötig war, um Michael Ursinus an einer Aussage zugunsten von Hans Birkner zu hindern.

Alfons Kinner hatte sich dagegen entschieden, ebenfalls über die Mauer in Rappsteyns Garten zu klettern. Er wusste, dass der Anwalt Michael Ursinus und seine Schwester im Gästetrakt untergebracht hatte, und er wusste, dass die Frau vermutlich an ihrem Gutachten schrieb. Inzwischen hatte er über seine Kontakte zur Polizei auch herausgefunden, dass es Indizien gab, die eine Beteiligung des Apothekers am Giftmord möglich erscheinen ließen.

Doch was hatte dieser junge Assistenzarzt hier zu suchen? Er hatte ihn einmal auf dem Gelände der Fastenklinik gesehen, wie er in seinem weißen Kittel über den Flur eilte und sich einer Pflegerin gegenüber wichtigtat. Diesmal trug er Jeans und Pulli, und so ungeschickt, wie sich der Mann anstellte, über die Mauer zu klettern, hätte Kinner ihm womöglich noch die Räuberleiter machen müssen. Der Detektiv lachte leise, drückte sich aber tiefer in den Schatten, als er vom Garten her Schritte hörte. Dann ein Kratzen von Schuhspitzen gegen Stein, ein Stöhnen und Ächzen und irgendwann den Kopf des Arztes, seine Schultern, den Oberkörper und schließlich ein Bein, das umständlich über die Mauerkrone geschoben wurde. Auf der Außenseite rutschte der Arzt wie ein nasser Sack nach unten und taumelte einen Moment lang, nachdem er unsanft auf dem Gehsteig gelandet war. Er ging davon, ohne sich für seine Umgebung zu interessieren, und stieg in seinen Wagen, offenbar tief in Gedanken versunken.

Kinners Handy summte, er zog es aus der Tasche und schaute nach, wer ihn anrief. Heute war offenbar Ärztetag.

»Herr Dr. Holsten, wie kann ich Ihnen helfen?«, fragte Kinner.

»Ich hätte gern ein paar Ergebnisse von Ihnen«, erwiderte Florian Holsten. Er klang gereizt. »Oder finden Sie gar nichts mehr heraus?«

Kinner grinste. Er hatte sich schon vor Jahren angewöhnt, auf Vorwürfe seiner Klienten mit einem saftigen Aufschlag auf die Rechnung zu reagieren, sie ansonsten aber zu ignorieren. Im Weggehen berichtete er seinem

Auftraggeber ausführlich und sachlich und ließ nur das aus, was bisher keinen Sinn für ihn ergab. Holsten hatte sich diese Informationen verdient. Schließlich war er sein erster Auftraggeber in dieser Sache gewesen, und damit verdankte Kinner ihm indirekt auch den Zusatzverdienst, wenn er seine Informationen auch an die Verwandtschaft des Opfers weiterreichte.

Michael war unterkühlt und fertig mit den Nerven. Maja brachte ihn dazu, heiß und lange zu duschen, und danach saßen sie noch in der Küche zwischen ihren Zimmern zusammen, er mit einer Tasse Tee, sie mit Kaffee, und redeten über den Abend, an den er sich nicht mehr vollständig erinnern konnte.

»Mich macht das echt fertig«, knurrte Michael. »Da kommt Herr Birkner zu mir, erzählt mir … tja, was? Und ich kann mich nicht mehr daran erinnern!«

»Was weißt du denn noch?«

»Er hatte zwei Flaschen teuren Whisky dabei und hat mich gefragt, ob ich Zeit für ihn hätte. Er müsse mit jemandem reden, dem er vertraue.«

»Das klingt danach, als sei es um etwas Wichtiges gegangen.«

»Eben, und ich Trottel habe ausgerechnet an diesem Abend einen Filmriss!«

Michael schüttelte den Kopf und nahm einen Schluck Tee.

»Birkner hatte Whisky dabei, hast du gesagt.«

»Ja, zwei Flaschen, ziemlich teuer. So etwas habe ich

nicht mehr getrunken, seit ich das letzte Mal an Vaters Reserven gegangen bin.«

»Er wusste doch, dass du nicht nur mit anderen Drogen Probleme hattest, sondern auch mit Alkohol, oder?«

»Ja, natürlich. Während des Bewerbungsgesprächs herrschte zwischen uns von Anfang an eine vertrauensvolle Atmosphäre. Außerdem wusste ich ja von Ines, die mir den Tipp mit der Stelle gegeben hatte, dass Birkner bevorzugt Bewerber einstellt, die eine zweite Chance brauchen. Deshalb gab es keinen Grund, ihm das zu verschweigen, im Gegenteil.«

»Trotzdem bringt er dir Whisky mit, wenn er dir etwas Wichtiges anvertrauen will.«

Michael zuckte mit den Schultern.

»Und riskiert damit, dass du dich später nicht mehr daran erinnerst. Angenommen, er wollte dir etwas sagen, was ihn vor Gericht entlasten könnte, dann war es nicht gerade clever, dir Alkohol mitzubringen.«

»Oder er wollte wirklich nur quatschen und sich mit jemandem betrinken. Vielleicht hat er mir gar nichts anvertraut, was für seinen Prozess wichtig sein könnte. Außerdem war es gerade mal einen Tag nach dem Tod dieses Unternehmers. Womöglich hat Birkner zu dem Zeitpunkt noch gar nicht gewusst, dass die Polizei ihn als Tatverdächtigen einstufen würde.«

»Die Unterlagen von Rappsteyn lassen eigentlich nur den Schluss zu, dass Birkner zum Todeszeitpunkt in der Villa von Joachim Hirsch gewesen ist. Die Putzfrau hat Birkners Wagen kommen sehen, der Geschäftsführer hat beobachtet, wie er weggefahren ist, und in der Villa wurden DNA-Spuren und Fingerabdrücke von Birkner und seinem Fahrer gefunden. Auch das Fläschchen mit der tödlichen Coniinlösung hatte Birkner in der Hand, und im Stiefelprofil seines Fahrers wurden Hautschuppen und Haarbruch von Hirsch gesichert. Das scheint mir alles so eindeutig auf die beiden als potenzielle Täter hinzuweisen, dass die Kripo sicher nicht lange gewartet hat, bis sie Birkner und Frank über ihren Verdacht informiert hat.«

Maja blätterte in den Unterlagen und brachte ein Blatt mit an den Küchentisch.

»Hirsch starb am frühen Abend des letzten Donnerstags im November. Die Kripo wird sofort alle möglichen Zeugen befragt haben, beispielsweise die Reinemachefrau, die an diesem Tag immer in der Villa putzte, und den Geschäftsführer, der die Leiche entdeckt hat. Dadurch hat die Polizei erfahren, dass sich Birkners Wagen vor und nach dem Todeszeitpunkt bei der Villa befand. In der Nacht zum Freitag wurden die Spuren gesichert, und Freitagfrüh dürfte die Kripo mit Birkner gesprochen und von ihm Fingerabdrücke und DNA-Proben zum Abgleich genommen haben. Die Fingerabdrücke konnten ihm sofort zugeordnet werden – und auch wenn das Labor für den DNA-Vergleich noch etwas länger gebraucht hat, wusste Birkner an dem Abend, an dem er dich besuchte, ganz sicher, dass gegen ihn ermittelt wurde.«

Michael beugte sich nach vorn und zerwühlte sein Haar.

»Und ich Trottel kann mich nicht erinnern, was er mir

an diesem Abend erzählt hat … Das darf doch einfach nicht wahr sein!«

So stickig war ihm die Luft in seiner Altbauwohnung noch nie vorgekommen. Hubert Fogl hatte sich ein leichtes Abendessen zubereitet, hatte sich einen Cognac eingeschenkt und eine Platte aufgelegt, aber nichts konnte die Unruhe in ihm beseitigen. Nun, nach dem zweiten Glas, war sie immerhin ein wenig gedämpft, aber die schweren Möbel, die Teppiche und selbst die vollgestopften Bücherregale schienen ihm den Atem abzuschnüren. Seit einer Viertelstunde stand er im kalten Abendwind, der durch die geöffneten Fenster seines Wohnzimmers strich. Er hatte nicht mehr übergezogen als die alte Wolljacke, aber er fror trotzdem nicht. Er spürte nicht einmal, wie ausgekühlt der Raum bereits war und wie unangenehm sich die feuchte Kälte um seinen Hals legte, wie sie unter seine Kleidung kroch und wie eisig sie die Haut seiner rechten Hand werden ließ, die den Cognacschwenker hielt.

Seit dem Telefonat mit Roland Zeisinger, genau genommen schon seit dem Anruf von Andrea Rab war ihm der Gedanke nicht mehr aus dem Kopf gegangen, dass Maja Ursinus ihm mit ihrem Gutachten durchaus gefährlich werden konnte. Zwar konnte sie ihm unmöglich einen Fehler nachweisen. Aber was, wenn sie sich in etwas verrannte, ihren Irrweg erkannte und aus purer Wut versuchte, ihm etwas anzuhängen? Was Manfred ihm über seine Tochter erzählt hatte, ließ den Schluss zu, dass sie eine unbelehrbare, besserwisserische, vielleicht auch verbitterte Frau war. Hatte ihr Vater mit Rolands Hilfe nicht dafür gesorgt, dass sie die Stelle an der Ludwig-Maximilians-Universität verloren hatte? Was, wenn sie die Hintergründe kannte, wenn sie wusste, dass Roland ein alter Freund von Manfred war und bei ihrer Entlassung die Finger im Spiel gehabt hatte?

Seither war Maja Ursinus in einer kleinen Apotheke in München beschäftigt, und auch wenn Roland das Mädchen nicht für die hellste Kerze am Baum hielt: In dieser Apotheke war sie fachlich ganz sicher unterfordert. Dass sie das selbst auch so empfand, zeigte ja schon der Umstand, dass sie sich wieder an der LMU beworben hatte.

Roland hatte ihn gefragt, ob es Zufall sei, dass ausgerechnet Maja Ursinus mit dem Gutachten beauftragt worden sei. Diese Frage trieb Fogl am meisten um. Er überlegte, ob Maja von der Verbindung zwischen ihm, Roland und Manfred wissen konnte. Er hatte Manfred nie in Füssen besucht, sondern sie hatten sich jedes Mal woanders getroffen, sei es zu Fachtagungen oder privat für ein paar Tage am Meer. In den ersten Jahren hatte sich das zufällig so ergeben, später hatten sie sich das auch deshalb zur Gewohnheit gemacht, weil es sich als vorteilhaft erwiesen hatte, wenn sie ihre Freundschaft nicht an die große Glocke hängten. So konnte man dem anderen viel leichter einen Gefallen tun, ohne dass das gleich ein »G'schmäckle« bekommen hätte, wie seine Zugehfrau das nennen würde, die es einst der Liebe wegen aus dem Remstal nach Heidelberg verschlagen hatte.

Deshalb hatte er Maja nie persönlich zu Gesicht bekommen, auch die letzte Begegnung mit Manfreds Frau lag schon viele Jahre zurück. Manfred Ursinus sprach nicht gern über seine Beziehungen, er pflegte sein Netzwerk und nutzte es, aber er prahlte nicht damit. So hielten sie es alle drei, und damit waren sie bisher gut gefahren.

Trotzdem konnte Fogl nicht ausschließen, dass Maja Ursinus irgendwie von ihrer Freundschaft erfahren haben konnte. Und wenn sie diese Verbindung kannte, fand sie mit etwas Glück auch heraus, dass zwischen Birkner und ihnen das ziemlich genaue Gegenteil von Freundschaft herrschte. Und das wiederum könnte sein Gutachten in ein schlechtes Licht rücken …

Nun fröstelte er doch. Er nahm einen kräftigen Schluck Cognac und schloss die Fenster. Wieder und wieder hatte er sich die Frage gestellt, ob sein Gutachten womöglich durch seine Abneigung gegen Birkner beeinflusst worden war. Und immer war er zu dem Schluss gekommen, dass er sauber gearbeitet und objektiv geurteilt hatte. Aber was, wenn Maja ihm unsauberes, parteiisches Arbeiten unterstellte? Ein absurder Vorwurf, natürlich – aber blieb nicht immer etwas haften, wenn man mit Schmutz beworfen wurde?

In dieser Nacht kam Professor Hubert Fogl bis in die frühen Morgenstunden nicht zur Ruhe.

Seine Stimmung war eine eigenartige Mischung aus Euphorie und Angst. Der nächtliche Ausflug in den Garten des Anwalts hatte Arno Klüver vollgepumpt mit Adrenalin. Sogar die feuchten und verdreckten Hosenbeine und die Schrammen, die er sich durch das Überklettern der Mauer an den Händen zugezogen hatte, erfüllten ihn mit einem gewissen Hochgefühl. Er spürte sich so intensiv wie selten. Andererseits ging ihm der Gedanke nicht mehr aus dem Kopf, dass Hans Birkner dem Apotheker etwas anvertraut haben könnte, was ihn im ärgsten Fall vor einer Verurteilung als Mörder bewahrte. Womöglich war es nur noch eine Frage der Zeit, bis sich Ursinus wieder an das erinnerte, was er in der durchgesoffenen Nacht erfahren hatte, und diese Information konnte Birkners Anwalt dann irgendwann nutzbringend für seinen Mandanten einsetzen.

Klüver mochte sich gar nicht vorstellen, was es für Leonie bedeuten würde, wenn ihr Peiniger ihr in der Klinik wieder regelmäßig über den Weg laufen würde. Denn auch ohne mit dem Tagesgeschäft befasst zu sein, schwebte Birkner oft durch die Gänge der Einrichtung und plauderte mit den wichtigsten Kunden wie ein Sternekoch, der seine Gäste der Form halber fragt, ob es denn auch geschmeckt habe.

Nein, Birkner musste hinter Gittern bleiben. Und dieses Ziel konnte Michael Ursinus gefährden, und zwar mehr, als Klüver es ohnehin schon befürchtet hatte. Schon als er ihn vor einer Woche mit Rappsteyn reden sah, war es ihm verdächtig vorgekommen, dass die beiden so lange die Köpfe zusammengesteckt hatten.

Daraufhin hatte er beschlossen, den Verdacht auf Michael Ursinus zu lenken, was zunächst offenbar gut geklappt hatte. Doch die Polizei hatte ihn nicht mitgenommen, was nahelegte, dass die Verdachtsmomente, die er in der Wohnung des Apothekers deponiert hatte, nicht ausreichten, um Ursinus zu diskreditieren. Also musste er nachlegen.

Klüver trank sein Bier aus und ging in die Küche, um sich Wein einzuschenken. Mit dem Glas stellte er sich ans Fenster und schaute ins Wohngebäude hinüber, in dem Leonie Ulmer wohnte. Leider hatte sie es sich zur Gewohnheit gemacht, die Rollläden herunterzulassen, sobald es dunkel wurde. Zu gern hätte er zugesehen, wie sie ihre Abende verbrachte. Nun musste er sich mit der Vorstellung begnügen, wie sich ihr warmer Körper in die Bettdecke schmiegte, wie sie sich auf dem Laken hin- und herwälzte, wie sie roch, wie ihr Atem klang, wie sie morgens aussah, wenn sie aufgewühlt eingeschlafen und nach wenigen Stunden verstrubbelt und müde erwacht war.

Wie sehnte er den Tag herbei, an dem er Leonie endlich sagen konnte, dass sie vor ihrem Peiniger nichts mehr zu befürchten hatte, dass Birkner für sehr lange Zeit weggesperrt war und dass nun endlich ihrer Beziehung nichts mehr im Wege stand. Denn dass die Schweinereien, die Birkner ihr zugemutet hatte, das Einzige war, was zwischen ihnen stand, lag für Klüver auf der Hand. Warum sonst sollte sie von Zeit zu Zeit eine Nacht mit ihm verbringen und sich an den folgenden Tagen ihm gegenüber abweisend und unnahbar verhalten? Natürlich nur, weil sie an dem litt, was Birkner, dieses geile Schwein, ihr angetan hatte. Weil sie innerlich zerrissen war und nicht mehr darauf vertrauen wollte, dass es ein Mann einfach nur gut mit ihr meinte. Was für eine Schande es doch war, dass Leonies Gefühle, ihre Seele, ihr Selbstwertgefühl von so etwas erschüttert wurden.

Wie schön sie war, ihr voller Mund, der frauliche Körper, die weiche Haut, das sanft fallende dunkelblonde Haar. Es durchfuhr ihn ganz warm, wenn er an sie dachte, an die Stunden, die sie miteinander verbracht hatten. Er wischte sich mit der Hand über die Lider, um die Bilder, die in immer schnellerer Folge vor seinem geistigen Auge vorbeizogen, zu verscheuchen. Jetzt war nicht die Zeit, sich in Erinnerungen zu ergehen, sich von den Gefühlen für Leonie mitreißen zu lassen.

Er trank den Wein aus und stellte das Glas ab. Dann ließ er die Jalousien herunter, denn was er jetzt zu tun hatte, war nicht für fremde Augen bestimmt. Er öffnete eine Schublade des Schlafzimmerschranks, schob einige Socken zur Seite und zog das hervor, was er für seinen nächsten Schritt brauchte. Anschließend streifte er zwei Paar Einmalhandschuhe übereinander. In der Küche holte er hinter Tassen und Gläsern die nötigen Gerätschaften heraus und machte sich am Küchentisch an die Arbeit. Schließlich ging er ins Wohnzimmer, um seine kleine Hausbar nach dem geeigneten Getränk zu durchsuchen. Er nahm eine Flasche Whisky heraus und rührte das Pulver, das er gerade hergestellt hatte, in ein Glas. Mit der Lösung füllte er zwei kleine Fläschchen, spülte das Glas aus, warf die Einmalhandschuhe in den Mülleimer, wusch sich die Hände und spülte das Glas ein zweites Mal.

»Für Leonie«, murmelte er, steckte die beiden Fläschchen in die Innentasche seiner Jacke, eine Packung Papiertaschentücher und ein drittes Fläschchen, gefüllt mit einer farblosen Flüssigkeit, in die Außentaschen und ging zu Bett. Er würde noch etwas Schlaf brauchen, bevor er sich an die Arbeit machen konnte.

7

Maja wurde am Samstagmorgen von ihrem Handy geweckt, und als Markus ihre verschlafene Stimme hörte, entschuldigte er sich sofort.

»Wirst du das wohl bleiben lassen?«, stoppte sie ihn in gespielter Empörung. »Viel schöner kann ich ja wohl nicht geweckt werden.«

»Das freut mich zu hören. Wie läuft es mit deinem Gutachten?«

»Ich bin gestern gut vorangekommen, und es scheint wirklich so, als habe sich Professor Fogl zu Schlussfolgerungen hinreißen lassen, die so nicht haltbar sind.«

Markus seufzte.

»Sei bitte trotzdem vorsichtig, Maja.«

»Mach dir keine Sorgen, ich arbeite sorgfältig und werde Fogl keine Angriffsfläche bieten.«

»Guter Plan. Und pass bitte auch sonst auf, ja? Gestern Abend hat mich Jens doch noch angerufen und hat mir von eurem Gespräch erzählt. Der Fall des toten Unternehmers ist wohl sehr heikel, und das hat er dir ja auch gesagt – entsprechend wenig begeistert sind seine Kripokollegen, dass du dich da einmischst.«

»Einmischst? Also wirklich! Ich …«

»Beruhige dich, Maja, das waren nicht meine Worte, Jens hat sich so ausgedrückt. Und auch er hat's nicht böse gemeint – ich hatte den Eindruck, dass er dich ziemlich sympathisch findet.«

»So scheine ich eben auf manche Kommissare zu wirken«, versetzte sie grinsend.

»Untersteh dich, das auszunutzen! Oder muss ich Jens darauf hinweisen, dass dafür eher die Münchner Kripo zuständig ist?«

Er lachte, und sie ließ sich anstecken.

»Aber pass wirklich auf dich auf«, sagte er schließlich in ernstem Tonfall. »Ich kann dich gern noch einmal retten wie in Marburg, aber noch lieber wär's mir, du würdest dich erst gar nicht in Gefahr begeben.«

»Keine Sorge, ich gebe auf mich acht.«

Sie fragte ihn noch nach seinem neuen Fall, er erzählte ihr in groben Zügen von einigen Spuren, auf die sie ihre letzten Hoffnungen setzten, und dann war im Hintergrund auch schon zu hören, wie ein Kollege nach Markus rief. Sie beendeten das Telefonat, verabredeten keinen neuen Termin für das nächste Gespräch, versprachen sich aber gegenseitig, sich möglichst schnell wieder zu melden.

Kaum hatte Maja das Telefon aufgelegt, da stand auch schon ihr Bruder in der Tür.

»Kommst du?«, fragte er. »Unser Gastgeber wartet im Garten auf uns. Dieser Kommissar Kemmerich wird gleich eintreffen, er hat offenbar noch ein paar Fragen an mich. Und dich will er auch sprechen, meinte Rappsteyn.«

Wenig später verließen sie die Gästeapartments. Veit Rappsteyn sah aus, als wäre er schon seit Stunden auf. Er begrüßte sie und bat sie ins Haupthaus.

»Laurenz hat Frühstück für uns zubereitet. Ich fand es praktischer, wenn wir auch den Kommissar dazubitten. Bei Eiern, Speck und Kaffee redet es sich vermutlich entspannter.«

»Wissen Sie, was er diesmal von uns will?«, erkundigte sich Maja, während sie durch die Eingangshalle gingen.

»Am Telefon hat er nichts gesagt, aber er bringt wohl noch jemanden mit.«

Laurenz wartete an der Tür zum Wohnzimmer, deutete eine knappe Verbeugung an und ging ihnen voraus. Der Esstisch, auf dem sich die Leckereien türmten, war für fünf Personen gedeckt. Rappsteyn zeigte Maja und Michael die ihnen zugedachten Plätze, und sie nahmen Platz.

»Darf ich?«, fragte Laurenz. Als Maja lächelnd nickte, rückte er ihren Stuhl zurecht, und sobald sie saß, goss er ihr Kaffee ein und versorgte im Anschluss auch die beiden anderen mit Getränken. Nachdem er sich überzeugt hatte, dass alles an Ort und Stelle war, verließ er das Wohnzimmer und bezog seinen Posten an der Tür zur Eingangshalle.

Dann klingelte die Türglocke, und kurz darauf führte Laurenz den Kommissar herein, der in Begleitung einer Frau war.

Kemmerich begrüßte die Anwesenden und stellte seine Begleiterin vor, eine etwas untersetzte Mittvierzigerin im grauen Kostüm, mit kurzen schwarzen Haaren und knallroten Ohrclips.

»Maren Gramczyk ist für die Staatsanwaltschaft Mannheim mit dem Fall Joachim Hirsch befasst.«

»Vor allem hat sie gedacht, sie wäre damit befasst *gewesen«*, fügte Gramczyk hinzu. Ihre Stimme klang etwas gereizt, und auch die funkelnden Augen, mit denen sie die Runde musterte, ließen nicht gerade auf gute Laune schließen. »Herr Rappsteyn«, sagte sie und nickte dem Anwalt zu, dann ließ sie sich Maja und Michael vorstellen und begrüßte die beiden etwas förmlich.

»Frau Gramczyk, Herr Kemmerich, nehmen Sie doch bitte Platz. Ich hoffe, es ist für Sie in Ordnung, wenn ich Ihnen nicht nur Kaffee und Tee anbiete, sondern auch etwas zu essen? Meine Gäste und ich haben noch nicht gefrühstückt, und ich schlage vor, dass wir das Angenehme mit dem Nützlichen verbinden.«

»Im Fernsehen sagen die Polizisten in solchen Momenten immer, dass sie nichts wollen, weil sie im Dienst sind«, antwortete Kemmerich und griff tüchtig zu.

Rappsteyn lachte, und auch um die Mundwinkel der Staatsanwältin zuckte es einen Moment lang amüsiert.

»Wie können wir Ihnen denn helfen?«, fragte der Anwalt, als sich alle bedient hatten.

Kemmerich warf der Staatsanwältin einen kurzen Blick zu, die auch sofort das Wort ergriff.

»Mich würde interessieren, wie sich Herr Ursinus erklärt, dass sich in seiner Wohnung eine Plastikdose mit Ephedrinkapseln und ein Fläschchen mit in Cognac aufgelöstem Coniin befand.«

Michael schaute zu Rappsteyn, der eine ermunternde Geste machte.

»Das kann ich mir nicht erklären«, antwortete Michael, »aber natürlich habe ich nichts davon selbst hergestellt oder in meiner Wohnung gelagert.«

»Der Begriff ›versteckt‹ würde es besser treffen.«

»Ich habe dieses Zeug auch nicht versteckt. Und, ganz ehrlich: Wie blöd müsste ich sein, so etwas ausgerechnet in meiner Wohnung zu deponieren? Nur mal angenommen, ich würde ein geeignetes Versteck suchen: Trauen Sie mir nicht zu, auf dem Klinikgelände einen besseren Platz zu finden?«

Maren Gramczyk ließ ihren Blick unverwandt auf ihm ruhen, schließlich nickte sie. Rappsteyn versuchte, sich seine Erleichterung darüber, dass Michael ihren Verdacht zumindest ein wenig zerstreut hatte, nicht anmerken zu lassen.

»Gut, und wer könnte diese Dinge in Ihre Wohnung gebracht haben?«

Michael zuckte mit den Schultern.

»Die Kriminaltechnik konnte keine Einbruchspuren feststellen«, fuhr die Staatsanwältin fort.

»Es wird Leute geben, die Nachschlüssel zu den Wohnungen haben«, meldete sich Rappsteyn zu Wort. »Oder die an einen Zentralschlüssel gelangt sind. Oder die so geschickt einbrechen, dass die Polizei keine Spuren findet, die über eine normal wirkende Abnutzung der Schlösser hinausgehen.«

Kemmerich grinste, nahm einen Schluck Kaffee und bestrich seelenruhig eine Brötchenhälfte mit Kalbsleberwurst.

»Finden Sie es nicht auch eigenartig, dass in der Wohnung von Herrn Ursinus genau jene Wirkstofflösung gefunden wurde, die auch zum Tod von Joachim Hirsch führte?«, fragte er.

»Das finde ich allerdings seltsam, aber offenbar aus anderen Gründen als Sie.«

Eine Augenbraue der Staatsanwältin ging nach oben, und Rappsteyn fuhr fort: »Die Polizei hat einen Hinweis bekommen – ich darf annehmen, dass es sich um einen anonymen Anruf gehandelt hat?«

Maren Gramczyk schwieg, aber Kemmerich nickte unmerklich.

»Und dieser Hinweis geht ausgerechnet nach einer Nacht ein, in der Herr Ursinus betrunken in seinem Wohnzimmer eingeschlafen ist. Ich kann Ihnen versichern, dass ich am folgenden Morgen große Mühe hatte, den Schlafenden auf mich aufmerksam zu machen. Was wäre also leichter, als fingierte Indizien in einer Wohnung zu deponieren, während der Bewohner im Tiefschlaf ist? Ich fürchte, Herrn Ursinus hätte man in dieser Nacht in seinem Sessel aus der Wohnung tragen können, ohne dass er es bemerkt hätte.«

Maja blinzelte, weil Rappsteyn diese Umstände für ihren Geschmack auch etwas weniger drastisch hätte ausmalen dürfen.

»Er war also betrunken, obwohl er zu Beginn seiner Anstellung in der Fastenklinik Birkner von den Drogen losgekommen und meines Wissens seither auch nicht mehr rückfällig geworden war.«

Die Staatsanwältin wandte sich an Michael.

»Und warum dann dieser Rückfall in der Nacht zum Mittwoch?«

»Herr Birkner, der mich eingestellt hat, sitzt in U-Haft und soll wegen Mordes angeklagt werden. Was aus der Klinik ohne ihn werden soll, weiß ich nicht. Ich bin aber ziemlich sicher, dass mir kein anderer eine solche Chance gegeben hätte, wieder als Apotheker zu arbeiten – und nach einem etwaigen Ende der Fastenklinik sehe ich für meine berufliche Zukunft schwarz. Diese Situation habe ich eine Zeit lang ertragen, aber am Dienstag konnte ich nicht mehr.«

»Und warum gerade an diesem Abend?«

Michael kaute auf seiner Unterlippe. »Herr Rappsteyn hat mich vor einigen Tagen aufgesucht und mir ein paar Fragen gestellt«, sagte er schließlich. »Ich habe mich im Studium mit Heilpflanzen beschäftigt, was mir für meine Arbeit in Herrn Birkners Apotheke durchaus von Nutzen ist. Herr Rappsteyn bat mich um eine Einschätzung dazu, wie der Giftstoff Coniin genau wirkt und in welchem zeitlichen Rahmen und in welcher Abfolge diese Wirkungen eintreten. Natürlich konnte ich ihm weiterhelfen, aber ich habe Herrn Rappsteyn auch darauf hingewiesen, dass meine Schwester Maja für solche Fragen die bessere Ansprechpartnerin wäre.«

Maja sah ihren Bruder streng an, der machte eine entschuldigende Miene.

»Daraufhin habe ich Frau Dr. Ursinus angerufen«, übernahm Rappsteyn das Gespräch, »und habe sie gebeten, ein Gutachten zu erstellen. In der Hoffnung, dass es günstiger für meinen Mandanten Herrn Birkner ausfällt als das erste.«

»Wie weit sind Sie mit Ihrer Arbeit?«, fragte Maren Gramczyk.

»Ich komme gut voran«, erwiderte Maja knapp.

Veit Rappsteyn lächelte.

»Ich habe nicht alles verstanden, was mir Frau Dr. Ursinus gestern dazu erklärt hat, aber es scheint Hinweise darauf zu geben, dass Herr Professor Fogl etwas voreilig war in seiner Einschätzung, dass Herr Hirsch noch gelebt hat, als ihm mit einem Stiefel ins Genick getreten wurde. Ich darf Sie daran erinnern, dass sich da auch die Rechtsmedizin nicht so eindeutig festlegen wollte wie Herr Fogl. Aber kehren wir noch einmal zu den Ephedrinkapseln und der Coniinlösung zurück, die auf bisher unbekannte Weise in Herrn Ursinus' Wohnung gelangt sind.«

»Nun, wir gehen davon aus, dass er sie selbst dort versteckt hat«, versetzte Maren Gramczyk.

Rappsteyn grinste. »Ich glaube nicht, dass Sie wirklich davon ausgehen«, sagte er und erntete dafür einen genervten Blick der Staatsanwältin. »Das ist dann doch etwas plump arrangiert. Mal abgesehen von dem Zeitpunkt des anonymen Anrufs und der Möglichkeiten, die sich einer oder einem Unbekannten in der Nacht davor geboten haben: Sie haben sich natürlich über Herrn Ursinus informiert, und Sie wissen, dass er schwer auf Drogen war, bis er in der Fastenklinik als Apotheker angefangen hat.«

Maren Gramczyk nickte, Kemmerich hob seine Tasse an die Lippen und lächelte, als wisse er bereits, worauf der Anwalt hinauswollte.

»Dieser ehemals drogensüchtige Mann bricht also irgendwann unter der Last seiner Sorgen zusammen und schießt sich mit billigem Whisky die Lichter aus, anstatt sich ein paar von den Ephedrinkapseln reinzupfeifen, die er in seiner Wohnung versteckt hat?«

»Vielleicht wollte er nicht riskieren, gleich wieder von dem Zeug abhängig zu werden?«, wandte die Staatsanwältin ein, doch sie klang verunsichert. Sie saßen noch ein wenig beisammen, aber es kamen keine heiklen Fragen mehr. Und irgendwann seufzte Maren Gramczyk, trank ihren Kaffee aus, erhob sich und ließ sich von Laurenz den Weg nach draußen zeigen. Auch Kommissar Kemmerich stand auf, nickte den anderen zu und beeilte sich, ihr zu folgen.

Manfred Ursinus wusste noch von früheren Besuchen, wo er seinen Wagen abstellen konnte. Er lud den Rollkoffer aus und machte sich auf den kurzen Fußmarsch zu seinem alten Freund. Als Hubert Fogl vor ihm stand, erschrak er.

»Was ist denn mit dir passiert?«, fragte Manfred. »Du siehst aus, als wäre dir ein Geist begegnet!«

»Ich schlafe derzeit nicht besonders gut. Komm rein, ich hab dir das Gästebett schon bezogen.«

»Hast du denn Angst, dass Maja dir Fehler im Gutachten nachweist?«, fragte Ursinus, als sie wenig später miteinander vor dampfendem Kaffee in der Küche saßen.

»Nein, natürlich nicht. Ich habe sauber gearbeitet, aber …«

Ursinus trank einen Schluck und wartete, bis Fogl weitersprach.

»Selbst wenn sie mir nur in einem Punkt widerspricht, bleibt vielleicht doch etwas hängen, auch wenn sich am Ende natürlich herausstellen wird, dass ich recht gehabt habe. Auch in Heidelberg gibt es Kollegen, die nur darauf warten, dass mir mal eine Schlamperei oder eine Ungenauigkeit unterläuft.«

Ursinus nickte. Er hatte von Fogl und von Zeisinger schon häufiger gehört, wie viel Missgunst im wissenschaftlichen Betrieb herrschte. Und in solchen Momenten war er dann doch ganz froh, dass aus der eigenen Karriere in der Wissenschaft, von der er mal geträumt hatte, nichts geworden war.

»Maja ist eine gute Pharmazeutin, oder?«, fragte Fogl und klang fast ein wenig ängstlich.

Ursinus presste die Lippen zusammen und starrte finster vor sich hin.

»Ja«, antwortete er schließlich.

Nachdem die beiden Besucher gegangen waren, kündigte der Anwalt Maja und Michael an, dass er jetzt in die Kanzlei fahren werde, wo er samstags gern in Ruhe aufarbeite, was unter der Woche liegen geblieben sei.

»Ich weiß noch nicht, wann ich zurückkomme, aber zögern Sie nicht, Laurenz anzusprechen, falls Sie irgendetwas brauchen. Wenn Besuch im Haus ist, bleibt er auch an den Wochenenden bis zum Abend hier.«

Maja und Michael gingen mit ihm nach draußen, und bevor Rappsteyn in seine Limousine stieg, wandte er sich noch einmal an Michael.

»Entschuldigen Sie bitte, wenn ich Ihr Drogenproblem und Ihren Absturz vorhin etwas drastisch geschildert habe. Ich wollte Frau Gramczyk klarmachen, dass Sie sich wohl kaum auf Whisky beschränkt hätten, wenn Sie von den Ephedrinkapseln gewusst hätten.«

»Kein Problem, Sie haben das sehr treffend geschildert.«

»Und für den Fall, dass Ihnen das Ephedrin niemand unterjubeln musste, weil Sie es schon in der Wohnung hatten, gratuliere ich Ihnen hiermit. Ich kenne mich mit Drogen nicht wirklich aus, aber ich stelle mir vor, dass es eine gewisse Selbstbeherrschung braucht, sich in einem solchen Fall mit Whisky zu begnügen.«

Michael schwieg, und Rappsteyn ließ ganz kurz ein wehmütiges Lächeln zu, bevor er fortfuhr.

»Als die Staatsanwältin Sie nach dem Grund gefragt hat, warum Sie sich am Dienstagabend betrunken haben, hatte ich den Eindruck, dass Sie kurz gezögert haben. Ich kenne so etwas von Zeugen, die erst überlegen, was sie ihrem Gegenüber sagen möchten – und was sie lieber verschweigen. Könnte es sein, dass Sie Frau Gramczyk nicht die ganze Wahrheit gesagt haben?«

Michael schluckte.

»Verstehen Sie mich nicht falsch: Aus der Perspektive eines Anwalts fand ich das gut so, und Ihre Geschichte klang für die Staatsanwältin sicher plausibel und erklärte Ihren Absturz am Dienstag hinreichend. Aber wenn Sie mehr zu sagen haben, intern gewissermaßen … mir sollten Sie es schon anvertrauen, damit ich meinen Kollegen, der Sie vertreten wird, entsprechend briefen kann.«

»Nein, ich … Nein, nichts.«

Rappsteyn musterte ihn noch einen Moment, dann verabschiedete er sich und fuhr davon. Maja sah ihm nach, dann legte sie einen Arm um ihren Bruder und schob ihn in Richtung Gästehaus.

»Du hast vorhin kurz darüber nachgedacht, den Abend zu erwähnen, an dem Birkner dir gegenüber sein Herz ausgeschüttet hat, stimmt's?«

Michael nickte.

»Und warum hast du Rappsteyn nichts davon gesagt?«

»Was kann ich ihm denn schon sagen? Dass ich mich in Herrn Birkners Anwesenheit so betrunken habe, dass ich mich an nichts von dem erinnern kann, was er mir anvertraut hat?«

Er sah kreuzunglücklich aus. Auf der Treppe zum ersten Stock blieb er stehen, drehte sich langsam um und sah seine Schwester an, als falle ihm gerade etwas ein. Doch dann schüttelte er den Kopf und fuhr sich mit der Hand übers Gesicht.

»Gerade dachte ich, ich würde mich an etwas erinnern, aber … es ist schon wieder weg.«

»Schade. Aber du siehst: Es muss dir nicht für immer entfallen sein. Und wenn die Erinnerung zurückkehrt, dann kommst du gleich zu mir, okay? Und dann überlegen wir zusammen, ob du es Rappsteyn auch erzählen willst.«

Alfons Kinner hatte die Detektivromane um Philip Marlowe und Sam Spade früher geradezu verschlungen, aber im wirklichen Leben fühlte es sich längst nicht so cool und heldenhaft an, nach einer viel zu kurzen Nacht im Büro aufzuwachen. Er faltete die Wolldecke zu einem handlichen Bündel und legte sie ins Regal, die Isomatte rollte er auf und stellte sie hinter die Tür. Glas und Whiskyflasche kamen in die kleine Küchenzeile, der Inhalt des Aschenbechers in den Abfalleimer. Nach einem Glas Saft und einer Wurststulle vom Vortag beschloss er das Frühstück mit einer Zigarette am offenen Fenster.

Im Hintergrund röchelte die Kaffeemaschine, unter seinem Fenster rangierte ein Tieflader, der einen Bagger für die Baustelle auf der anderen Straßenseite brachte, und in seinem dröhnenden Kopf tauchten schon wieder die Gesichter, Verwicklungen und Fragen auf, die ihm im Zusammenhang mit seinem aktuellen Auftrag begegnet waren. Er schnippte die Kippe auf die Straße und füllte einen Becher mit bitterem, schwarzem Kaffee. Dann hockte er sich auf seinen Schreibtischstuhl, der unter ihm knarrte, und fuhr den Rechner hoch. Schlürfend verpasste er sich die erste Dosis Koffein, dann versuchte er seine Gedanken zu sortieren.

Diese Münchner Apothekerin sollte also ein Gutachten erstellen, wobei ihm schleierhaft war, wozu das gut sein sollte. Sein Kripokontakt hatte ihm versichert, dass sowohl das Gutachten des Heidelberger Professors als auch der Obduktionsbericht aus der Rechtsmedizin keinen Zweifel daran ließen, dass Joachim Hirsch eine tödliche Dosis Coniin abbekommen und dass der Tritt mit einem Stiefel seine Halswirbelsäule zerschmettert hatte. Sowohl Birkner als auch sein Fahrer waren zu dieser Zeit vor Ort gewesen. Was also sollte ein neues pharmazeutisches Gutachten den beiden Angeklagten bringen?

Die Polizei hielt das Testament von Hirsch nach wie vor zurück, und Andrea Rab, die er mit Informationen versorgte und die ziemlich sicher in Hirschs Testament bedacht war, machte sich Sorgen um die Firma ihres Cousins, die sie notfalls gegen den Willen des Geschäftsführers auf dem bisherigen Kurs halten wollte – was sie aber nur konnte, wenn sie endlich einen Erbschein vorzuweisen hatte.

Das Verfahren gegen Birkner und seinen Handlanger würde sich verzögern, weil die Kripo wegen der neuen Indizien ihre Ermittlungen wieder aufgenommen hatte. Aber warum waren in der Wohnung des Apothekers Ephedrinkapseln und Coniinlösung versteckt worden – und wer hatte das getan? Denn dass Michael Ursinus selbst so dämlich sein könnte, solches Zeug daheim zu horten, schloss er aus. Doch wer wollte ihn verdächtig machen? Und aus welchem Grund?

Hatte das alles womöglich mit der Rolle seiner Schwester zu tun, mit dem von ihr erwarteten Gutachten? Oder war es Zufall, dass beide Geschwister so kurz nacheinander in diesen Fall verwickelt worden waren? Grundsätzlich glaubte Kinner nicht an solche Zufälle – und musste sich doch durch die Ergebnisse seiner Recherchen eines Besseren belehren lassen.

Er grübelte lange herum, und als er einen weiteren Schluck Kaffee nahm, schmeckte dieser nicht nur bitter, sondern auch kalt. Alfons Kinner mühte sich aus dem Schreibtischstuhl hoch, schlurfte zur Küchenzeile hinüber und schüttete den Rest des Gebräus in den Ausguss.

Arno Klüver kam ihm in den Sinn, der Assistenzarzt, den er bisher noch nicht in das Personalpuzzle rund um Birkner und Hirsch einordnen konnte. Was könnte ihn dazu getrieben haben, nachts über die Mauer von Rappsteyns Garten zu klettern? Wollte er, wie er selbst am Tag zuvor, den Anwalt oder seine Gäste beobachten und belauschen? Und was konnte er bei dieser Gelegenheit erfahren haben, das ihn so nachdenklich zu seinem Auto gehen ließ? Und warum mischte sich dieser Arzt überhaupt in diese Geschichte ein? Er war Angestellter der Fastenklinik, und weil die meisten dort Beschäftigten irgendeinen Karriereknick erlitten hatten, den sie mit Birkners Hilfe überwinden durften, müsste Klüver seinem Mentor eigentlich zum Dank verpflichtet sein. Befürchtete er also etwas Schlechtes für Birkner? Aber wieso nahm er dafür ausgerechnet jene Frau ins Visier, die Birkner mit ihrem Gutachten womöglich eine mildere Strafe bescheren konnte? Und den Anwalt, der alle Hebel in Bewegung setzte, Birkner zu helfen? Oder war Klüver keiner dieser Gestrandeten, hatte er keinen dunklen Fleck in seiner Vita? Wollte er Birkner nicht helfen, sondern schaden? Warum auch immer?

Es sah so aus, als müsste er sich zunächst in der Klinik umhören. Kinner rief das Programm auf, mit dem er sich Zugang zu einem Bereich der Homepage von Birkners Fastenklinik verschafft hatte. An die Personalakten kam er nicht heran, aber die Namen der Patienten konnte er sich anzeigen lassen. Er glich die Liste mit Einträgen auf sozialen Plattformen ab, und schließlich fiel seine Wahl auf eine ältere Dame, die auf Facebook sehr freundlich dreinschaute, in ihren Postings nett, aber auch ein bisschen naiv wirkte. Sie bewohnte in der Klinik ein etwas günstigeres Apartment und hatte keine teuren Extras dazugebucht. Er rief einige Formulare auf, die er für solche Fälle vorbereitet hatte, und trug Name und Adresse der älteren Dame ein. Die Ausdrucke faltete und kuvertierte er sorgfältig, den Brief steckte er in die Innentasche seines Mantels, eine passende Visitenkarte kramte er aus der Schublade, und dann machte er sich auf den Weg zur Fastenklinik Birkner.

Maja hatte es nicht übers Herz gebracht, ihren Bruder wegzuschicken, um endlich weiter am Gutachten arbeiten zu können. Sie sah ihn leiden, sie wollte ihm helfen, sie redete ihm gut zu, hörte sich an, wie er laut dachte. Und war doch froh, als er irgendwann aufstand.

»Ich geh mal raus in den Garten. Die frische Luft wird mir guttun, und vielleicht hilft es meinem Gedächtnis auf die Sprünge, wenn ich ein bisschen hin- und herspaziere. Groß genug ist Rappsteyns Garten ja.«

Er lächelte ihr zu und ging nach draußen. Maja sah ihm nach, dann setzte sie sich an den Tisch in ihrem Zimmer und machte sich an die Arbeit.

An der Pforte zum Gelände der Fastenklinik wurde er durchgelassen, weil Florian Holsten Bescheid gegeben hatte, dass er Besuch erwarte. Alfons Kinner fuhr direkt in die Tiefgarage, betrat den Aufzug und gab den Zifferncode ein, den Holsten ihm aufs Handy geschickt hatte. Bald darauf setzte sich die Kabine in Bewegung. Oben glitten die Schiebetüren auseinander und gaben den Blick frei auf eine ausgesprochen großzügige Wohnung. Holsten erwartete ihn im Flur und machte keinerlei Anstalten, seinem Besucher einen Platz oder etwas zu trinken anzubieten. Auch das steckte Kinner weg, obwohl es ihn störte, wenn er wie ein Dienstbote behandelt wurde. In Gedanken fügte er der Abschlussrechnung, die er hoffentlich bald stellen konnte, einen weiteren Posten hinzu.

Er übergab dem Chefarzt einen Zwischenbericht, der nur wenig mehr enthielt, als er Holsten schon mündlich berichtet hatte, und formulierte für ihn noch einmal die Fragen und Gedanken, die ihm vorhin im Büro durch den Kopf gegangen waren. Nur Arno Klüver erwähnte er mit keinem Wort, dafür wollte er von Holsten etwas anderes in Erfahrung bringen.

»Haben Sie Neuigkeiten von Herrn Birkner?«, fragte er.

Der Chefarzt hob eine Augenbraue. »Wieso stellen Sie

mir eine Frage? Habe ich Sie nicht dafür engagiert, Antworten zu liefern?«

»Nun, ich habe den Eindruck, Neues zu Herrn Birkner könnte meine Arbeit erleichtern – oder könnte in bestimmten Fällen zumindest mit ihr zu tun haben.«

Holsten blinzelte und sah den Privatdetektiv fragend an. Kinner konnte sich den Grund denken. Er hatte über eine Mitarbeiterin der Klinik, zu der er gleich am Anfang seiner Recherchen Kontakt geknüpft hatte, erfahren, dass in der Belegschaft unter der Hand Vorwürfe gegen Birkner kursierten, die nichts mit dem Mordfall Hirsch zu tun hatten. Der große Meister schien sich einigen Mitarbeiterinnen auf eine Weise genähert zu haben, die nicht zu seinem Image als freundlicher Fastenguru passte. Kinner kannte von den meisten Mitarbeiterinnen nicht den Namen, aber es musste sich um drei, vielleicht sogar vier junge Frauen handeln, von denen eine nicht mehr in der Klinik arbeitete. Diese ehemalige Mitarbeiterin hatte Kinner ausfindig gemacht, sie war inzwischen Empfangsdame des Hotels am Schwetzinger Schlossgarten – und hatte sie eines Abends nach ihrer Schicht angesprochen, hatte angedeutet, dass er von Birkners Verhalten ihr gegenüber wisse und dass er für jemanden recherchiere, der kein Interesse daran habe, dass Birkner wieder freikomme. Seither versorgte sie ihn gelegentlich mit Informationen darüber, wohin Michael Ursinus ging und wann er zurückkehrte.

Holsten wiederum hatte in einer Mitarbeiterversammlung davon erzählt, dass eine Firma namens sintox AG Interesse daran habe, sich in die Fastenklinik einzukaufen.

So gesehen, hatte Holsten möglicherweise kein Interesse daran, dass Birkner wieder zurückkehrte und seinem Chefarzt die Vorteile vermasselte, die ihm ein Einstieg der AG vielleicht bescherte. Und es konnte ihm nicht in den Kram passen, wenn womöglich auch noch Missbrauchs- oder Belästigungsvorwürfe gegen Birkner öffentlich wurden, die das gesamte Betriebsklima in ein schlechtes Licht rücken würden.

Die Reaktion des Chefarztes auf seine Andeutung zeigte ihm, dass Holsten Bescheid wusste. Das war für den Moment alles, was Kinner dazu wissen musste. Während sie sich über seine Recherchen unterhielten, dachte der Privatdetektiv darüber nach, ob Holsten einen Grund dafür haben könnte, den Apotheker anzuschwärzen, dann verwarf er die Idee wieder. Holsten musste daran gelegen sein, dass der Prozess gegen Birkner schnell begann und schnell beendet wurde, damit rund um die Fastenklinik wieder Ruhe einkehren konnte. Ihn konnte er ziemlich sicher von der Liste derer streichen, die Ursinus etwas Verdächtiges in die Wohnung schmuggelten.

»Ist sonst noch was?«, fragte Holsten, und weil Alfons Kinner durch seine Überlegungen einen Moment lang abgelenkt gewesen war, wiederholte er die Frage gleich darauf in etwas schärferem Ton.

»Nein, alles gut, Herr Dr. Holsten, sonst war nichts.«

»Dann fahren Sie bitte schon mal runter, ich muss auch wieder rüber in die Klinik. Ich lasse Ihnen einen kleinen Vorsprung, wir müssen nicht zusammen gesehen werden.«

In der Tiefgarage holte Kinner seinen Wagen und fuhr ins Freie, allerdings verließ er das Gelände nicht, sondern stellte das Auto auf einem Parkplatz südlich der Klinikgebäude ab, der durch eine Mauer verdeckt und deshalb von der Klinik und von den Wohngebäuden nicht einsehbar war. Er stieg aus, blieb hinter einem Gebüsch stehen und zückte sein kleines Fernglas. Hinter einem Fenster von Holstens Penthouse konnte er eine Silhouette ausmachen. Er wartete, bis der Chefarzt seinen Beobachtungsposten verließ und sich vermutlich auf den Weg zur Klinik machte.

Kinner klappte das Fernglas zusammen und steckte es weg. Die Klinik betrat er durch den Haupteingang, steuerte direkt auf den Empfang zu, lächelte die Mitarbeiterin an, die ihn erwartete, und erklärte sein Anliegen. Er gab sich als Beauftragter einer Lebensversicherung aus, der eine traurige Nachricht überbringen müsse: Ein naher Verwandter einer älteren Patientin der Fastenklinik sei kürzlich verstorben und habe die Dame in seiner Lebensversicherung als bezugsberechtigt bedacht. Kinner achtete darauf, immer wieder Fachbegriffe einzustreuen, und als die Frau ihm zwar freundlich zuhörte, aber keinerlei Anstalten machte, ihn zu der Patientin zu lassen, nannte er ihr Adresse, Geburtstag, Krankenkasse und einige weitere persönliche Informationen, die er im Internet über die alte Dame gefunden hatte. Schließlich zückte er die Briefe, die er vorhin auf ihren Namen ausgestellt hatte, und seine gefälschte Visitenkarte. Nun gab sich die Frau am Empfang einen Ruck.

»Warten Sie, ich schau kurz nach, ob sie überhaupt Zeit für Sie hat«, sagte sie und rief einen Onlinekalender auf. »Ah ja … in zehn Minuten ist sie mit ihrer Anwendung fertig, danach können Sie gern mal Ihr Glück bei ihr versuchen.«

Kinner machte Anstalten loszumarschieren, aber die Frau hinter dem Tresen hielt ihn auf.

»Sie können da natürlich nicht einfach so reinspazieren, Herr Kinner. Ich rufe Ihnen jemanden, der Sie bringt. Moment, bitte.«

Kurz darauf folgte er einer jungen Pflegerin durch die Flure und das Treppenhaus in den zweiten Stock, wo vor einer Schiebetür aus blickdichtem Milchglas einige Stühle standen.

»Wenn Sie bitte hier warten würden?«, sagte die Pflegerin.

Sie schien unschlüssig, ob sie ebenfalls bleiben sollte oder sich wieder an die Arbeit machen musste. Ihr Pieper meldete sich, und als sie Kinner einen unsicheren Blick zuwarf, lächelte er ihr nur zu und bedeutete ihr mit einer Handbewegung, dass er genauso gut allein warten könne. Schon flitzte sie davon.

Kinner wartete, bis ihre eiligen Schritte kaum mehr zu hören waren. Er hatte zwei Ideen, wie er etwas über den Assistenzarzt erfahren konnte: Entweder suchte er die Pflegerin auf, mit der er Kontakt hatte, und fragte sie beiläufig über ihn aus – oder er schaute sich in der Abteilung um, zu deren Belegschaft der Klinik-Homepage zufolge Dr. Arno Klüver gehörte. Vielleicht traf er dort zufällig auf jemanden, den er in ein Gespräch über den Arzt verwickeln konnte. Das wollte er zuerst versuchen, also schlenderte er den Flur entlang, nahm die Treppe und ging in den dritten Stock hinauf. Kaum oben angekommen, kam ihm der Assistenzarzt auch schon mit wehendem weißen Kittel entgegen. Er rauschte an Kinner vorbei, ohne ihn eines Blickes zu würdigen, und als sich der Detektiv umdrehte, sah er auch den Grund dafür: Eine sehr hübsche junge Frau mit dunkelbraunen Haaren machte sich an einem Kaffeeautomaten zu schaffen. Kinner stellte sich an ein Fenster und tat, als schaue er interessiert nach draußen, während er aus den Augenwinkeln die Szene beobachtete, die sich am Automaten abspielte.

Von dem Zusammentreffen mit dem Arzt schien die Frau überrascht zu sein, und zwar nicht gerade positiv. Sie mühte sich um Distanz, während der Arzt immer noch einen weiteren Schritt auf sie zumachte und eindringlich auf sie einredete. Schließlich drückte sich die Frau an ihm vorbei, nahm einen Becher aus dem Automatenschacht und ging davon, ohne ihn noch weiter zu beachten. Klüver stand wie festgewachsen und starrte ihr hinterher, die Hände zu Fäusten geballt. Dann wandte er sich um und stapfte mit gesenktem Kopf an Kinner vorbei, den er auch diesmal nicht beachtete. Er bewegte die Lippen, und als der Arzt an dem Detektiv vorbeikam, konnte der etwas aufschnappen, das klang wie: »… muss es halt schon jetzt sein …«

Kinner folgte Klüver bis zum Aufzug. Er schlenderte an ihm vorbei und erkannte, dass der Arzt den Knopf fürs

Erdgeschoss drückte. Kinner nahm die Treppe und konnte durch die Glastür, die ins Foyer führte, sehen, wie der Arzt mit schnellen Schritten die Klinik verließ. Der Detektiv trat aus dem Treppenhaus und durchquerte die Eingangshalle mit zufriedener Miene und dem Tempo eines Mannes, der sich nach getaner Arbeit der nächsten Aufgabe zuwendet. Die Frau am Empfangsschalter erkannte ihn, und er lächelte ihr zu und hob den rechten Daumen. Dann war er auch schon draußen. Als Klüver auf eines der Wohnhäuser zuhielt, beschloss Kinner, im Wagen auf ihn zu warten – denn er hielt es für wahrscheinlich, dass der Assistenzarzt für das, was er vorhatte, das Klinikgelände verlassen würde.

Nur: Was mochte er vorhaben?

8

Maja beobachtete durch die Fenster, wie Michael im Garten auf und ab ging. Manchmal blieb er stehen, tippte etwas ins Handy oder nahm eine Sprachnotiz auf. Er schien wirklich hart daran zu arbeiten, sich die Erinnerung an den Abend mit Hans Birkner zurückzuholen. Sie drückte ihm die Daumen, dass es ihm gelingen möge, denn der Filmriss belastete ihren Bruder sehr.

Nach einer Weile riss sich Maja von Michaels Anblick los und versuchte, sich auf ihre Arbeit am Gutachten zu konzentrieren. Es dauerte, bis sie sich wieder so weit ins Thema vertieft hatte, dass sie gut vorankam und nichts mehr um sich herum wahrnahm.

Sie war sicher, dass sich Professor Fogl in seinen Schlussfolgerungen zu weit aus dem Fenster gelehnt hatte. Die Ergebnisse der Autopsie ließen ihrer Meinung nach nicht die eindeutige Aussage zu, dass Joachim Hirsch noch gelebt habe, als ihn der Stiefeltritt in den Nacken traf. Natürlich konnte zwischen seinem Tod und dem Tritt nicht viel Zeit vergangen sein, es waren keine klaren

Anzeichen einer deutlichen posthumen Verletzung der Halswirbelsäule festgestellt worden. Aber wenn es nur um wenige Minuten ging, war es ihrer Überzeugung nach durchaus möglich, dass der Stiefeltritt den bereits verstorbenen Hirsch getroffen hatte. Und das konnte für die Anklage gegen Maxim Frank, der den Tritt ausgeführt haben sollte, entscheidend sein.

Aber noch etwas interessierte Maja: Würde sie den Zeitpunkt bestimmen können, an dem Joachim Hirsch die Coniinlösung verabreicht worden war?

Coniin wirkte in ausreichender Dosierung – je nach Menge und Konzentration der Lösung – frühestens nach einer halben, spätestens nach etwa fünf Stunden tödlich. Aufgrund der an Hirschs Leichnam festgestellten Werte schloss sie auf eine Dosis, die nach etwa einer Stunde zum Tod führte. Aber warum hatte Birkner nicht einen Giftcocktail angerührt, der schneller wirkte? Man durfte ja wohl davon ausgehen, dass ein promovierter Pharmazeut wie er die gewünschte Dosis problemlos herstellen konnte. Wozu hätte er sich der Gefahr aussetzen sollen, unnötig lange in Hirschs Haus zu bleiben? Denn offenbar hatten Birkner und Frank vor Ort ausgeharrt, bis der Unternehmer tot war.

Maja blätterte in den Unterlagen, die Rappsteyn für sie über den Fall zusammengestellt hatte. Sie las den genauen Todeszeitpunkt nach, suchte dann das Vernehmungsprotokoll der Putzfrau heraus, die Birkners auffällig lackierten Wagen gesehen hatte, als sie die Villa verließ. Die Putzfrau konnte diesen Zeitpunkt sehr genau benennen, weil sie

Beginn und Ende ihrer Arbeitszeit in einem kleinen Heft notierte. Maja rechnete. Die Putzfrau hatte die Villa etwa fünfunddreißig Minuten vor dem Tod ihres Arbeitgebers verlassen, zu diesem Zeitpunkt musste ihm zumindest ein Teil der Coniinlösung schon verabreicht worden sein. Maja ging die Aussagen der Putzfrau noch einmal durch und fand schließlich, was sie gesucht hatte.

»Bevor ich ging«, hatte die Reinigungskraft ausgesagt, »wirkte Herr Hirsch auf mich wie aufgedreht, irgendwie nervös. Er räusperte sich, musste ständig schlucken, als laufe ihm der Speichel im Mund zusammen. Und als er sich einmal am Türrahmen festhielt, als sei ihm schwindlig, fragte ich ihn, ob es ihm gut gehe. Aber er meinte nur, dass alles in Ordnung sei. Dann schaute er auf die Uhr, gab mir noch einen kleinen Auftrag, den ich nach ein paar Minuten erledigt hatte, und verabschiedete mich. Er befand sich zu diesem Zeitpunkt im ersten Stock und ging ganz langsam zum Zimmer seiner Tochter. Da war mir klar, was ihn so quälte. Wissen Sie, es ist nicht richtig, wenn Eltern ihre Kinder verlieren. Und dann auch noch durch … auch noch so. Mir tat Herr Hirsch in diesem Moment unendlich leid. Die Trauer um seine Tochter und sicher auch um seine Frau schienen ihm den Boden unter den Füßen wegzureißen. Er wankte, ich wollte schon die Treppe hinaufrennen, um ihn zu stützen, aber dann fing er sich wieder und ging die letzten Schritte ins Zimmer der Tochter hinein.«

Fünfunddreißig, vierzig, vielleicht auch schon fünfundvierzig Minuten vor seinem Tod mussten das die ersten

Symptome der Coniinvergiftung gewesen sein. Erst danach waren Birkner und Frank eingetroffen. Konnte es sein, dass die beiden gar nichts mit dem Tod des Unternehmers zu tun hatten? Aber warum waren sie dann überhaupt zu Hirschs Villa gekommen, warum hatte Maxim Frank dem Sterbenden oder – wie Maja überzeugt war – dem Toten die Halswirbelsäule zertreten?

Sie las ein zweites und ein drittes Mal nach, welche Spuren die Kriminaltechnik in Hirschs Villa gesichert hatte. Natürlich waren Fingerabdrücke und DNA-Spuren von der Putzfrau, von Hirsch selbst und von seinem Neffen Bastian Dörr gefunden worden. Das Alibi des Neffen war nicht wasserdicht, aber die Kriminaltechniker hatten die Spuren von Dörr als älter eingestuft. Das passte zu seiner Aussage, dass er seinen Onkel zum letzten Mal drei Tage vor dessen Tod besucht habe. Seine Fingerabdrücke waren auch von anderen überlagert. Von niemandem sonst hatten Spuren gesichert werden können.

War Hirsch das Coniin von jemandem verabreicht worden, der sich schon in der Villa befand, während die Putzfrau noch dort war? Kam die Putzfrau selbst als Giftmörderin infrage? Nichts deutete darauf hin, dass sie ein Motiv gehabt hätte. Ganz im Gegenteil – sie war sehr froh über die Putzstelle, wurde überdurchschnittlich bezahlt und arbeitete schon seit vielen Jahren für den Unternehmer. Vermutlich hatte das auch die Kripo dazu bewogen, sie aus dem Kreis der Tatverdächtigen auszuschließen.

War jemand im Haus gewesen, der keinerlei Spuren hinterlassen hatte? Falls ja, warum hatte Hirsch der Putzfrau nichts davon gesagt? Der Unternehmer konnte den Cognac-Coniin-Mix nicht versehentlich getrunken haben, der unangenehme Geschmack wäre ihm sofort aufgefallen. Aber wer hätte ihn zur Einnahme der tödlichen Mixtur gezwungen und andererseits zugelassen, dass Hirsch anschließend noch mit seiner Putzfrau redete und ihr sogar noch einen zusätzlichen Auftrag erteilte? Wenn jemand in der Villa gewesen wäre, der es auf Hirschs Leben abgesehen hatte – hätte der Unternehmer dann nicht dafür gesorgt, dass ihm die Putzfrau zu Hilfe kam?

Blieben noch die Fingerabdrücke von Hans Birkner, die auf dem Fläschchen mit der Coniinlösung gesichert worden waren. Deutete das nicht klar darauf hin, dass Birkner das Fläschchen in der Hand gehalten, es vermutlich abgefüllt und mitgebracht hatte? Aber dazu passte der zeitliche Ablauf nicht – und Fingerabdrücke auf einem Fläschchen wurden auch gegen Michael ins Feld geführt. Ihr Bruder wiederum beteuerte, das Fläschchen nicht in seiner Wohnung versteckt, ja, es nie zuvor gesehen zu haben …

Michael. Sie hob den Kopf und schaute in den Garten hinaus. Erst sah sie ihn nicht, dann kam er von links langsam in ihr Blickfeld. Er sprach wieder eine Notiz ins Handy, und sein Gesichtsausdruck deutete darauf hin, dass ihm etwas von dem Gespräch mit Birkner eingefallen war. Sie lächelte. Das würde ihm guttun, und wenn er das alles Rappsteyn erzählte und der damit Birkner helfen konnte, würde das sicher eine riesige Last von den Schultern ihres Bruders nehmen.

Auf der Straße von den Wohngebäuden der Klinikbeschäftigten her näherte sich ein älterer Kombi. Das Kennzeichen enthielt die Buchstaben »AK« und eine Zahl, die mit dem Geburtsjahr von Arno Klüver übereinstimmte. Als der Wagen in Richtung Pforte abbog, erkannte Kinner tatsächlich den hageren Arzt am Steuer. Er startete den Motor und fuhr dem Kombi langsam hinterher. Dem Pförtner winkte er jovial zu, dann wandte er sich nach links und folgte Klüver in sicherem Abstand.

Es ging eine Weile durch Mannheim, und bald hatte Kinner eine Vermutung, was Klüvers Ziel sein konnte. Als sie in die Straße einbogen, die zum Anwesen von Rappsteyn führte, bestätigte sich der Verdacht. Kinner sah sich schon nach einem Platz um, an dem er seinen Wagen vor Klüvers Blicken geschützt abstellen konnte, da rauschte von links ein postgelber Lieferwagen aus einer Seitenstraße, nahm ihm die Vorfahrt, bremste nach wenigen Metern abrupt und blieb so ungünstig stehen, dass Kinner weder weiterfahren noch den Kombi vor sich sehen konnte. Ein Mann in der Uniform des Paketdienstes sprang aus dem Lieferwagen, eilte mit einem Paket in der rechten Hand auf das nächste Haus zu und winkte Kinner mit der linken, ohne ihn eines Blickes zu würdigen. Das sollte wohl so etwas wie eine Entschuldigung sein, aber Kinner kümmerte sich nicht weiter darum. Stattdessen bugsierte er seinen Wagen schräg hinter den Lieferwagen, sodass er Klüvers Auto zumindest noch einen Moment lang weiterfahren sah.

Der Paketbote kam nach zwei Minuten zurück und

schaute konzentriert geradeaus, um nur ja keine bösen Blicke aus dem blockierten Wagen aufzufangen. Der Transporter rumpelte vom Gehweg, aber vier Häuser weiter war schon wieder Schluss, und auch diesmal versperrte die Karre Kinner die Weiterfahrt. So ging es mit mehreren Stopps die Straße entlang, mittlerweile hatten sich hinter Kinners Wagen schon weitere Fahrzeuge aufgestaut, und aus manchem Fahrerfenster waren wütende Beschimpfungen zu hören. Kinner blieb still, denn er wusste, dass sich Paketboten um solche Reaktionen noch weniger scherten als die Fahrer von Mülllastern oder Omnibussen.

Irgendwann erreichte der Lieferwagen die Einfahrt zu Rappsteyns Grundstück. Dass der Transporter so dicht an das Tor fuhr, dass hinter ihm tatsächlich ein Auto durchpasste, brachte Kinner nichts. Er hatte in einer Parklücke schräg gegenüber Klüvers Wagen erspäht. Der Arzt hatte gewendet, wartete in seinem Fahrzeug und behielt Rappsteyns Zufahrt im Blick. Kinner fand eine Parklücke hinter einem Kleinlaster, der ihn vor einer Entdeckung durch Klüver schützte, ihm selbst aber freie Sicht auf Rappsteyns Gartentor ließ.

Der Paketbote stieg aus und läutete, nach einem kurzen Dialog über die Sprechanlage schwang das Tor auf, und der Lieferwagen rumpelte auf das Grundstück. Das Tor schloss sich, und nach einer Weile wurde es wieder geöffnet, der Lieferwagen fuhr auf die Straße heraus, nahm einem Motorrad die Vorfahrt und düste davon, ohne dass sich der Fahrer von der erhobenen Faust des Bikers irritieren ließ. Kaum war die Straße frei, kam Klüvers Kombi in Sicht. Der Wagen rollte halb in die Zufahrt, und das Tor, das sich gerade wieder zu schließen begonnen hatte, verharrte mitten in der Bewegung. Vermutlich hatte ein Sensor festgestellt, dass etwas im Weg stand.

Arno Klüver bebte vor Zorn, nachdem Leonie ihn hatte stehen lassen wie einen Idioten. Erst war er auf sie wütend gewesen, hatte darüber nachgedacht, ob er sie am Abend besuchen und spüren lassen sollte, dass man einen Mann wie ihn nicht so behandelte. Aber dann wurde ihm klar, dass er damit die Falsche bestrafen würde. Schuld war einzig und allein Birkner. Nur wenn er hinter Schloss und Riegel blieb, würden Leonie und er eine echte Chance haben. Also durfte er kein Risiko eingehen. Die größte Gefahr schien ihm vom Apotheker auszugehen. Inzwischen hatte er keinen Zweifel mehr daran, dass Birkner Ursinus etwas anvertraut hatte, bevor er verhaftet wurde. Und diese Information konnte durchaus zu einer milderen Strafe führen, vorausgesetzt, Ursinus erinnerte sich wieder daran und erzählte der Polizei oder diesem windigen Anwalt davon. Selbst wenn Birkner dennoch verurteilt wurde, würde die Haftstrafe vielleicht kürzer ausfallen – und das würde ihn und Leonie Jahre kosten, die sie sonst glücklich miteinander verbringen konnten.

Die Fahrt zu Rappsteyns Anwesen war fast zu kurz dafür gewesen, sich einen Plan zurechtzulegen, aber in groben Zügen wusste er, was jetzt zu tun war. Den Rest würde er improvisieren müssen. Ein Zufall kam ihm zu

Hilfe, denn ein Paketbote brachte eine Lieferung zur Villa des Anwalts. Es gelang ihm, den richtigen Moment abzupassen, um in die Toreinfahrt zu fahren. Sofort fiel sein Blick auf den Apotheker, der im Garten des Anwalts umherging. Klüver stieg aus und ging auf ihn zu. Ursinus sah sehr nachdenklich aus und schaute den Arzt an, als habe der ihn aus einem Tagtraum geweckt.

»Hallo, Ursinus!«

»Klüver, was machen Sie denn hier?«

»Ich muss etwas mit Ihnen besprechen.«

»Etwas Privates, sagte Frau Krafft. Worum geht's denn?«

Klüver verspürte einen Stich. Ihn ließ diese Jennifer abblitzen, aber ihren direkten Vorgesetzten rief sie sofort an, um ihm von seinem Besuch zu berichten.

»Es geht um das, was Birkner Ihnen erzählt hat.«

Michael Ursinus riss die Augen auf und starrte sein Gegenüber mit offenem Mund an. Klüver hatte gepokert, und der Einsatz hatte sich gelohnt. Das war die letzte Bestätigung dafür, dass der Apotheker aus dem Weg geräumt werden musste, wenn er mit Leonie glücklich werden wollte.

»Woher … woher wissen Sie davon?«, stammelte Ursinus.

»Rappsteyn hat es mir erzählt. Er meinte, wir sollten uns zusammentun, weil wir Herrn Birkner gemeinsam am besten helfen können.«

»Rappsteyn? Und woher weiß er es?«

Klüver hoffte, dass ihm der Schreck nicht anzusehen war. Jetzt hatte er einen Fehler gemacht, Ursinus hatte offenbar noch nicht mit dem Anwalt über das fragliche Detail gesprochen. Sie hatten sich während ihrer Unterhaltung langsam dem Kombi genähert und waren nur noch zwei, drei Schritte von der Beifahrertür entfernt. Nun blieb Ursinus stehen.

»Das hat er mir nicht gesagt«, schwindelte der Arzt drauflos und tat arglos. »Sie haben es ihm nicht erzählt?«

»Nein, bisher noch nicht.«

»Dann wird er es wohl von Ihrer Schwester wissen.«

Der fragende Ausdruck auf dem Gesicht des Apothekers ließ Klüver einen Moment lang befürchten, er habe den Bogen nun überspannt, aber schließlich kam Ursinus wohl zu dem Schluss, dass Rappsteyn wirklich mit seiner Schwester gesprochen haben konnte.

»Erinnern Sie sich denn jetzt wieder an alles?«, fasste Klüver nach, um dem anderen nicht zu viel Zeit zum Nachdenken zu lassen. Er zog ein Papiertaschentuch aus der Tasche.

»Ja, die Erinnerung kommt allmählich zurück.«

»Das ist gut. Deshalb sollten wir jetzt gleich zu Rappsteyn in die Kanzlei fahren.« Klüver hoffte inständig, dass der Anwalt gerade nicht zu Hause war.

»Ach, deshalb ist er heute in die Kanzlei gefahren?«, murmelte Ursinus. »Aber wäre es dann nicht besser, wenn Sie mit hereinkommen, damit Rappsteyn das alles hier mit uns besprechen kann? Dann wäre auch Maja dabei, und wir …«

Weiter kam er nicht. Klüver hatte die Geduld verloren, aus der Jackentasche ein Fläschchen gezogen, mit dem

Inhalt das Taschentuch benetzt und es Ursinus direkt auf Mund und Nase gedrückt.

Laurenz hatte die frisch eingetroffenen Pakete ins Arbeitszimmer gebracht und war gerade auf dem Weg in die Küche, als er den Alarmton hörte. Er eilte zu dem Kasten, mit dem das Eingangstor bedient wurde. Ein hektisch blinkendes rotes Licht zeigte eine Störung an. Er drückte die Sprechanlage und fragte, ob es Probleme gebe, aber es meldete sich niemand am anderen Ende. Also war der Paketbote wohl noch unbeschadet vom Grundstück gekommen. Was stattdessen zu hören war, konnte er nicht zuordnen, dafür war die Tonqualität der Anlage zu schlecht.

Mit wenigen Schritten durchquerte er die Eingangshalle, riss die Tür auf und schaute die Einfahrt entlang. Zwischen den beiden halb geöffneten Torflügeln stand ein Wagen, aus dem gerade ein Mann ausstieg, der eilig in Richtung Garten ging. Dort kam ihm Michael Ursinus entgegen, der den anderen offenbar kannte. Nach einem kurzen Gespräch stellte sich der Fremde so zwischen Ursinus und das Haus, dass Laurenz nicht sehen konnte, was dort passierte. Am Ende führte der Mann Ursinus zu seinem Wagen, öffnete die Beifahrertür und half ihm hinein.

Laurenz stutzte. Warum sollte Michael Ursinus mit diesem Mann wegfahren, wo er doch genau wusste, dass die Polizei ihn nur deshalb nicht in Gewahrsam nahm, weil er versprochen hatte, Herrn Rappsteyns Grundstück nicht zu verlassen? Und hatten seine Schritte zum Wagen des Mannes nicht etwas unsicher gewirkt? Schon im nächsten

Moment kam Laurenz ein Gedanke: War er etwa gerade Augenzeuge einer Entführung geworden?

Der Fremde war inzwischen zur Fahrerseite gerannt, hatte sich hinter das Steuer seines Kombis geworfen und fuhr nun mit Vollgas rückwärts aus der Einfahrt. Laurenz lief durch den Garten, so schnell er konnte, doch als er keuchend den Gehweg erreichte, war der Kombi kaum noch zu sehen.

Kurz überlegte er, ob er die Verfolgung des Fremden aufnehmen sollte, aber er kam zu dem Schluss, dass es dafür zu spät war. Er konnte nur noch Herrn Rappsteyn anrufen und danach gleich Maja Ursinus informieren, dass ihr Bruder soeben das Grundstück verlassen hatte – und womöglich entführt worden war.

Hatte Klüver den Apotheker gerade entführt, oder hatte er ihn dazu gebracht, freiwillig in seinen Wagen zu steigen? Alfons Kinner konnte es nicht mit Sicherheit sagen, aber als der Arzt mit Vollgas rückwärts auf die Straße herausschoss, krachend den ersten Gang einlegte und mit aufheulendem Motor an ihm vorbeiraste, sah er den Beifahrer wie benommen in seinem Sitz hin- und herschwanken. Kinner reagierte instinktiv, startete den Motor, wendete seinen Wagen und nahm die Verfolgung auf.

Im Rückspiegel sah er einen schlanken, elegant gekleideten Mann mit streng zurückgegelten Haaren, der aus Rappsteyns Einfahrt rannte, dort schwer atmend stehen blieb und ihnen nachschaute.

Als er wieder nach vorne blickte, sah er gerade noch,

wie Klüver so schnell in eine Seitenstraße einbog, dass sein Kombi einen Moment ins Schlingern kam. Dann war der Wagen außer Sicht. Kinner drückte das Gaspedal durch, um den Abstand nicht zu groß werden zu lassen – doch aus der gegenüberliegenden Querstraße rauschte ein dunkelbraun lackierter Lieferwagen heran und blieb zwischen den Autos stehen, die auf beiden Seiten der schmalen Fahrbahn geparkt waren. Die Fahrerin sprang aus dem Transporter, winkte ihm entschuldigend zu und brachte ein kleines Paket zu dem nächsten Haus.

Kinner lehnte sich fluchend zurück. Warum, verdammt noch mal, mussten die Leute so viele Pakete bestellen?

Maja hatte sich noch einmal in ihr Gutachten vertieft, deshalb überhörte sie das Klopfen an der Tür. Als die Tür ein kleines Stück geöffnet wurde, Laurenz den Kopf hereinsteckte und leise »Frau Dr. Ursinus?« sagte, drehte sie sich mit fragendem Blick zu ihm um.

»Entschuldigen Sie bitte, dass ich Sie störe«, setzte er an. »Aber Ihr Bruder hat eben das Grundstück verlassen.«

»O Mann!«, entfuhr es Maja. Sie stand auf, und eine steile Falte auf der Stirn ließ erkennen, wie sehr sie sich über Michael ärgerte. »Wo ist er denn hin?«

»Das weiß ich leider nicht.«

»Er muss doch hierbleiben, so ist es mit der Polizei besprochen. Da kann er doch nicht einfach so weggehen!«, rief Maja.

»Ich bin mir nicht sicher, ob er den Garten freiwillig verlassen hat.«

»Wie meinen Sie das?«

»Ich bin durch einen Alarmton der Torprogrammierung darauf aufmerksam geworden, dass ein Wagen in der Einfahrt stand. Ein Mann ist ausgestiegen und zu Ihrem Bruder gegangen. Dann hat er sich mit ihm unterhalten. Die beiden schienen sich zu kennen. Am Ende ist Ihr Bruder zu dem Mann in den Wagen gestiegen, und das Auto ist davongefahren.«

Maja konnte sich darauf keinen Reim machen. »Können Sie den Mann beschreiben?«

»Um die dreißig, hager, in Figur und Größe Ihrem Bruder recht ähnlich. Er fuhr einen älteren Kombi.«

»Konnten Sie das Kennzeichen lesen?«

»Wie dumm von mir! Darauf habe ich gar nicht geachtet.«

»Und wie kommen Sie darauf, dass mein Bruder vielleicht nicht freiwillig mit dem Mann weggefahren ist?«

»Das kann ich nur vermuten, denn der Fremde stand kurz zwischen mir und Ihrem Bruder. Mir kam es so vor, als hätte der andere ihn zu seinem Auto … wie soll ich sagen … geschoben. Ihr Bruder wirkte auf einmal wie benommen, der Fremde hat den Arm um ihn gelegt und ihn zum Wagen geführt.«

»Um Himmels willen! Glauben Sie, dass er entführt wurde?«

Laurenz zuckte mit den Schultern.

»Aber warum sollte jemand meinen Bruder entführen?«

»Wie gesagt, Frau Dr. Ursinus, ich habe mir das nur zusammengereimt. Vielleicht ist alles ja ganz harmlos.«

Maja ließ sich Laurenz' Schilderung noch einmal durch den Kopf gehen. An eine Entführung mochte sie nicht glauben, aber falls sich Michael in Gefahr befand, wollte sie natürlich auch nicht untätig bleiben.

»Ich ruf ihn mal an, vielleicht klärt sich ja dann alles auf.«

Sie zückte ihr Handy und sah auf dem Display, dass Michael ihr eine ganze Reihe Nachrichten geschickt hatte: Texte und Sprachnotizen. Die letzte Nachricht hatte er vor gut zehn Minuten abgeschickt.

»Wann ist dieser Fremde denn mit meinem Bruder weggefahren?«, fragte sie Laurenz.

»Vor fünf Minuten. Ich bin dem Wagen noch hinterhergerannt, dann habe ich Herrn Rappsteyn angerufen, und anschließend bin ich sofort zu Ihnen gekommen.«

Laurenz wandte den Kopf und sah eine Limousine aufs Haus zufahren.

»Ah, Herr Rappsteyn ist da. Ich erzähle ihm, was passiert ist. Darf ich ihn dann zu Ihnen bringen?«

»Natürlich«, sagte Maja.

Sie wartete, bis Laurenz die Tür hinter sich geschlossen hatte, dann las und hörte sie die Nachrichten ihres Bruders. Es war eine wirre Geschichte, die er ihr da bröckchenweise auftischte, und wenn Birkner ihm das alles an dem Abend erzählt hatte, an den sich Michael erst jetzt wieder erinnern konnte, musste jeder Zuhörer zu dem Schluss kommen, dass auch der Gründer der Fastenklinik ordentlich mitgetrunken hatte.

Eine so hanebüchene Räuberpistole konnte sich niemand nüchtern ausdenken – dieses Urteil würde jeder fällen, der die Erzählung hörte. Fast jeder, denn Maja war nachdenklich geworden: Genau diese Räuberpistole passte zu allem, was sie sich im zeitlichen Ablauf von Joachim Hirschs letzter Stunde bisher nicht erklären konnte.

9

Veit Rappsteyn betrat das Gästezimmer, gefolgt von seinem Hausangestellten Laurenz. Maja stand sichtlich verwirrt mit dem Smartphone in der Hand da.

»Wie schätzen Sie das ein, was Laurenz vorhin beobachtet hat?«, wollte der Anwalt von ihr wissen.

»Ich habe keine Ahnung, wer meinen Bruder entführen sollte. Wer wusste überhaupt, dass Michael vorübergehend bei Ihnen wohnt? Könnte der Fremde ein Polizist gewesen sein?«

»Laurenz hat mir sein Auto beschrieben, einen alten Kombi. Die Kommissare, die ich bisher kennengelernt habe, fuhren alle Dienstwagen neueren Datums.«

»Also eher niemand von der Polizei ...« Maja hob ihr Handy hoch. »Aber bevor wir uns weitere Gedanken machen, wo mein Bruder steckt, möchte ich gern, dass Sie sich etwas anhören und durchlesen.«

Rappsteyn sah sie fragend an.

»Mein Bruder hat sich vorhin im Garten den Kopf darüber zerbrochen, was Herr Birkner ihm erzählt hat.«

»Wann hat er ihm etwas erzählt? Und worum ging es dabei?«

»Es ging um das, was am Abend von Herrn Hirschs Tod passiert ist.«

Rappsteyn machte große Augen.

»Hirsch starb an einem Donnerstag«, fuhr Maja fort. »Am nächsten Abend ist Birkner zu meinem Bruder gekommen und hat ihm eine sehr ungewöhnliche Geschichte erzählt. Michael hat mir mehrere Nachrichten dazu geschickt. Bitte sehr.«

Sie hielt ihm das Handy hin, Rappsteyn las die Texte und spielte die Audiodateien ab. Dann nickte er bedächtig und gab Maja das Smartphone wieder.

»Ich weiß, dass Herr Birkner Ihren Bruder sehr schätzt. Er ist ja selbst Pharmazeut, und während viele Fachkollegen immer wieder betonen, wie wenig sie von Herrn Birkners Theorien halten, hat Ihr Bruder immer zu ihm aufgeschaut.«

Maja fiel das unangenehme Bewerbungsgespräch an der Münchner Uni ein. Sie konnte gut nachvollziehen, dass Birkner die Missachtung durch die lieben Kollegen wurmte.

»Aber dass er sich ihm in diesem Fall anvertraut hat, wundert mich dann doch.«

»Na ja, anvertraut … Mein Bruder konnte sich bis heute nicht daran erinnern, was Herr Birkner ihm erzählt hat. Er hatte einen Filmriss, Birkner hatte zwei Flaschen Whisky zu dem Gespräch mitgebracht, davon war am Ende des Abends wohl nicht mehr viel übrig.«

Nun spielte ein Lächeln um Rappsteyns Mund.

»Dann verstehe ich es schon eher.«

Er musterte Maja.

»Finden Sie die Geschichte glaubhaft?«

Der Anwalt sah sie an, als hinge von ihrem Urteil sehr viel ab.

»Einerseits klingt sie sehr an den Haaren herbeigezogen, als Polizist würde ich das Ihrem Mandanten wohl nicht so ohne Weiteres abnehmen. Andererseits ...«

»Ja?«

»Andererseits passt es zu einigen merkwürdigen Punkten, auf die ich in den Unterlagen über Herrn Hirschs Tod gestoßen bin.«

Sie schilderte, wie sie den Ablauf der letzten Stunde im Leben von Joachim Hirsch einschätzte und was sie zu diesen Schlüssen kommen ließ. Rappsteyn hörte ihr gespannt zu, nickte einige Male, und als sie geendet hatte, sah er erleichtert und sehr zufrieden aus.

»Ich habe alles schon mal grob zusammengeschrieben und Ihnen vor ein paar Minuten die Rohfassung gemailt«, sagte sie und deutete auf den Laptop. »Den Text bringe ich noch ein wenig in Form, dann ist das Gutachten fertig.«

»Wunderbar, vielen Dank. Ich würde Ihnen nun auch gern etwas zeigen. Kommen Sie?«

Maja folgte ihm in sein Arbeitszimmer. Rappsteyn zog eine schwarze Ledermappe aus einer Schublade, klappte sie auf und reichte Maja einige bedruckte Blätter.

»Was ist das?«, fragte sie.

»Das Protokoll einer Aussage, die Herr Birkner vor seiner Verhaftung mir gegenüber gemacht hat. Er schildert darin, wie der Abend in Hirschs Villa verlaufen ist. Lesen Sie.«

Ich, Hans Birkner, erkläre hiermit an Eides statt, dass ich Herrn Joachim Hirsch nicht vergiftet oder sonst etwas unternommen habe, das zu seinem Tod geführt hat.

Maja sah Rappsteyn verwundert an, der deutete auf die bedruckten Seiten.

»Lesen Sie. Die Erklärung stammt übrigens vom vergangenen November, er hat sie mir gegenüber am Tag nach Hirschs Tod abgegeben.«

Seit Monaten hatte mich Herr Hirsch mit Anzeigen überzogen, er hatte versucht, mich zu verleumden, und war geradezu besessen davon, dass ich schuld am Tod seiner Tochter sei. Sie hatte sich in meiner Einrichtung aufgehalten, um mit Heilfasten die Essstörungen zu überwinden, die sie seit dem Tod ihrer Mutter entwickelt hatte. Das Heilfasten schlug gut an, aber die junge Frau neigte offenbar zu Depressionen, und in einem depressiven Schub kletterte sie am Todestag der Mutter über die Mauer des Klinikgeländes und warf sich vor einen Zug. Herr Hirsch sah in der Depression seiner Tochter eine direkte Nebenwirkung der Fastenkur. Er zog sich sogar aus dem Tagesgeschäft seiner Firma zurück, um mehr Zeit für seine Kampagne gegen mich zu haben, aber keine seiner Anzeigen brachte die Ermittlungen in Gang, die er sich gewünscht hatte.

Vor drei Tagen rief er mich an. Er klang resigniert und

beteuerte, dass er in Zukunft nichts mehr gegen mich unternehmen und die Sache auf sich beruhen lassen wolle. Ich gab mich verständnisvoll, um nur ja kein neues Öl ins Feuer zu gießen. Er meinte aber, dass ich nicht nachfühlen könne, wie es sei, seine Frau und zwei Jahre später auch noch die Tochter zu verlieren. Er bat mich – gewissermaßen als eine Art Schlussstrich unter unsere Auseinandersetzung –, am Abend des nächsten Tages zu ihm zu kommen. Er wolle mir von seiner Tochter erzählen und mir ihr Zimmer zeigen. Ich fand das etwas seltsam, aber er bat mich so eindringlich und klang so elend, dass ich schließlich einverstanden war. Allerdings hatte ich an dem vorgeschlagenen Abend keine Zeit, weswegen wir uns auf den folgenden Tag einigten, den Donnerstag. Wir verabredeten, dass ich um achtzehn Uhr zu ihm kommen sollte, und er bat mich mehrfach, bitte pünktlich zu sein, weil er davor und danach wichtige Termine habe.

Ich ließ mich von Maxim zu Hirschs Villa fahren, und als ich klingelte, wurde sofort der Türöffner betätigt. Ich trat ein und hörte aus dem ersten Stock die Stimme des Hausherrn, der mich zu sich rief. Er befand sich im Zimmer seiner Tochter, das noch eingerichtet war, wie man sich ein Jugendzimmer vorstellt. Als ich oben eintraf, saß Hirsch auf dem Boden, den Rücken an die Wand gelehnt. Er sah übel aus. Als ich ihn fragte, ob ich ihm helfen könne, bat er um ein Glas Wasser, das auf dem Schreibtisch der Tochter stand. Ich reichte es ihm, und er nahm einen kleinen Schluck. Dann deutete er mit dem Kopf zu einem Fläschchen hinüber, das ebenfalls auf dem Schreibtisch stand und in dem sich kaum noch Flüssigkeit befand.

»Geben Sie davon bitte ein paar Tropfen ins Glas. Mein Herz.«

Dazu tippte er sich gegen die Brust, die Bewegung schien ihm schwerzufallen. Ich nahm das Fläschchen in die Hand, sah aber kein Etikett darauf. Natürlich tat ich nichts davon ins Glas, sondern schraubte den Deckel ab und roch an der darin enthaltenen Flüssigkeit. Dass es sich um eine Coniinlösung handelte, erkannte ich sofort an dem charakteristischen Geruch. Auf dem Tisch stand ein weiteres Glas, das zur Hälfte mit Cognac gefüllt war. Als ich daran schnupperte, nahm ich auch dort den typischen Geruch des Wirkstoffs wahr. Ich zückte mein Handy, um den Notarzt zu rufen, aber Hirsch grinste nur mitleidig.

»Zu spät, Herr Birkner, das können Sie sich schenken. Ich gehe, aber ich nehme Sie mit.«

Und dann erklärte er mir, dass er seinen Suizid so inszeniert habe, dass ich des Mordes an meinem erbitterten Widersacher angeklagt werden würde. Die Spuren in seinem Haus, meine Fingerabdrücke auf dem Cognacglas und auf dem Fläschchen – das alles werde für eine Verurteilung wegen Mordes reichen. Er war zu diesem Zeitpunkt schon sehr schwer zu verstehen, die Lähmung durch das Coniin schritt voran. Aber er gab sich Mühe, mir alles zu schildern – vermutlich wollte er mich leiden sehen.

»Jeden Moment trifft mein Geschäftsführer hier ein«, brachte er hervor. »Ich habe ihn herbestellt, er wird Sie an meiner Leiche sehen und sofort die passenden Schlüsse ziehen. Meine Putzfrau ist aus dem Haus gegangen, unmittelbar bevor Sie eintrafen. Sie hat garantiert Ihren Wagen herfahren

sehen. Sie sind doch mit diesem albern lackierten Fastenmobil hier?«

Ich nickte, und er rang sich ein weiteres Grinsen ab. Sein Plan schien aufzugehen, so irre er auch war. Ich stand auf, ging langsam rückwärts aus dem Zimmer und rannte dann nach unten. Vielleicht konnte ich wenigstens noch verhindern, dass mich der Geschäftsführer in Hirschs Haus sah. Der Unternehmer rief mir noch nach, ich solle doch bleiben, aber seine Stimme klang schon sehr schwach.

Maxim erschrak, als er mich totenbleich und völlig verwirrt sah, und wollte wissen, was passiert war. Ich sagte ihm nur das Nötigste, denn ich wollte ja, dass wir schnell wegfuhren. Aber Maxim sprang aus dem Wagen und rannte ins Haus, die Eingangstür hatte ich in der Eile offen stehen lassen. Ich wartete, aber lange hielt ich es nicht aus und ging ihm hinterher ins Jugendzimmer der Tochter. Inzwischen lag Hirsch auf dem Boden, sein Hals war seltsam verdreht, das Genick blutig. Auch an Maxims rechtem Stiefel sah ich Blut. Der große, durchtrainierte Mann stand vor mir wie ein Häuflein Elend. Ich musste ihn mehrmals fragen, bis er mir endlich erzählte, was passiert war.

Er hatte Hirsch zwingen wollen, ihm etwas Entlastendes ins Handy zu sprechen. In einer Audionotiz zu gestehen, dass er sich selbst umgebracht und mich hereingelegt habe. Aber Hirsch hatte sich geweigert. Schließlich hatte er aufgehört zu atmen und war zur Seite gekippt. Maxim hatte die Fassung verloren und den Toten aus Wut und Verzweiflung in den Nacken getreten.

Maja ließ das letzte Blatt sinken und schaute Rappsteyn an.

»Und warum hat er das alles der Polizei nicht erzählt?«

»Sie haben selbst gesagt, dass Sie ihm das nicht geglaubt hätten, wenn Sie Polizistin wären. Aber durch Ihr Gutachten ...«

»... wirkt diese unwahrscheinliche Geschichte sehr viel wahrscheinlicher.«

»Genau. Weil diese Schilderung, wie Sie ja schon sagten, den zeitlichen Ablauf der betreffenden Stunde plausibler macht. Ich bin guter Dinge, dass wir mit dieser Erklärung, Ihrem Gutachten und zusätzlich gern auch mit der Zeugenaussage Ihres Bruders einen Freispruch für Herrn Birkner erreichen können. Und für Maxim Frank bleibt vielleicht noch so etwas wie Störung der Totenruhe übrig.«

»Gut. Ich werde Michael wegen der Aussage fragen, aber er tut sicher alles, um Herrn Birkner zu entlasten. Jetzt muss ich ihn nur noch auftreiben. Ich hoffe, dass die Polizei nicht mitbekommt, dass er Ihr Grundstück verlassen hat.«

Wie aufs Stichwort summte Majas Handy. Eine neue Textnachricht von Michael war eingegangen.

»Sorry, dass ich einfach abgehauen bin. Ich musste nur kurz was klären.«

Maja antwortete: »Was denn?«

»Klüver wollte was mit mir besprechen. Was Privates. Er ist aber schon wieder weg.«

Rappsteyn hatte mitgelesen.

»Klüver?«, fragte er. »Dieser Assistenzarzt aus der Fastenklinik?«

»Ja, er war gestern in der Klinikapotheke und hat nach meinem Bruder gefragt. Michaels Mitarbeiterin hat ihn gleich danach angerufen und ihm gesagt, dass Klüver etwas Privates mit ihm besprechen wolle. Mein Bruder hat sich noch gewundert, weil er sich nicht vorstellen konnte, worum es dabei gehen sollte.«

Sie schaute noch einmal aufs Display.

»Tja, offenbar weiß er es jetzt. Vielleicht ging es um eine Frau. Klüver ist wohl so eine Art Schürzenjäger. Oder er wäre gern einer, so hat es Michael mal ausgedrückt.«

Sie grinste und tippte eine Nachricht.

»Wann kommst du wieder?«

»Heute nicht mehr. Ich bin in meiner Wohnung.«

»Du sollst in Herrn Rappsteyns Haus bleiben, sagt die Polizei.«

»Ach, die kriegen das schon nicht mit. Außerdem habe ich hier noch etwas Whisky.«

Die letzte Nachricht zeigte sie Rappsteyn. Der verdrehte die Augen.

»Sieht so aus, als müsste ich nach meinem Bruder sehen«, sagte sie und seufzte.

Maja schnappte sich die Jacke und ging zu ihrem Wagen.

Auf ihrer Fahrt zur Fastenklinik machte sie sich darauf gefasst, dass ihr Bruder wieder sturzbetrunken in seiner Wohnung lag. Der Pförtner zierte sich zunächst, die Schranke für sie zu öffnen. Sie hatte eigentlich erwartet, dass Michael am Empfang Bescheid geben würde, wie das wohl für Besuch in den Wohngebäuden üblich war, aber das bedeutete vermutlich, dass er mit dem Whisky schon recht weit gekommen war. Als sie nicht aufgab und erwähnte, dass Michael etwas früher am Abend zusammen mit Dr. Klüver hier durchgekommen sein musste, gab der Pförtner nach und ließ sie passieren.

In der Tiefgarage fand sie nur noch einen engen Stellplatz ganz hinten. Ihre Schritte hallten unnatürlich laut vom nackten Beton der Wände wider. Sie fröstelte und zog die Jacke enger um sich. Zum Glück war sie allein in der Tiefgarage, trotzdem war sie erleichtert, als sie vor Michaels Wohnungstür stand. Er hatte ihr einen Ersatzschlüssel gegeben, bevor die Polizei sie daran gehindert hatte, vom Hotel in seine Wohnung umzuziehen. Sie drehte den Schlüssel und drückte die Tür ein kleines Stück auf.

Bevor sie eintrat, horchte sie. Schnarchte Michael? War er noch wach? Es liefen weder Radio noch Fernsehen, und auch sonst war es still. Vom Wohnzimmer her war Licht zu sehen, der Rest der Wohnung lag im Dunkeln.

Vorsichtig machte sie einige Schritte in den Flur hinein, drückte die Tür leise hinter sich ins Schloss und ging langsam weiter. Als sie ins Wohnzimmer trat, sah sie als Erstes Michaels ausgestreckte Beine. Sie blieb einen Moment lang stehen und atmete tief durch, um sich für den Anblick ihres betrunkenen Bruders zu wappnen. Dann setzte sie zögernd einen Fuß vor den anderen und ließ den Blick gesenkt, bis sie glaubte, ihn vollständig sehen zu können.

Sie hob den Kopf.

Es war schlimmer als befürchtet. Michael hatte sich so gründlich abgeschossen, dass er aus dem Sessel auf den Boden gerutscht war. Zwischen seinen Beinen war der Boden nass, sein Oberkörper lag schlaff auf der Sitzfläche des Sessels, der Kopf war zur Seite gedreht, und aus dem Mundwinkel zog sich ein Speichelfaden bis zum Polster. Den linken Arm hatte er über seine Augen gelegt, als habe ihn die Deckenlampe vor dem Einschlafen geblendet.

»Verdammter Alkohol!«, entfuhr es Maja.

Sie ging das letzte Stück bis zum Sessel und umkurvte die Pfütze auf dem Boden. Ihren Bruder behielt sie fest im Blick, suchte nach einer Bewegung des Oberkörpers, so schwach sie auch sein mochte, die ihr anzeigte, dass er atmete. Dass er noch lebte. Wie oft hatte sie diese Angst schon ausgestanden, wie hatte sie die Sauferei, die Kifferei, die Tabletten und Spritzen verflucht, mit denen er sich fast umgebracht hätte. Und wie lässig war Michael jedes Mal darüber hinweggegangen, wenn er wieder auf dem Damm war, hatte ihre Sorgen weggelacht. Und sogar seine Entschuldigungen für den Schrecken, den er ihr eingejagt hatte, waren nur halbherzig gewesen.

Aber die Wut auf ihn, die jetzt hochkochte, half ihr nicht weiter. Erst einmal musste sie ihn wieder wach bekommen. Kaffee würde helfen, starker, schwarzer Kaffee. Vermutlich hatte er wieder nur dieses elende Pulver in der Küche. Schließlich stand Maja direkt vor ihrem Bruder. Er musste tiefer schlafen als sonst, denn sie konnte keine Regung an seinem Oberkörper feststellen. Sie fasste das linke Handgelenk, um den Arm vom Gesicht zu ziehen.

Seine Haut war warm, aber sie spürte keinen Puls. Und noch während sie zu begreifen versuchte, was das bedeutete, gab der Arm den Blick auf Michaels Gesicht frei.

Auf die offenen, geweiteten Augen, auf den aufgerissenen Mund.

Majas Unterkiefer klappte nach unten, sie holte Luft zu einem markerschütternden Schrei, doch statt der muffigen Luft des Wohnzimmers sog sie den intensiven Geruch von Chloroform ein. Sie spürte eine Hand, die ihr ein getränktes Taschentuch auf Mund und Nase drückte.

Dann wurde alles um sie herum schwarz.

Seit der Lieferwagen seine Weiterfahrt verhindert hatte, zerbrach sich Alfons Kinner den Kopf, wohin Klüver mit Michael Ursinus gefahren sein konnte. Und weil ihm nichts anderes einfiel als das Gelände der Fastenklinik, wo beide arbeiteten und auch wohnten, machte er sich schließlich dorthin auf den Weg. Er fuhr an der Klinikzufahrt vorbei und stellte seinen Wagen etwa hundert Meter weiter auf einem Waldparkplatz ab. Dann bahnte sich Kinner den Rückweg durch den Wald, was nicht ganz ohne Schrammen abging, und bezog seinen Beobachtungsposten genau gegenüber der Zufahrt zur Klinik. Der Pförtner saß in seinem Häuschen und las, sonst war niemand zu sehen. Nach einer Weile fuhr ein Wagen heran. Am Steuer erkannte er Maja Ursinus, die wütend und besorgt aussah. Sie musste mit dem Pförtner diskutieren, aber irgendwann ließ der Mann die Schranke hoch, und Maja Ursinus fuhr aufs Klinikgelände.

Kinner war überzeugt, dass sie zur Wohnung ihres Bruders wollte. Hatte der Entführer sie zu sich zitiert und ihr damit gedroht, ihrem Bruder etwas anzutun? Das war die dramatischste Variante. Maja Ursinus konnte sich natürlich auch einfach nur Sorgen machen und gar nicht wissen, wo er sich befand. Denn abgesehen davon, dass Ursinus als Alkoholiker und Drogenkonsument jederzeit von einem schweren Rückfall bedroht war, sollte die Polizei nicht erfahren, dass er nicht wie vereinbart in Rappsteyns Haus geblieben war. Auch das waren Gründe, die ihre Miene hinreichend erklärt hätten.

Auf jeden Fall würde er bald wissen, ob Michael Ursinus in seiner Wohnung war: Wenn seine Schwester gleich wiederkam, hatte sie ihn nicht angetroffen und suchte ihn anderswo – und dann konnte er sich an ihre Fersen heften. Kam sie nicht wieder, war Michael Ursinus zu Hause, und sie kümmerte sich um ihn – oder Klüver hatte nun beide in seiner Gewalt, was immer er vorhaben mochte.

Kinner wartete. An der Pforte regte sich nichts, kein Auto fuhr heran, niemand wollte das Gelände verlassen. Er suchte sich eine Stelle, wo er unbeobachtet über die Mauer um das Klinikareal klettern konnte. Er wollte wissen, wen Maja Ursinus in der Wohnung ihres Bruders angetroffen hatte.

Maja blinzelte ein paarmal, dann begann das Bild, das sich ihr bot, etwas schärfer zu werden. Sie hatte kein Gefühl dafür, wie lange sie ohne Bewusstsein gewesen war, und die heruntergelassenen Rollläden ließen auch nicht erkennen, ob draußen vielleicht schon wieder die Sonne schien. Sie war am Abend hierhergekommen, hatte ihren Bruder Michael …

O Gott, Michael!

Sie wandte den Kopf zur Seite. Ihr Bruder lag noch zu Füßen des Sessels wie vorhin, die Augen und den Mund weit aufgerissen. Neben ihm stand ein Mann mit halblangem dunkelblondem Haar, der ungefähr Michaels Statur hatte. Er betrachtete sie interessiert, aber als sie aufzustehen versuchte, legte sich ein mitleidiges Lächeln auf seine schmalen Lippen.

»Das sollten Sie lassen, Frau Ursinus. Inzwischen müsste die Lähmung bereits Ihre Knie erreicht haben.«

Lähmung? Maja ließ ihren Blick über den Couchtisch schweifen und sah eine fast leere Whiskyflasche, ein Glas, noch halb voll mit Whisky, daneben drei leere Medikamentenfläschchen und ein angebrochenes Päckchen Papiertaschentücher. In einem der Fläschchen war vermutlich das Chloroform gewesen, mit dem sie betäubt worden war. Sie sah an sich hinunter. Sie war nicht gefesselt, aber tatsächlich konnte sie ihre Zehen nicht mehr bewegen, und als sie die Hand auf dem Schenkel nach unten strich, fühlte sich die Haut schon knapp unter dem Knie taub an.

»Coniin?«, fragte sie und deutete auf das Whiskyglas.

Der Mann nickte. Sie warf noch einmal einen Blick auf ihren Bruder. Ein Fläschchen Coniinlösung für ihn, eines für sie.

»Wann haben Sie mir das eingeflößt?«

»Einflößen ging leider nicht. Ich wollte ja nicht, dass

Sie an dem Schierlingstrank ersticken, deshalb musste ich es etwas umständlicher anstellen. Ich habe Ihre Mundschleimhaut damit eingepinselt und die Lösung auch in Ihre Gesichtshaut einmassiert.«

Er deutete auf eine kleine Schüssel, in der Einmalhandschuhe und Wattestäbchen lagen.

»Wann?«, wiederholte Maja fassungslos.

»Während Sie schliefen.«

»Das ist mir klar, Sie Idiot!«, schrie sie ihn an. Er zuckte zusammen. »Wie lange ist es her, dass Sie mir das Zeug gegeben haben?«

»Ungefähr eine Viertelstunde.«

Maja rechnete hoch, wie viel Zeit ihr blieb, bis das Coniin ihren Körper vollends lahmgelegt haben und sie durch eine Atemlähmung bei vollem Bewusstsein sterben würde. Kalter Schweiß brach ihr aus, als sie über das Ende nachdachte, das ihr jetzt bevorstand. Denn woher sollte Hilfe kommen? Rappsteyn ging davon aus, dass sie nach ihrem betrunkenen Bruder sehen wollte, und würde nicht so schnell darauf kommen, dass sie in Lebensgefahr schwebte.

»Haben Sie das Zeug auch meinem Bruder gegeben?«

»Nein, das hat er natürlich selbst eingenommen. Gleich nachdem er Sie betäubt, mit Coniin vergiftet und Ihnen beim Sterben zugesehen hat.«

»Was?«

»Wie oft haben Sie Ihrem Bruder gesagt, dass er die Finger von den Drogen lassen oder sein Teufelszeug wenigstens nicht zusammen mit Alkohol zu sich nehmen soll? Irgendwann hat es ihm gereicht, und er hat Sie zum

Schweigen gebracht – und weil er mit dieser Schuld und mit all den Sorgen, die ihn derzeit niederdrücken, nicht mehr leben wollte, hat er dieselbe Mischung geschluckt.«

Er grinste und schien sich absolut sicher zu fühlen. Vielleicht bestand doch noch Hoffnung. Fenster und Jalousien waren geschlossen. Ihr Bruder hatte ihr am Telefon mehrmals vorgeschwärmt, wie gut gedämmt seine Wohnung war. Niemand würde sie hören, wenn sie um Hilfe rief.

»Wer sind Sie überhaupt?«

»Oh, verzeihen Sie meine schlechten Manieren! Arno Klüver ist mein Name.«

»Ach, der Arzt, der mit meinem Bruder etwas Privates besprechen wollte? Worum ging's denn?«

»Das war natürlich nur ein Vorwand. Ihr Bruder und ich hatten auf privater Ebene keinerlei Gemeinsamkeiten.«

Maja spürte ihren Oberschenkel nicht mehr, und nur mit Mühe gelange es ihr, sich etwas anders hinzusetzen. Es fiel ihr schwer, die aufkommende Panik niederzukämpfen.

»Warum haben Sie meinen Bruder umgebracht?«

»Ich musste verhindern, dass er zugunsten von Hans Birkner aussagt.«

Klüver begann von seiner großen Liebe zu Leonie Ulmer zu erzählen. Es tat Maja leid zu hören, dass Birkner die junge Frau offenbar bedrängt und mit der Drohung, ihre Vorgeschichte als Straßenprostituierte öffentlich zu machen, zu sich ins Bett bekommen und sie damit traumatisiert hatte. Doch Klüver hatte daraus den völlig abstrusen Gedanken abgeleitet, dass allein Birkner daran schuld war, dass Leonie noch nicht bereit war für eine feste Beziehung mit ihm. Und das war der Grund, weshalb er den Leiter der Fastenklinik am besten für Jahrzehnte hinter Schloss und Riegel wissen wollte. Mit jedem seiner Sätze wurde Maja klarer, dass der Mann vor ihr nicht mehr alle Tassen im Schrank hatte. Sie konnte seinem Geschwafel nicht ganz folgen, doch es lenkte sie immerhin etwas ab.

Plötzlich nahm sie hinter Klüver eine Bewegung wahr. Im nächsten Moment verstummte der junge Arzt mitten im Satz und fiel auf den Boden wie ein nasser Sack. Hinter ihm wurde ein schlecht rasierter Mittfünfziger sichtbar, dessen dunkler Mantel sich über einem Bierbauch spannte und der einen kurzen Schlagstock in der rechten Hand hielt. Er erfasste die Szenerie mit einem Blick und eilte zu Maja.

»Was hat er Ihnen gegeben?«

»Coniin«, antwortete sie.

Blitzschnell zückte er sein Handy und wählte eine eingespeicherte Nummer. »Herr Dr. Holsten? Kommen Sie bitte schnell. In der Wohnung Ihres Apothekers liegt eine Frau mit Coniinvergiftung.«

Er hörte eine Weile zu, dann ließ er das Handy sinken.

»Wie lange ist es her, dass Sie das Gift bekommen haben?«

»Etwa fünfundzwanzig bis dreißig Minuten«, brachte sie hervor.

Kinner gab die Information an Holsten weiter.

»Kann ich etwas tun, bis Sie hier sind?«, fragte er noch, doch der Chefarzt hatte schon aufgelegt.

Ein Taxi hatte ihn daheim abgeholt und in die Uniklinik gebracht. Nun beugte sich Professor Hubert Fogl über die junge Frau, die auf der Intensivstation um ihr Leben kämpfte. Sie war noch auf der Fahrt hierher intubiert worden, doch so schlecht, wie ihre Werte waren, würde sich das Ärzteteam sehr anstrengen müssen, um sie zu retten. Er hatte den Kollegen beschrieben, wie Coniin wirkte, wie viel Zeit die Patientin zur völligen Lähmung voraussichtlich noch hatte und was ihm an wirksamen Gegenmaßnahmen gewärtig war.

Nun konnte er nicht mehr helfen, also würde er wieder nach Hause gehen. Er musste sich für das Gespräch wappnen, das ihm bevorstand, sobald er seine Wohnung erreicht hatte. Es würde nicht leicht werden. Wie würde es Manfred aufnehmen, wenn er erfuhr, dass sein Sohn schon tot war und es auch für seine Tochter nicht gut aussah? Das konnte er ihm auf keinen Fall am Telefon sagen. Den Gedanken an einen Anruf, der ihm zuerst gekommen war, hatte er deshalb gleich wieder verworfen. Aber Manfred musste es trotzdem möglichst schnell erfahren, damit er Gelegenheit hatte, seiner Tochter beizustehen oder sich zumindest noch von ihr zu verabschieden.

Der Fußweg nach Hause konnte dafür zu lang sein, also ließ er sich an der Pforte den Schlüssel eines Wagens geben, der gerade verfügbar war, und setzte sich hinter das Steuer. Es war ein Kleinwagen, zum Glück kein so riesiges Gefährt wie sein SUV, den er vor zweieinhalb Jahren über einen windigen Händler ins Ausland verkauft hatte. Und doch machte ihn das Fahrzeug nervös. Seit dem Unfall war er nicht mehr selbst gefahren, schon von dem Gebrauchtwagenhändler hatte er sich ein Taxi genommen. Aber nun musste es sein. Er nahm die Hände noch einmal vom Lenkrad, wischte die nassen Innenflächen an der Hose ab und griff wieder zu. Der Motor klang leiser als der des SUV, auch die Sitzposition war nicht so erhöht wie damals, aber auch diesmal war er nachts unterwegs.

Fogl verscheuchte die Erinnerungen, die jetzt auf ihn einströmten. Er hatte einem alten Freund einen Dienst zu erweisen. Die Zeit drängte. Um möglichst schnell ans Ziel zu kommen, ließ er den Wagen direkt vor seinem Haus im absoluten Parkverbot stehen. Er eilte in die Wohnung, klopfte an die Tür des Gästezimmers.

»Ja?«

Manfred Ursinus klang verschlafen. Fogl hatte ihn nicht geweckt, als er überstürzt zur Klinik aufgebrochen war. Da hatte er ja auch noch nicht gewusst, wer die vergiftete Frau war. Nun öffnete er die Tür und trat ans Bett seines Freundes.

»Manfred, du musst dich sofort anziehen. Es ist etwas Schlimmes passiert.«

Während sein Gast in seine Kleider schlüpfte, erzählte er ihm alles. Ursinus war bleich geworden, aber er sagte nichts. Fogl hielt ihm den Autoschlüssel hin.

»Unten vor dem Haus steht ein Kleinwagen, den kannst du für die Fahrt zur Uniklinik nehmen.«

Ursinus schnappte sich den Schlüssel und rannte los.

»Oder soll ich dich fahren?«, rief Fogl ihm noch halbherzig hinterher.

Er war froh, dass sein Freund das Angebot nicht mehr gehört hatte. Denn das Letzte, was er jetzt tun wollte, war Auto zu fahren. Er dachte darüber nach, ob er Manfreds Frau anrufen sollte – aber das würde sich Manfred nicht nehmen lassen. Da musste er sich nicht einmischen.

Er stellte sich ans Fenster und sah auf die Stadt hinunter, die um diese Zeit fast vollständig verlassen dalag. Er sah den Kleinwagen in hohem Tempo davonschießen und dachte daran, wie elend Manfreds Tochter in ihrem Intensivbett lag. All die Apparate, das Piepen der Messgeräte, das monotone Pumpen der Herz-Lungen-Maschine. All das, was die moderne Medizin so oft in die Lage versetzte, Todgeweihte noch einmal zurück ins Leben zu reißen.

Nicht immer gelang es. Auch vor zweieinhalb Jahren war es nicht gelungen. Er hatte erst später erfahren, wer in dem Auto unterwegs gewesen war, das er mit seinem SUV gerammt und geradezu zerquetscht hatte. Den Unfallort hatte er sofort verlassen. Betrunken, wie er gewesen war, hätte er seinen Führerschein nie wiederbekommen. Außerdem hätte die Nachricht, dass der berühmte Professor im Vollrausch jemanden totgefahren hatte, auch seine wissenschaftliche Karriere beendet. Erst später begriff er, dass die Unfallflucht alles nur noch schlimmer gemacht hatte. Natürlich durfte niemand davon erfahren, und bisher war das auch sein dunkles Geheimnis geblieben. Doch seit Joachim Hirsch, der Mann des Unfallopfers, vergiftet und Birkner als Tatverdächtiger verhaftet worden war, wurde er die Bilder und Geräusche nicht mehr los, die er ganz hinten in seiner Erinnerung weggeschlossen hatte. Das

Coupé, dem er die Vorfahrt nahm. Das Kreischen und Bersten von Metall auf Metall. Der furchtbare Aufprall auf den Baum. Die Frau am Steuer, die nicht einmal dazu kam, vor Schreck und Schmerzen zu schreien.

Fogl wandte sich um, setzte sich an seinen Schreibtisch und zog eine Schublade auf. Ohne Eile legte er die Munitionsschachtel vor sich hin, er fühlte sich ruhig wie selten in den vergangenen Jahren. Nur seine rechte Hand zitterte ein wenig, als er die Pistole aus der Schublade nahm.

Markus Brodtbeck war wie vom Blitz getroffen. Er ließ das Handy auf seinen Schoß sinken und starrte ins Leere.

»Was ist denn los?«, fragte sein Kollege Schnell, der neben ihm im Wagen saß. »Du siehst schrecklich aus.«

»Maja wurde vergiftet. Sie liegt in der Heidelberger Uniklinik auf der Intensivstation, es sieht nicht gut aus.«

»Wer hat dich angerufen? Ihre Eltern?«

Markus lachte freudlos.

»Ganz sicher nicht. Mit denen hat sie schon ewig keinen Kontakt mehr, die wissen vermutlich gar nicht, dass es mich gibt. Nein, ein Kollege aus Mannheim hat mich informiert.«

Schnell warf noch einen Blick zu dem Haus hinüber, das sie gerade observierten. Dann startete er den Motor, legte den Gang ein und fuhr los. Brodtbeck sah ihn fragend an.

»Wir fahren zur Zentrale. Jemand soll dich nach Heidelberg bringen. Um den Idioten, der dort drüben vermutlich ganz bequem in seinem Bett liegt und schläft, kümmere ich mich später wieder.«

Markus bestand darauf, selbst nach Heidelberg zu fahren, und nachdem er sich von Schnell wenigstens noch einen Kaffee, eine Dose Cola und ein Sandwich hatte aufschwatzen lassen, machte er sich auf den Weg. Er erreichte die Uniklinik in den frühen Morgenstunden, und als er den Flur vor der Intensivstation betrat, schwang gerade die Tür auf, und ein Krankenpfleger kam ihm entgegen.

»Entschuldigen Sie bitte«, sprach Markus ihn an. »Ich möchte zu Maja Ursinus. Sie liegt hier mit einer Coniinvergiftung. Ich bin ihr Freund.«

Der Pfleger nickte. »Warten Sie einen Moment«, sagte er und ging zurück auf Station.

Als er wiederkam, war er in Begleitung eines Mannes Mitte sechzig mit lichtem Haar. Manfred Ursinus sah älter, grauer und gebeugter aus als auf den Familienfotos, die Maja ihm gezeigt hatte. Der Pfleger deutete auf Brodtbeck und eilte dann den Flur entlang. Ursinus musterte sein Gegenüber, seine Kiefer mahlten, und als er endlich etwas sagte, klang seine Stimme hohl und brüchig.

»Sie sind Majas Freund?«

»Ja, und meine Wohnung liegt auf derselben Etage wie ihre WG. Markus Brodtbeck heiße ich.«

Ursinus verzog das Gesicht.

»Kann ich bitte zu Maja? Ich möchte wissen, wie es ihr geht.«

»Es geht ihr schlecht.«

»Darf ich bitte …?«

Markus machte Anstalten, um Majas Vater herumzugehen.

»Sie können leider nicht zu ihr, Herr Brodtbeck. Sie gehören nicht zur Familie, und Maja braucht jetzt ihre Ruhe.«

Jens Vollmer hatte lange versucht, es ihm auszureden, aber Markus Brodtbeck bestand darauf, die Beerdigung von Michael Ursinus zu besuchen. Er hoffte darauf, mit Majas Mutter sprechen zu können. Vielleicht würde sie sich ihm gegenüber weniger ablehnend verhalten und ihm vor allem sagen, wie es ihrer Tochter ging. Irgendwann gab Vollmer auf, seinen Freund und Kollegen umstimmen zu wollen, bestand aber im Gegenzug darauf, ihn wenigstens nach Füssen zu begleiten.

Er holte Markus in Laim ab, und sie fuhren so früh los, dass sie mehr als zwei Stunden vor der Trauerfeier in Füssen ankamen. Unterwegs hatte Vollmer erzählt, wie sich die Dinge inzwischen für Birkner und seinen Fahrer entwickelt hatten. Der Anwalt des Fastengurus hatte der zuständigen Staatsanwältin dessen schriftliche Erklärung und die Rohfassung von Majas Gutachten vorgelegt. Sie bedankte sich, dass Veit Rappsteyn mit offenen Karten spielte, anstatt seine Trümpfe vor Gericht aus dem Ärmel zu ziehen, um sie damit zu überraschen und gegen die Wand fahren zu lassen. Ohne sich schon festlegen zu wollen, deutete sie die Möglichkeit an, auf das Verfahren gegen Birkner zu verzichten. Und auch Maxim Frank hatte vermutlich nicht mehr viel zu befürchten.

Es war ein sonniger, aber kalter Tag, und die beiden Kommissare schlenderten eine Weile durch die Innenstadt. Selbst zu dieser Jahreszeit waren hier Touristen zu sehen, die ihre Handykameras in alle Richtungen hielten oder sich kichernd in Position stellten, während sie das Smartphone mit dem Selfiestick vor sich in die Höhe hielten.

Auf dem Weg durch die Haupteinkaufsstraße kamen sie an einem besonders stattlichen Haus vorbei und blieben stehen. Die Front war so kunstvoll und aufwendig bemalt, dass die Fenster dazwischen kaum mehr auffielen. Über dem Eingang prangte in goldenen Lettern der Schriftzug: *Maximilian Ursinus & Cie. – Ihre Apotheke seit 1804*. An der Tür hing ein Schild mit dem Hinweis: *Wegen eines Trauerfalls geschlossen.*

»Ist das Majas Elternhaus?«, fragte Vollmer.

Markus nickte. Er sah zu den Fenstern in den oberen Stockwerken hinauf. Wenn Maja das Bett inzwischen hätte verlassen können, hätte sie ihn sicher schon längst angerufen. Ob sie überhaupt dort oben irgendwo lag? Oder wurde sie womöglich noch im Klinikum behandelt? Oder war sie … Er schüttelte den Gedanken ab, den er nicht zulassen wollte. Vollmer stand neben ihm und beobachtete ihn schweigend. Schließlich tippte er ihm auf die Schulter. Brodtbeck sah ihn an, als sei er soeben aus einem tiefen Traum erwacht.

»Komm, Markus, wir machen uns auf den Weg.«

Der neue Füssener Friedhof lag nördlich der Innenstadt, aber die alteingesessene Familie Ursinus hatte natürlich eine Grabstelle im Alten Friedhof St. Sebastian, direkt an der Stadtmauer gelegen. Es war noch eine halbe Stunde bis zum Beginn der Trauerfeier, aber die Wege zwischen den Gräbern waren schon gut bevölkert. Dunkel gekleidete Männer und Frauen grüßten sich oder unterhielten sich in gedämpftem Ton. In einem besonders großen Grab gähnte ein Loch, und drum herum waren Blumengestecke und Kränze arrangiert. Über dem Grab thronte ein Stein von seltener Geschmacklosigkeit, bedeckt von einem Halbrelief, in dem Tiegel, Mörser, Waagen, Adler, Schlangen und vieles mehr zu erkennen waren. Auf einer Spitze, die wie das Dach eines Turmes gestaltet war, stand die Statue eines älteren Mannes, der mit einer Toga gekleidet war und einen Äskulapstab samt Schlange in die Höhe hielt. Unten, von den Kränzen und Blumen halb verdeckt, war eine schwarze, auf Hochglanz polierte Marmorplatte angebracht, in die Namen und Jahreszahlen graviert und sorgfältig mit Goldfarbe ausgemalt waren. Am Ende der Liste standen die Vornamen Manfred, Inge, Michael und Maja, jeweils nur mit dem Geburtsjahr versehen.

Jens Vollmer schnaubte, als er das sah.

»Vor dieser Familie hätte ich auch Reißaus genommen«, raunte er seinem Kollegen zu und schüttelte den Kopf.

Markus suchte die Menschen auf dem Friedhof nach Majas Mutter ab, die er ebenfalls nur von Fotos her kannte. Dann sah er, etwas abseits, Manfred Ursinus inmitten einer Gruppe wichtig aussehender Männer stehen und ein Stück von ihm entfernt seine Frau. Sie stand allein, hielt ein Taschentuch in der Hand und hielt den Blick auf das offene Grab gerichtet. Markus setzte sich in

Bewegung, warf ab und zu einen Blick zu Majas Vater, der ihn aber nicht zu bemerken schien. Dann stand er vor ihrer Mutter, deutete eine Verbeugung an und nannte seinen Namen. Sie lächelte ihn traurig an, aber es war offensichtlich, dass sie noch nie von ihm gehört hatte.

»Ich bin Majas Freund, Frau Ursinus. Verzeihen Sie bitte, dass ich Sie ausgerechnet heute überfalle, aber ich möchte Sie fragen, wie es Maja inzwischen geht.«

Ihre Augen schimmerten, sie tupfte sich mit einer schnellen Bewegung eine Träne weg.

»Majas Freund?«, fragte sie. »Sie hat uns gar nicht erzählt, dass sie einen Freund hat.«

»Das ist zwar schade, aber ich freue mich, dass sie offenbar mit Ihnen reden kann. Es geht ihr also wieder besser?«

»Leider nicht, auch sprechen kann sie noch nicht. Aber wir haben, wenn auch mit einiger Mühe, erreichen können, dass sie das Krankenhaus verlassen durfte. Ein alter Freund meines Mannes hat sich für uns eingesetzt, damit wir sie zu Hause versorgen können. Eine Pflegerin unterstützt uns, außerdem schaut jeden Tag ein Arzt nach ihr. Aber es wird noch einige Zeit dauern, bis sie wieder ein normales Leben führen kann. Es ist noch nicht einmal sicher, ob sie vollständig wiederhergestellt wird. Und solange sie auf unsere Pflege angewiesen ist, können wir natürlich niemanden zu ihr lassen. Auch Sie nicht, Herr …«

»Brodtbeck«, wiederholte er seinen Namen.

»Auch Sie nicht, Herr Brodtbeck, tut mir leid.«

Sie behandelte ihn ein bisschen von oben herab. Das

und die Tatsache, dass ihre Eltern so taten, als müsse Maja geradezu vor ihm geschützt werden, machte ihn wütend. Er wollte schon lospoltern, als er bemerkte, dass die Frau kurz davor war, die Fassung zu verlieren. Ihr Kinn begann zu zittern, und sie blickte Hilfe suchend zu jemandem, der in diesem Moment neben Markus trat. Er wandte den Kopf und sah Manfred Ursinus, mit hochrotem Kopf und geballten Fäusten.

»Wenn Sie jetzt nicht augenblicklich von hier verschwinden«, zischte er Markus zu, »dann rufe ich die Polizei. Und bis die eintrifft …«

Er musste nicht weiterreden, die leicht erhobenen Fäuste machten auch ohne Worte deutlich, was er jetzt am liebsten tun würde. Vollmer packte seinen Freund am Arm und zog ihn von Majas Eltern weg. Als sie sich noch einmal umdrehten, stand Manfred Ursinus noch immer da und starrte ihnen finster hinterher.

Maja hatte fürchterlichen Durst, ihr Mund war trocken, und ihre Augenlider fühlten sich schwer an und wie verklebt. Es war still um sie herum, und auch den Geruch des Raums, in dem sie lag, konnte sie nicht recht zuordnen, obwohl er ihr irgendwie bekannt vorkam. Sie ließ die Augen geschlossen und tastete mit den Fingerspitzen. Das Bett fühlte sich nicht an wie ein Krankenhausbett. Das Leintuch war nicht so glatt und hart wie in Kliniken üblich, sondern weich, wie frisch gewaschene Baumwolle. Sie wollte einen größeren Bereich abtasten, aber ihre Arme ließen nur sehr wenig Bewegung zu. Es kam ihr so vor, als hätte sie die Kontrolle über ihre Oberarme verloren. Langsam und unsicher versuchte sie verschiedene Muskeln anzuspannen, aber weder konnte sie mit den Zehen wackeln, noch brachte sie ihre Beine vom Fleck. Sie horchte in sich hinein. Ihr Rücken und der Hintern schmerzten, als seien sie wund gelegen. Immerhin: Ihren Kopf konnte sie hin- und herdrehen.

Das Bett knarrte, Schritte näherten sich, aber alles klang für sie unendlich weit weg. Sie versuchte noch einmal, ihre Augen zu öffnen. Im dritten Anlauf gelang es ihr, aber der Blick war getrübt von Schlieren und tanzenden Farbflecken. Deshalb erkannte sie die vertraute Einrichtung des Zimmers nicht gleich, aber als durch das geschlossene Fenster leise Glocken zu hören waren, die zur vollen Stunde schlugen, als sie nach draußen schaute und die römischen Ziffern auf der Turmuhr des Hohen Schlosses sah, war ihr klar, wo sie sich befand. In ihrem alten Jugendzimmer. In ihrem Elternhaus. In der Stadt, die sie fluchtartig verlassen hatte.

Panik stieg in ihr auf. Sie hatte das Gefühl, keine Luft zu bekommen, und rang mit ihrer Angst, hier in dieser engen Welt zu ersticken. Ihr Herz raste, aber es beruhigte sich wieder. Ihr Atem ging keuchend, doch sie erstickte nicht.

Und dann traten zwei Personen in ihr Blickfeld. Ein Mann und eine Frau, die selig auf sie herunterlächelten.

»Schön, dass du wieder daheim bist«, sagte Inge Ursinus.

Danksagung

Sollte sich jemand in diesem Buch wiedererkennen, freue ich mich, dass meine Romanfiguren als so lebendig empfunden werden – aber natürlich sind alle handelnden Personen und die Geschichte selbst frei erfunden. Wenn Sie Mannheim nach der Lektüre dieses Krimis besuchen, wünsche ich Ihnen viel Spaß damit, herauszufinden, welche Schauplätze auch in der Realität existieren. (Wer es gleich wissen will: Das schön gestaltete Gelände der Fastenklinik und auch das Anwesen des Anwalts Rappsteyn gibt es leider nicht, den Stollenwörthweiher und kleine italienische Lokale in der Nähe des Polizeipräsidiums wie das geschilderte dagegen schon.)

Die Entstehung dieses Kriminalromans wäre ohne die Hilfe vieler anderer nicht möglich gewesen. Deshalb danke ich ganz herzlich all meinen Gesprächspartnern, die meine Fragen zu Pharmazie, Jura, Kriminaltechnik und allen anderen Themen, die der Krimi berührt, geduldig und kenntnisreich beantwortet haben. Ich habe viel lernen dürfen, hoffentlich das meiste auch verstanden und so in die Handlung eingebunden, dass sich meine Quellen nicht dafür genieren müssen. Juristen und Apotheker mögen mir verzeihen, dass ich manches etwas vereinfacht dargestellt habe, damit der Krimi auch für Nichtfachleute verständlich und lesbar ist.

Ebenso wichtig sind die Mitarbeiter des Piper Verlags, die das Buch von der ersten Idee bis zum fertigen Roman begleitet haben und es auch künftig noch begleiten werden. Und schließlich danke ich im Voraus allen Leserinnen und Lesern für ihr Feedback, für Gespräche und am liebsten natürlich für Lob – ich freue mich darauf, Ihnen im Rahmen von Lesungen zu begegnen, von Mordstouren, Krimidinner-Abenden und was ich sonst noch so anzettle. Alle Termine, Neuigkeiten und Ankündigungen finden Sie unter: www.seibold.de

Jürgen Seibold